Copyright ⓒHiroko Oyamada
Korean translation rights arranged with Hiroko Oyamada
through Yoonir Agency(Korea) co., Ltd.

이 책의 한국어판은 유니르 에이전시를 통해
저작권자와 독점 계약한
도서출판 걷는사람이 소유합니다.
저작권법에 의해 보호를 받는 저작물이므로
무단 전재와 복제를 금합니다.

구멍

오야마다 히로코

구멍

나는 남편과 이 동네로 이사를 왔다. 5월 말에 전근 명령이 났는데 발령지가 전에 살던 곳과 같은 현縣이긴 해도 현의 경계와 상당히 가까운 시골 영업소였기 때문이다. 행정 구역상 영업소와 시댁이 같은 시市에 속해 있어 남편은 시어머니에게 전화를 해 살만한 집이 있는지 물어보았다.

　"그럼, 우리 옆집에 사는 건 어떠니?"

　"옆집이오?"

　"우리가 예전에 살았던 집 있잖아. 그동안 세놓은 집. 요즘 비어 있거든."

　시어머니의 목소리가 어찌나 쩌렁쩌렁한지 남편 옆에 앉아 있던 내 귀에까지 들렸다. 남편 본가 옆에 셋집이 있다고? 금시초문이었다.

"마침 올해 4월이었지. 네 식구가 살았는데, 그 집 아버지가 열심히 일해서 집을 지었다며 이사 나갔지 뭐냐. 그래서 그동안 신세졌다며 알이 큰 밀감 한 상자를 사왔더구나. 괜찮은 가족이었어. 무네아키宗明, 기억 안 나니? 가토 씨라고 왜 있잖아, 둘째 아들이 꼬불꼬불한 파마머리를 한."

"아니요. 저는 잘 모르겠어요."

나는 탁자 위에 있는 메모지에 '단독주택?'이라고 써서 남편에게 보여주었다. 남편은 고개를 끄덕이더니 손을 뻗어 그 메모지에 '이층집'이라고 썼다. 시어머니는 이야기를 계속 이어갔다.

"거기가 지금 비었는데 부동산에 내놔도 마땅한 세입자가 나타나지를 않는구나. 너희가 산다고 하면 내일 서둘러 연락해서 집 내놓은 거 취소하마. 그 집에 들어올래?"

남편은 밝은 소리로 말했다.

"그럼 집세는 싸게 받으실 거죠?"

"그럼, 그렇고말고. 시골이니까. 오만 이천 엔이야. 어때? 그 집에 들어오겠니?"

남편은 유선전화 앞에 선 채로 내 의향을 묻듯이 눈짓을 했다. 하늘이 도운 기막힌 타이밍 아닌가. 감사한 일이다. 나는 고개를 끄덕였다. 지금까지 지냈던 뒤로 방두 개에 부엌과 거실이 딸린 도시의 좁은 집보다 훨씬 저렴한 집세로 2층 단독주택에서 살 수 있다.

"네. 들어가야죠. 집세가 오만 엔대라면 지금보다 훨씬 저렴하고……."

"무슨 소리니. 집세는 됐다."

"네?"

"필요 없어, 안 줘도 된다. 집세 낼 돈으로 저축이나 하렴. 너희 장래를 위해서. 아, 세금 문제 때문에 일단 형식적으로 주고받을지도 모르겠지만 그래도 실제로는 줄 필요 없어. 녀석 엉뚱하기는. 같은 가족끼리 무슨 돈 얘기를 하니? 그 집은 이미 대출도 다 갚았고 새 집도 아니니까."

남편은 다시 '어떻게 할까'하고 눈빛을 보냈지만 내가 반대할 리 없었다. 감사한 마음뿐이었다. 단, 가끔 본가에 갔을 때 분명히 보았을 그 전셋집의 크기나 외벽 색, 마당이 어땠는지 등은 전혀 떠오르지 않았다. 떠오르지 않는다는 건 호화스러운 대저택도 아니고 눈이 휘둥그레질 만큼 초라하지도 않았다는 얘기겠지. 실은 남편 본가 외관을 자세히 기억해보려 해도 가물가물했다. 하늘색 패널로 마감한 지붕, 마당에서 자라는 나무, 그런 단편적인 부분들만 떠올랐다.

"주차장도 있었죠?"

"그럼, 당연하지. 한 대뿐이긴 하지만. 이 주변은 자동차가 없으면 아무것도 못해."

"출퇴근은 차로 삼십 분도 안 걸리겠지. 와, 살았다! 진짜 돈 안 내고 그냥 살아도 괜찮아요?"

"서류상은 어떨지 모르겠다만 실제로는 필요 없대도. 너한테 오만 이천 엔 받아서 뭐 하게. 알았다, 그럼 부동산에 말하마."

"다행이다. 아사히도 일 그만두는데, 집세 안 내도 되니 정말 다행이에요. 감사해요."

"뭐라고? 그 애가 회사 그만둔다고?"

시어머니가 조금 작은 소리로 물었다. 그래도 다 들렸다.

"이사하면 아사히도 출퇴근하기 힘드니까요."

"하긴, 그렇겠구나. 뭣하면 너 혼자만 와서 살면 어떠냐? 그만두는 건 좀 안 됐지 않냐?"

남편은 나를 봤다. 나는 고개를 저었다. 일부러 따로 살 만큼 좋은 회사도 아니다. 비정규직일 뿐만 아니라 애초에 월급도 별로 많지 않다. 오히려 적다. 남편은 말없이 고개를 끄덕이며 대답했다.

"따로 살다니, 무슨 말씀이세요. 그럴 필요 없어요."

시어머니는 "하긴 아직 둘 다 젊으니까."라며 작게 웃었다. 아직 젊은지 어떤지 모르겠다. 특별히 신혼도 아니고. 결국 시어머니는 일이 그만큼 중요하고, 남편의 전근을 위해 내가 그만두어야 한다면 주말부부도 고려할 만하다는 뜻이겠지. 나름대로 괜찮은 생각이다. 그런 생각

11

을 하시다니 부러울 따름이다. 시어머니는 계속 근무해
온 직장에서 내년인가 내후년이면 정년이라고 한다. 남
편을 낳았을 때도 반 년 정도만 쉬었다고 들었다. 남편
의 본가는 시어머니가 돈을 벌어야 하는 경제 상황이 아
닌데도 시어머니는 그 일, 혹은 일하는 자체를 좋아하시
나 보다. 나는 그렇게까지 나 자신을 바칠 만한 일을 하
지 않는다. 극심한 고통도 없지만 충실하지도 않다. 이를
악물 정도로 어려움을 느낀 적도 없고 하늘을 날 것 같
은 감동을 느껴본 적도 없다. 바쁘고 힘들다거나 월급에
비해 고되다고 생각한 적은 많지만, 그런 탓에 녹초가 될
때도 있지만 특별히 나만 그런 건 아니니까. 지금 하는
일이 나만 할 수 있는 업무도 아니고, 그걸 또 불만을 가
질 만큼 젊지도 않고 철부지도 아니다.

　남편은 전화를 끊고 웃는 얼굴로 나를 봤다.

　"어때, 다 들었지? 어머님 댁 옆인데 싫은 건 아니지?"

　"싫다고? 어째서?"

　"그냥, 고부간이니까."

　'고부'라는 말을 듣고 나도 모르게 웃었다.

　나는 고부라는 단어에서 떠오를 만한 감정을 시어머
니에게 품었던 적이 없다. 시어머니가 멋지고 완벽한 여
성이라고는 생각하지 않지만, 결점보다는 장점이 많은
분이라고 늘 생각해왔다. 그건 확실하다. 성격도 밝으시
고 잘 돌봐주시고 또랑또랑하고 근면하고 등등. 한 집에

살면 이것저것 따져볼 수도 있겠지만 그냥 옆집에 살 뿐이라면 거부감이 들지는 않는다.

"응, 나야 그저 감사하지. 있잖아, 실제로 내가 다시 직장을 다니게 될지 어떨지도 모르고, 집세도 안 받고 살게 해주신다니 감사한 마음뿐이야."

"그렇지?"

남편은 입을 벌린 채 휴대전화를 꺼내 손가락을 움직이기 시작했다.

"당신이야말로 싫지 않아? 본가 옆이라."

남편은 시댁이 현내에 있는데도 백중날이나 연말에 가는 걸 귀찮아한 적이 있었다. 내 친정이 현 밖에 있어서 군말 없이 우선해야만 한 경우도 있지만, 그렇지 않아도 여행이다 뭐다 해서 이유를 붙여가며 가지 않은 때도 있다.

"아니, 별로. 뭐랄까, 나이 탓도 있겠지만 오히려 좀 안심된다고 해야 하나."

"안심?"

남편은 휴대전화를 보고 작게 히쭉 웃고 나서 내 쪽을 흘끗 보았다. 남편은 나와 다르게 친구가 많다. 격하게 움직이는 손끝으로 보아하니 지금 이 사람 저 사람에게 자초지종을 보고하고 있을지도 모른다. '이사하게 되었는데 그게 우리 본가 옆이야. 게다가 집세도 내지 않고……'

"음, 이제 할아버지도 연세가 있으시고 어머니나 아버지도 어느 정도 나이가 드셨으니 내가 옆에 살면 여러 가지로 마음이 놓이실 테고……."

　"흐음."

　나는 음소거로 해놓았던 텔레비전의 소리를 키웠다. 갑자기 '와아!' 하고 많은 사람의 웃음소리가 화면에서 터져 나와 소리를 줄였다. 분명히 일본은 아니고 어딘가의 초원에서 구릿빛 피부의 반나체인 사람들이 거대한 동물을 쫓아다니고 있다. 그들은 얼굴과 가슴에 희고 노란 무늬의 페인트칠인지 문신인지를 하고 있다. 동물은 가축같이 발목에 끈이 감겨 있고 끈의 끄트머리가 팔랑팔랑 나부꼈다. 사람들 중에는 창백하고 약간 살집 있는 체구에 허리에 도롱이를 두른 일본 개그맨도 섞여 있다. 구릿빛 피부의 사람들 모두 천으로 된 반바지를 입고 있다.

　"주말부부는 안 하고 싶다, 그치?"

　"있잖아, 혹시 내가 정규직인 줄 아셨나?"

　"아니, 알고 계실 텐데."

　남편의 손끝이 더욱 빠르게 움직인다. 문자메시지를 보내는지, 인터넷상에 무얼 쓰는지 그 내용이 궁금했던 시기도 있었지만 지금은 전혀 관심이 없다. 범죄나 지나치게 성적인 것만 아니라면 내가 모르는 친구들이나 커뮤니티에서 남편이 어떤 내용을 쓰든 말하든 꼬치꼬치

캐묻고 싶지 않았다.

"그러고 보니 회사에는 이제 그만둔다고 말했어?"

"응, 오늘."

"회사에서 붙잡았어?"

"아니. 전혀."

나는 쓴웃음을 지었다. 남편은 손으로 휴대전화를 계속 만지작대면서 고개를 갸웃거렸다.

"그렇게 부려먹었으면서 어떻게 그러냐."

"다 그래. 고용 조정하는 거야. 비정규직이니까. 그런데 이사하면 그쪽에는 파트타임 같은 일만 있겠다. 벌써올해 서른이고. 인생에 한 번은 정규직으로 일하고 싶었는데."

"집세가 안 드니까 일도 서둘러 찾을 필요 없잖아."

"아, 그런가."

개그맨이 동물을 붙잡으려다 앞쪽으로 굴러 몸이 진흙투성이가 되었다. 남편은 눈을 들어 화면을 흘끗 쳐다보고 "바보 아냐?"라며 웃었다. 나도 웃었다. 이사는 2주후에 하기로 했다.

"진짜? 마쓰우라松浦 씨 그만두는 거예요? 왜?"

내 성은 마쓰우라이고 이름은 아사히다. 직장 동료들은 성만 부른다. 화장실에서 같은 층의 비정규직 동료에게 퇴직한다고 이야기하자, 그녀는 기름종이를 이마에 붙인 채 눈을 동그랗게 떴다.

"남편이 전근을 가서요. 그래서 이사를……."

"정말? 어디로?"

"같은 현이긴 하지만 좀 북쪽이라 출퇴근하기가 힘들어서 갑자기 결정했어요."

"그렇구나. 좋겠다고 하면 안 되려나."

그녀는 기름종이를 화장실 쓰레기통에 버리고 크게 한숨을 쉬었다. 지금 회사는 성수기인데 어째서 이런 시기에 정규직 결근자가 많은지(육아출산휴가 한 명, 병가 한 명, 출근 거부 두 명) 그 여파가 우리 비정규직에까지 미치고 있다. 나나 그녀도 계약상에 원래 없는 야근을 하고, 해본 적도 없는 수주와 발주 업무나 거래처 대응 업무까지 배정받았다. 그런데도 기본급은 똑같고 정신만 피폐해져갔다. 유일하게 회사가 보인 성의는 정규직이 겨울 보너스를 받는 날에 건네준 세뱃돈 봉투였다. 그 안에는 삼만 엔이 들어 있었고, 봉투에는 인쇄된 붓글씨체로 '촌지寸志'라고 쓰여 있었다. 나는 별 뜻 없이 '촌지'라는 의미를 찾아봤다. 마음을 담은 소소한 선물, 조촐한 답례와 같은 뜻이다. 정규직이 받는 겨울 보너스는 약 삼 개월분인지 삼 점 몇 개월분이었다고 들었다. 단순히 계산해도 육십만 엔에서 칠십만 엔이다. '촌지'는 약 이십분의 일이다. 나는 그 돈을 봉투째 가방에 쑤셔 넣었다. 쓰고 싶은 마음도 없고 통장에 넣고 싶지도 않았다. 아직도 그대로 들어 있다. 이대로 근무한다면 얼마 후에 여름 '촌지'를 받을 텐데. 이다음에는 오만 엔쯤 더 줄지도 모른다.

"나도 그만두고 싶지만, 그만둔다 해도 딱히."

나보다 세 살 많은 그녀는 독신이다. 결혼을 생각하는 사람과 동거하고 있지만 동거남의 월급도 정규직치고는 적어서 결심이 서지 않는 모양이다. 지금처럼 바쁜 건 싫지만 그만두거나 전직하는 건 불안하다고 했다.

"전직한다고 정규직이 되리라는 보장도 없을 테고. 비정규직이긴 해도 풀타임 근무고 지금은 야근수당도 받으니까. 어떨 때는 남자 친구보다 오히려 내가 월급이 더 많은 경우도 있어. 열심히 일한다고 정규직으로 전환시켜줄 것 같지는 않지만……."

그녀는 원래 대기업 정규직으로 근무했지만 상사에게 정신적 학대를 받아 심료내과心療內科(정신과와 내과를 합친 진료 과목으로 심신의학적으로 내과 질환을 다룬다 – 옮긴이 주)에서 치료를 받고 나서야 그만두고 이 회사에 왔다고 한다.

"아, 그런데 나도 그만두고 싶다. 나도 남자 친구가 갑자기 출세해서 전근이라도 갔으면……. 마쓰우라 씨, 일은 어쩔 셈이야? 또다시 찾아볼 거야?"

"네. 그런데 시골이라 마땅한 일이 있을지 모르겠어요. 남편 본가에서 가지고 계신 집을 집세 없이 살게 해주셔서 생활은 그럭저럭 해나갈 수 있을 거 같아요."

"정말? 그럼 전업주부?"

그녀는 또 눈을 부릅떴다.

"꿈만 같아!"

꿈만 같다고?

"꿈만 같다고요?"

"꿈만 같잖아. 남편이 먹여 살릴 테니까 자기는 여유롭게 집안일이나 하며 빵이나 굽고 화초나 가꾸면 되잖아. 좋다, 좋겠다."

그녀는 머리를 좌우로 흔들며 유니폼 조끼를 아래로 잡아당긴 다음 가슴을 쓸고, 그대로 손을 눈앞에 대고 손톱을 검사하는 듯한 몸짓을 했다. 그녀는 매달 한 번씩 네일숍에서 예쁘게 손톱 관리를 받지만 한 달에 한 번이므로 새로운 손톱은 곧 자라난다. 관리를 받은 손톱은 네일숍에 가야만 깔끔하게 뗄 수 있어서 무의식적으로 쓱쓱 문질러서 벗겨내는 버릇이 있다. 진한 자주색 매니큐어가 발라진 손톱 끝은 작고 투명한 스톤이 장식되어 있다. 진한 자주색 삼 분의 이 정도가 드문드문 벗겨져 있어 펑크스타일처럼 느껴졌다. 스톤 장식을 얹으면 옵션으로 양손 육천 엔의 추가요금이 발생하지만 지인이 일하고 있어서 꽤 저렴하게 해준다고 들었다. 나는 내가 직접 매니큐어를 바른 적은 있지만 큐티클 정리를 하지 않아서 그다지 예뻐 보이지는 않는다. 그렇다고 수천 엔을 들여서 손톱에 스톤 장식을 붙이고 싶지는 않다.

"나도 인생에 한 번은 전업주부를 해보고 싶어. 아! 혹시 임신한 거 아냐?"

나는 고개를 저었다. 내가 직장에서 친하게 이야기를 하는 사람은 그녀뿐이다. 정직원들과는 이야기를 해도 의견이 잘 안 맞은 경우가 많은 데다가 내가 낯가림이 심하기 때문이다. 그렇긴 해도 그녀와 속 깊은 이야기를 나누고 싶은 마음은 없다. 그런데 그녀는 무슨 이유에선지 묘하게 나에게만은 여러 고충이나 걱정거리를 털어놓는다. '이대로 비정규직인 상태에서 결혼도 질질 끌게 되면 아이를 못 낳는 게 아닐까? 그런 인생은 정말 싫은데, 이제 어떻게 해야 할지 모르겠다'라는 것이 그녀의 가장 큰 고민이었다. 나는 고개를 젓는 행동만으로는 뭔가 부족하다는 생각이 들어 "전혀 아니에요."라고 덧붙였다. 그녀는 손을 씻고 손톱 끝의 스톤 장식을 손질하듯 닦았다. 아무리 밑바탕 색이 벗겨져도 스톤 장식이 마지막까지 꼭 달라붙어 그녀의 손톱 위에 남아 있다.

"그런가, 그렇지만 그만두고 여유가 생기면 바로 임신할지도 모르잖아. 그러면 알려줘. 꼭 알려줘야 해. 아무리 멀어도 보러 갈 테니까."

그녀는 아무래도 나도 아이를 원하고 있고 자신이 아기를 원하는 만큼 나도 임신하기를 바란다고 생각하는 모양이다. 결혼해서 몇 년이 지났는데도 아이가 생기지 않는 딱한 사람이라고 여기는 듯했다. 부정할 기회도 없어서 그 설정에 맞춰 대충 대답을 했지만 나는 무슨 일이 있어도 아이를 가져야겠다는 생각은 별로 없다. 적극적으로 갖고 싶지 않다고도 생각하지 않는다. 하늘이 내려 주는 일이라는 표현이 맞는 말이라고 생각한다.

"좀 심한 이야기이지만, 아이를 낳는다면 전업주부보다 일하는 편이 나아. 돈을 더 받을 수 있어. 국가나 현에서 보조금을 더 준다나 봐."

"그래요?"

"음, 비정규직과 정규직의 처우가 똑같은지는 모르겠지만."

그녀는 거울에 비친 자신의 눈썹꼬리를 문질렀다. 손톱에 돈을 들이는 데에 비해 옅은 화장이다. 원래 화려한 얼굴이라 화장을 하면 눈에 띨지도 모른다. 짙은 쌍꺼풀에 곧고 긴 속눈썹이 옅게 그늘을 만들어낸다. 관자놀이에 있는 볼록한 큰 점 하나를 신경 쓰고 있다. 피부는 깨끗한 편이지만 입안에는 금속으로 씌운 이가 많아서 웃으면 눈에 띈다.

"결국엔 부부 둘 다 정규직이 가장 좋아. 사회적으로도 그렇고 본인들한테도 그렇고."

"그럼 정규직으로 바꿔준다면 계속 직장에 다닐 거예요?"

"물론이지. 정규직만 된다면 난 계속 일할 거야."

그녀는 힘차게 고개를 끄덕였다. 점심시간에 정규직 여자들은 모두 밖으로 밥을 먹으러 나간다. 반대로 비정규직은 모두 자기 자리에서 먹는다. 알게 모르게 그건 서로 간의 암묵적인 규칙으로 정규직 여자들이 자기 자리에서 점심을 먹고 있으면 일이 몹시 바쁘다거나 평소 같이 점심을 먹는 상대와 사이가 틀어졌음을 의미했다. 정규직과 비정규직이 서로 싫어한다는 건 아니다. 좋은 사람도 있다. 그저 태생이 다를 뿐이다. 한쪽은 육십에서 칠십만 엔, 다른 한쪽은 삼만 엔. 이야기가 잘 통할 리가 없다. 밖에서 점심과 수다를 끝낸 정규직들이 이를 닦으러 올 때까지 앞으로 십오 분쯤 남아 있어서 그동안 이 화장실에 정규직은 들어오지 않는다.

그녀는 분개한 듯 큰소리로 말했다.

"정규직과 똑같은 일을 하고 돈은 더 적게 받잖아. 그렇다면 보너스라도 줘야 하잖아. 나도 출장도 가고 점심 모임에도 참석할 거야. 안 그럼 억울하잖아. 어차피 우리들은 육아휴직도 못 쓰니까. 만약에, 이건 만약인데, 임신하면 해산달까지 일을 한 후 한 번 해고되었다가 1년쯤 뒤에 자리가 비어 있으면 다시 재고용되겠지. 재고용된다 해도 어차피 파트타임이지만. 그때 자리가 없으면 당연히 고용해줄 리도 없겠지만. 정규직이면 자동적으로 1년 쉬고 나서 3년간 단축근무제로 일할 수 있고, 그동안에 월급도 받는 데다 보너스도 전액은 아니라도 받는 모양이야. 게다가 지자체에서 보조금까지 나온대. 같은 인간인데 왜 이렇게 차별을 받아야 하는 거지? 나는 정사원이 되고 싶어 미칠 것 같아. 마쓰우라 씨는 정규직이 되고 싶지 않아?"

"되고 싶기도 하지만 지금보다 더 바쁜 건 좀 그래요."

"그럼 지난달 야근수당 얼마 나왔어?"

그녀는 나를 향해 돌아섰다. 이를 닦고 있는 그녀에게서 내 것과는 다른 상표의 민트 향이 났다.

"몇 만 엔."

"나는 있잖아, 육만 엔에서 칠만 엔 사이."

"비슷한 금액이에요."

보너스는 적지만 야근수당은 신청한 만큼 나온다. 야근수당 신청 단위가 삼십 분이라서 매일 삼십 분에서 초과된 시간을 가산하면 그 시간만큼 무료봉사하는 셈인데 그건 어쩔 수 없다. 그리고 금액이 늘어난 명세서를 봐도 나는 조금도 기쁘지 않았다. 기본급은 항상 똑같기 때문이다.

"기본급으로 따지면 굉장한 액수야, 그치? 야근 없는 달의 1.5배에 가까워. 그만큼 더 일했다는 뜻이겠지만. 비정규직은 회사에 길들여진 가축이야, 회사의 가축."

"그래도 야근수당이 나오니까 없는 것보다는 낫잖아요."

"맞아, 그건 그래. 남자 친구도 야근은 기본적으로 무

구멍 22

급인 모양이야. 다들 그렇게 이야기하던걸. 그래서 위를 보면 한이 없다는 것도 알지만. 있잖아, 나 야근 탓에 이번 주 내내 슈퍼마켓 반찬으로 저녁밥을 해결하고 있었거든. 이제 남자 친구가 참지 못하고 폭발할지도 몰라. 마쓰우라 씨는 괜찮아?"

"그럭저럭요. 하지만 저희도 카레를 나흘 동안 계속 먹고 있어요. 돼지고기를 넣은 된장국이랑 스튜와 어묵을 큰 냄비에 끓여서 그걸 매일."

"그래도 손으로 만들어 준다는 게 어디야. 우와 대단한걸! 회사 끝나고 귀가했을 때 밥이 준비되어 있다면 얼마나 좋을까. 남편이 빨리 오는 날은 음식을 만들기도 해?"

"아니에요. 부탁하면 하루나 이틀쯤은 해줄지도 모르지만, 뭐랄까……."

나는 적당한 말을 찾으려고 입을 다물었는데 그녀는 거울 쪽으로 휙 돌아서더니 거울에 비친 자기 자신을 노려보며 "거봐. 말 못 하는구나. 알아! 알아!"하고 외쳤다.

"나도 말 못하겠더라. 목구멍까지 말이 오지만 말이야. '저녁 좀 만들어봐요. 일찍 돌아오는 날이라도 제발 당신이 저녁 준비 좀 해봐요.'라고. 그런데 못하겠더라고. 왜 그럴까. 나도 정규직이라면 남자한테 당당하고 대등하게 요청할 수 있으려나."

나는 손목시계를 흘끗 쳐다보았다. 점심시간에는 한

숨 돌리지 않으면 죽을 것 같은데도, 휴식 시간이 끝나면 자동적으로 일하러 갈 마음이 생긴다. 어차피 오늘도 야근이고 아마 그만두는 날까지 야근은 계속될 것이다.

"그럼, 마쓰우라 씨가 없으면 그 일은 누가 하려나."

내가 얼굴을 들고 거울로 그녀의 눈을 보자, 그녀는 오른손을 가볍게 앞쪽으로 내밀어서 손톱의 스톤 장식을 보며 "네일숍에 갈 때가 됐어. 야근수당으로 스톤 장식을 좀 늘려볼까."하고 중얼거렸다. 거울에 침이 엄청나게 튀어서 하얗게 자국이 났다. 거울에 비친 그녀의 가슴께부터 아래쪽이 지저분해 보였다.

이사 당일 폭우가 내렸다. 물이 부족해서 걱정할 만큼 마른장마였는데 유일하게 하루 종일 큰비가 내린 일요일이었다. 지역에 따라서는 강물이 불어나 수재민도 생긴 모양이다. 그날 아침 가장 먼저 온 이삿짐센터 직원은 딱하다는 표정을 지었지만 나는 오히려 빗속에서 대형 가구를 운반해야 하는 그들이 안쓰러워 보였다. 짐이 트럭에 쌓이고 나와 남편은 자동차에 탔다. 남편은 음악을 틀었지만 다 재즈 음악이라서 정신을 차리니 깜빡 잠들어 있었다. 깨어 보니 이미 남편의 본가 앞이었고, 시어머니가 현관 처마 밑에 서서 기다리고 있었다. 빗발은 더욱 거세지고 주변은 동트기 전처럼 캄캄했다.

이삿짐센터 직원이 트럭에서 내려 모자에 손을 대고

인사를 하면서 물어볼 게 있다는 듯 나와 남편을 쳐다보았다. 우리가 무언가 말하기 전에 시어머니가 남편에게 "2층을 침실로 할 거니?"라고 물었다. 시어머니는 면남방에 청바지 차림이었다. 소매와 옷자락은 걷어 올렸는데 팔뚝이 갓난아기처럼 포동포동했다.

"네?"

"어머, 아사야. 차 안에서 계속 잤니?"

"앗!"

나는 당황해서 눈을 비볐다. 빠진 속눈썹이 손톱 끝에 붙었다.

"네. 그이한테만 운전을 맡겨서 죄송해요."

"괜찮아, 괜찮아. 짐 싸느라 얼마나 피곤했겠니. 이사할 때는 여자가 더 피곤하기 마련이지. 하는 일은 비슷해 보여도. 무네아키! 2층을 침실로 할 거냐고."

"네, 뭐라고요?"

"내가 요전에 전화로 커튼 이야기했잖아. 전에 살던 사람이 놔두고 갔다는 커튼 말이야. 세탁하느라 지금 이층에 커튼이 없어. 오늘 이렇게 비가 쏟아질 줄 몰랐지 뭐니. 지금 이 상태라면 마르긴 틀렸어. 오늘 잠은 집에서 잘 거냐? 빨래방에 가서 얼른 말려가지고 올까? 근처에 빨래방이 있어. 자동차로 가면 금방이야."

"뭐 커튼 같은 거 없어도 괜찮지 않나?"

이삿짐센터 직원이 나에게 조심스럽게 다가와서 "저

어, 죄송한데 이쪽 분은요?"라고 작은 소리로 물었다.

"시어머님이세요. 이 집 주인이시고요."

"그렇군요. 어머님이십니까?"

이삿짐센터 직원이 웃어보였다. 땀 냄새와 비 냄새가 뒤섞인 젊은 남자의 채취가 확 끼쳤다. 땀이 배지 않는 소재인지 그 남자의 옷은 보송보송 말라 보였는데 머리카락은 모자 안에서 땀으로 딱 붙어 있었다.

셋집으로 이동한 후 이삿짐을 옮기는 일은 시어머니가 진두지휘했다.

"아, 맞다. 현관에 매트가 깔려 있어요. 오늘 폭우 때문에 보통 일이 아니네요. 그쪽은 아르바이트인가요? 비 오는 날이라 힘들겠어요. 미안해서 어쩌나."

이삿짐센터 직원은 구두를 벗고 새하얀 양말로 벽과 마루용 보호 용품을 양손에 안고 집안으로 들어갔다. 시어머니는 그들에게 방 배치를 설명했다.

"이쪽이 수납 방, 부엌이 저쪽 방향으로 붙어 있어요. 서쪽은 여기. 석양이 좀 강하게 들어오는 방이긴 해요. 필요할지 몰라 재해 방지용 미끄럼 방지 물품도 사두었으니 없으면 사용하세요. 가구 밑에 깔개는 이걸로 사용할래요?"

이삿짐센터 직원이 남편을 쳐다보고 남편은 나를 쳐다보았다.

"네, 감사합니다. 미처 준비하지 못했는데, 그럼 그걸 사용하겠습니다."

시어머니는 그 밖에도 여러 가지 것들을 준비해두었다. 아이스박스에 재어놓은 이온음료와 녹차, 타월 몇 장, 비닐봉지에 든 위생물수건, 접착테이프, 줄자 등이 들어간 종이봉투. 시어머니는 그 중에서 '내진耐震, 가구 쓰러짐 방지 안전판'이라고 인쇄된 파란 패키지를 꺼내 이삿짐센터 직원에게 건넸다.

"자, 이거. 냉장고나 식기 선반 같은 무거운 것을 놓을 때 아래쪽에 이렇게 꽉 물려주세요."

"알겠습니다."

"으음. 몇 개나 필요하려나? 일단 일곱 개 샀거든. 책장은 있니?"

"아니요."

"그럼 냉장고와 식기 선반, 옷장은 있어?"

"옷장…… 옷장은 있어요."

"옷장은 2층 옷방에 놓을 거야?"

남편의 휴대전화가 울렸다.

"앗, 미안. 나 전화 좀 받을게."

남편은 전화기를 들고 2층으로 올라가버렸다. 시어머니가 남편과 나를 번갈아보며 어깨를 으쓱해 보였다. 어떤 사람들은 시어머니를 사십대로 보기도 한다. 화장기 없는 붉은 볼이 반짝거리며 윤이 나고 생기가 있다. 친정어머니는 시어머니보다 열 살 정도 어리지만 얼핏 보면 훨씬 늙고 주름져 보인다. 왠지는 모르겠지만 출산을 하고 전업주부로 살아온 여자와 직업을 갖고 일을 해온 여자의 차이처럼 느껴졌다. 2층에서 남편의 웃는 소리가 들렸다.

"어휴, 저 녀석은 제가 주인이면서 이사는 나 몰라라 하다니. 듬직한 구석이 없어요. 옷장은 2층에 놓는 거 맞지?"

시어머니는 아까부터 이마에 맺힌 땀을 수건으로 연신 닦아내며 말했다.

이삿짐센터 직원들은 보호용 깔개를 현관과 복도, 계단 구석에 붙이며 돌아다녔다. 시어머니가 종이가방에서 슬리퍼를 꺼내 내게 건넸다.

"애야, 이거 신어라. 청소를 해도 계속 먼지가 나니까. 그래도 전문 업자한테 맡겨서 실내 청소도 다 했고 항균 작업도 했어. 곰팡이 방지, 진드기 방지 작업도 해놨고. 전에 살던 사람이 깨끗이 살아서 그나마 편했어. 어린애도 있는데 말이지. 이름이 가토인데 정말 괜찮은 여자였어. 구석구석까지 신경 안 쓴 데가 없더라고. 애들은 스티커 같은 걸 벽이든 바닥이든 함부로 붙이잖아. 성한 데가 있기나 할까 걱정했는데 이것 봐라. 매끈매끈 반들반들하잖니."

"할아버님은 오늘 뭐 하세요?"

"조금 전까지 텔레비전을 보고 계셨는데 아마 지금쯤

주무시지 않을까? 하루 종일 텔레비전을 켜놓고 주무신다니까. 꾸벅꾸벅 졸면서."

"그러세요? 아버님은요?"

"오늘도 일박 이일로 골프 치러 가셨다. 아텐자(일본 자동차 회사 마쓰다가 출시한 중형 승용차. -옮긴이 주)가 안 보였잖니. 근데 이렇게 비가 많이 와서 골프는 무슨. 안됐네."

시댁에는 자동차가 두 대다. 남색 경차와 은색의 조금 큰 차. 아마도 은색이 시아버지 차, 남색이 시어머니 차일 것이다. 시아버지와는 별로 만날 일이 없다. 예단 드릴 때나 결혼식, 백중맞이와 연말 명절에 본가에 갔을 때 시아버지도 같이 계셨을 텐데 주로 시어머니가 말씀을 하시는 편이라, 시아버지는 그 그늘에 가려 기억에 남아 있지 않다. 재고용인지 임원대우인지는 모르지만 어쨌든 아직 현직에 있다. 시할머니는 남편이 어렸을 때 돌아가셨다고 들었다.

"저기, 사모님."

이삿짐센터 직원 한 명이 이쪽을 향해 뛰어오며 불렀다.

"네?"

대답한 쪽은 시어머니다.

"저어, 전자레인지는 어디에 놓을까요? 부엌 콘센트에 냉장고, 전자레인지를 같이 꽂아 쓰실 건가요? 밥솥도 있는데 배치를 어떻게 하면 좋을지 알려주시겠어요?"

"알았어요. 지금 바로 살펴볼게요."

부엌으로 달려간 사람은 내가 아니라 시어머니였다. 남편은 2층에서 더 큰소리로 웃으며 통화를 하고 있다.

"그래, 비가 억수로 온다더라. 참 운명도 기구하지. 살면서 이사가 몇 번이나 있다고. 하필이면 이사하는 날에 장대비에 홍수경보라니. 내 인생이 그렇지 뭐. 하하하."

나는 문 앞에 혼자 남았다. 처마가 있어 빗방울이 들어오지는 않지만 바깥의 습하고, 산과 염소 냄새가 섞인 찬 공기가 흘러들었다. 이삿짐센터 직원이 문 고정 장치를 끼워 놓았기 때문에 문은 열린 채다. 시어머니가 준비해 준 슬리퍼는 강아지 얼굴 모양을 수놓은 묘하게 입체적인 무늬인데 발바닥이 푹신했다. 새것처럼 보였다. 설마 이 슬리퍼도 일부러 샀을까. 이사가 끝나면 이 요상한 무늬의 슬리퍼를 시어머니는 가져가실까?

"얘야! 잠깐 이리 좀 와봐."

시어머니가 부르는 소리에 나는 분홍색 혓바닥을 삐죽 내민 강아지 모양의 슬리퍼를 찰박찰박 소리 내어 끌며 부엌으로 달려갔다. 축 늘어진 귀 부분이 팔랑팔랑 움직였다. 비닐로 덮인 원목 느낌의 바닥재가 깔린 거실, 지금까지 살던 곳보다 훨씬 넓은 주방, 큰 창문. 그 너머로는 아직 아무것도 심지 않은 2~3미터 정도의 작은 정원과 그곳에 군데군데 생긴 물웅덩이가 보였다. 또 몇 군데 인위적으로 파낸 듯한 구멍도 있었다. 뭔가 심었다가 파낸 걸까, 아니면 아이가 있는 집이었다고 했으니 아이가 장난을 쳐놓은 걸까. 그 너머에 남편의 가족이 있었다. 비를 맞고 있는 정원수 몇 그루가 보였다. 그 틈으로 사람 그림자가 언뜻 지나간 듯해서 제대로 보려고 했으나 초점이 흐려 보이지 않았다.

"예, 어머님."

"아, 괜찮아. 해결했어. 이쪽이 냉장고, 이쪽이 식기 선반. 그리고 봐봐, 이건 미끄럼 방지 시트야."

이삿짐센터 직원은 무표정한 얼굴로 나를 쳐다보았다. 나는 애써 밝게 웃는 얼굴로 좋다고 대답했다.

빗발은 잠들 때까지 잦아들지 않았다. 다음날 아침 눈을 뜨자 커튼 대신 시어머니가 몇 장씩 겹쳐서 걸어놓고 간 2층 창가의 새 목욕 수건 사이로 물기가 마른 하늘이 하얗게 보였다. 다른 날보다 일찍 일어났는데도 벌써 태양빛이 쨍쨍했다. 그 순간 나는 하루나 사계절의 리듬이 전혀 다른 아주 먼 곳으로 이사 온 듯한 착각이 들었다. 백야의 북반구 혹은 일 년 내내 여름인 섬. 하지만 이곳은 여전히 일본이고 다른 현으로 이사를 한 것도 아니며 다만 산 쪽으로 가까이 옮겨왔을 뿐이다. 지명에 '아자'(구획을 나타내는 말이며, 한자 字 자를 쓴다. 우리나라의 리里 정도에 해당. ─옮긴이 주)가 붙고 번지수가 적다. 그리고 우편번호를 꼭 기억해야 한다. 그건 그렇고

참 환하다. 대낮처럼 환하다. 반신반의하며 몸을 일으켰다. 옆에는 남편이 깊은 잠에 빠져 있다. 창을 열자 매미 소리가 들려왔다. 시계를 보니 여섯시도 안 되었다. 매미? 올해 처음으로 듣는 유지매미의 울음소리다. 그날부터 본격적으로 여름이 시작되었고 예년보다 이른 장마가 예고되었다.

집을 나서서 좀 걸어가면 큰 강이 나온다. 바다에서는 멀찍이 떨어져 있다. 구분을 짓자면 이곳은 강 상류에 해당하는 곳인데 강폭이 넓고 군데군데 물이 흐리다. 강이 가까운 지역은 서늘할 것 같았는데 그렇지 않았다. 하지만 강물이 보이지 않는 곳에서도 강의 분위기가 감돌았다. 습기나 서늘함 때문이 아니라 숨막힐 듯 풍기는 풀숲의 열기나 고여 있는 물의 냄새로 감지되었다. 강 반대편에는 산이 있다. 올려다보면 산 중턱까지 회색 집들이 빽빽이 들어서 있다. 생긴 지 얼마 안 되는 주택가인 듯하다. 아직 분양 중인 토지도 있고 '새로운 마을, 녹음과 하늘이 아름다운 마을'이라고 인쇄된 깃발을 군데군데 세워놓았다. 남편이 차를 운전하여 출퇴근하기 때문에 나는 걷거나 버스를 이용한다. 하지만 출퇴근 시간대 외에는 버스가 한 시간에 한 대 있을까 말까 하고 버스로 전철역까지는 거의 사십 분이 걸린다. 시내로 물건을 사러 나가고 싶다거나 친구와 종종 만나 점심이라도 사 먹고 싫다는 생각을 하지 않아서 나는 집에 있는 시간이 많아졌다.

　외출은 슈퍼마켓에 가는 정도이지만 날씨가 더우면 한낮은 피한다. 노인이 많은 지역이어서인지 아니면 여름이어서인지 가장 가까운 슈퍼 마루치쿠는 아침 일곱시부터 영업을 시작한다. 나는 남편을 출근시키고 나서 아침을 먹고 난 다음 걸어서 마루치쿠로 간다. 넓은 주차장이 있는 걸 보면 손님 대부분이 차를 타고 온다는 걸 알 수 있다. 이른 아침 시간에는 텅 비어 있지만 아홉시나 열시쯤 되면 꽤 붐빈다. 차를 끌고 중고생 자녀를 데리고 오는 부부들은 둘 다 양손 가득 커다란 봉지를 들었거나 쇼핑카트를 밀고 다닌다. 주차장 안에서 카트를 밀고 다니기를 꺼려해서 아버지나 누군가는 주차장에서 차를 끌고 출구 쪽으로 나와 기다린다. 때문에 주차장에서도 정체 현상이 벌어진다. 특히 주말에 특별 판매가 있는 날이면 그 넓은 주차장에 자리가 없어서 찻길에선 주차장으로 들어서려는 차들의 길고 긴 행렬이 생긴다. 아침 일곱시 경에는 특가 상품이 없고 가끔 육류와 어류는 진열조차 되어 있지 않은 때도 있지만 복잡한 가게 매장 안과 주차장을 돌아다니고 땡볕에 짐을 들고 집에 가는 것보다는 훨씬 나았다. 아침에 장을 다 보고 난 후에는 죽 집에만 있다. 걸어서 갈 수 있는 도서관이나 걸어 다니기만 해도 시간이 잘 가는 쇼핑몰이나 대형 서점 같은 곳이 주변에는 없다. 이삿짐이 정리되자 나는 해야 할 일도, 숙제도 없는 여름방학을 맞이한 기분이 들었다. 일자리를 찾고는 있지만 이동 수단이 없으니 구인 잡지에 실린 근처의 몇 안 되는 일자리를 알아보거나 마루치쿠나 개인 상점 앞에 붙은 직원 모집 전단을 확인해 보는 정도에 불과하다. 그러니 일이 그리 빨리 찾아지리라는 생각은 들지 않았다. 여섯시 전에 일어나 남편의 점심 도시락을 만들고 남편의 아침 준비를 하고 남편을 출근시킨 후 내 아침을 챙겨 먹고 마루치쿠에 가고 세탁이나 청소를 하고 나면 딱히 할 일이 없는 이런 삶. 이런 삶을 두고 그녀는 '꿈만 같아'라고 했었던가. 여태껏 아침부터 밤까지 일하는 직장 생활을 했다는 사실이 거짓말처럼 느껴졌다. 아침부터 밤까지 일만 하고 살았던 나와 오전 중에 필요한 일을 대충 끝내고 나면 저녁 준비까지 멍하니 앉아 있어도 아무렇지도 않은 지금의 내가 과연 동일 인물일까? '일주일이면 싫증이 날 거야'라고 예상했던 대로 하루 만에 싫증이 났다. 한번 질리고 나자, 이내 그 생활은 아무렇지도 않았다. 평범하게 텔레비전을 보거나 컴퓨터를 켜고 책을 읽고 손이 많이 가는 요리를 하고 혼자 살 때처럼 과자를 만들었다. 어떤 일이든 전기세나 책값, 가스값이 든다. 즉 돈이 든다. 하루 세 끼에 낮잠까지 제공되는 직업이라며 전업주부들을 비웃는 말을 예전에 들어본 적이 있는데 직접 해보니 낮잠은 가장 경제적이며 효율적으로 시간을 보낼 수 있는 방식이자 요령이었다. 시간은 느리게 흐르는데 하루하루 또는 일주일이 이상하게도 후딱 지나갔다. 여러 가지 일정, 마감, 회의, 월급날 등으로 시시각각 확인하지 않으면 시간이란 스르르 녹아떨어져 속도는 가늠하지도 못할 만큼 빠르게 모습을 바꾸는 것일까.

창을 열자 매미 울음소리가 들려온다. 시골이라 나무가 많아서인지 올해의 날씨 영향인지 지금껏 들어보지 못한 복합적인 소리처럼 들렸다. 마치 통째로 잡아먹은 매미 한 마리가 몸 속에서 울어대는 것처럼 가깝게 들린다. 처음에 잠깐은 시끄럽다가도 곧 적응되기 마련인데, 뭔가 박자에 말려들면 매미가 피부 속에 들러붙어 질식할 것처럼 괴롭다. 그렇다고 문을 닫으면 금방 푹푹 찌는 더위로 죽을 지경이다. 직장도 없는 나는 혼자 있을 때는 에어컨을 틀지 않기로 했다. 쾌적한 실내에서 땀도 안 흘리고 낮잠을 잔다면 그야말로 땀을 물처럼 흘리며 밖에서 일하는 남편에게 미안하니까.

소파에서 꾸벅꾸벅 졸고 있는데 전화가 걸려왔다. 모르는 번호다.

"아가, 미안해. 지금 전화 괜찮니?"

벨 소리를 듣고 순간 방어적으로 전화를 받았는데 시어머니였다. 네, 하고 대답하자 시어머니는 집에서 듣는 목소리보다 조금 낮은 톤으로 건조하게 말을 시작했다.

"얘야, 정말 정말 미안한데, 오늘 내가 일정을 착각해서, 아니다 착각한 건 아니고 깜박하는 바람에 오늘 꼭 지불해야 할 돈을 준비해놓고는 집에 놔두고 왔어."

"그러셨어요?"

"돈을 말이야. 납입고지서와 함께 봉투에 딱 넣어놓고는 갖고 오는 걸 깜박했지 뭐냐. 오늘은 정시 퇴근이라 집에 가더라도 다섯시나 여섯시라 납입고지서 기한을 못 맞춰. 조퇴를 할까도 생각해봤는데 혹시나 네가 지금 바쁘지 않으면 나 대신 내줄 시간이 있을까 해서. 지금 해야 할 일 있어요?"

나에게 존댓말을 섞어가며 말하는 시어머니가 좀 이상했다. 누가 옆에서 듣기라도 하는 것처럼. 그런 것치고는 시어머니의 주변에서 들려오는 소리가 없다. 조용하다. 평일 점심나절이니 시어머니는 지금 직장에 있을 텐데 주변이 조용하다. 어쩐지 아주 시원하고 쾌적한 곳일 것 같다는 생각이 들었다. 나는 거실에서 선풍기를 약풍으로 켜놓고 소파에 앉아 있기도 하고 서서 돌아다니기도 하고 바람이 가장 잘 돌도록 커튼을 열기도 하고 눈이 부셔서 다시 닫기도 하면서 비몽사몽 잠을 자고 있었다. 두통이 생길 듯한 예감이 들었다. 그것이 매미 소리와 호응했다. 이웃집에서는 아이가 우렁차게 외치는 듯한 소리가 들려왔다. 아직 칠월 상순이고 여름 방학이 시작되지 않았을 텐데 한낮에 집에서 소리를 지르고 있는 걸 보면 미취학 아동이겠지. 그래도 딱 부러지는 커다란 목소리였다. 나는 일부러 발랄한 목소리를 내며 시어머니에게 대답했다.

"특별한 일은 없어요."

어제는 오랜만에 버스와 전철을 바꿔 타며 멀리까지 나가서 치료를 받던 치과에 갔다. 충치 치료가 끝났으니 이제 별로 할 일이 없다. 아침도 점심도 저녁도 평일도 주말도 한가하다. 시어머니는 숨을 들이마셨다가 내쉬며 말했다.

"그렇구나. 그럼 우리 집 현관 신발장 위나 부엌 식탁, 어쩌면 불상 모시는 방에 있는 좌식 책상 위에 있으려나? 아마 그 세 군데 중에 봉투가 있을 거야. 안에 돈과 고지서가 들어 있으니 그것 갖고 편의점에 가서 돈을 좀 내 줄 수 있겠니?"

"편의점에서 내도 돼요?"

"응. 은행 ATM보다 가까우니까. 작지만 세븐일레븐이 있어. 어딘지 알겠어요? 강변 쪽으로……."

"네, 알고 있어요."

"괜찮아? 정말 괜찮아? 미안하구나. 정말 깜박했어. 오늘 아침 정신이 없었어. 할아버지한테 돈을 맡길 수도 없고 말이야. 오늘 날씨 덥다. 그럼 정말 죄송하지만 부탁할게요. 너도 덥겠다. 남은 돈으로 아이스크림이라도 사 먹으렴. 먹으면서 걸어 다니면 좀 그러니까 후딱 서서 먹고 집으로 돌아가세요."

마지막엔 외국인 같은 말투로 바뀌었다.

전화를 끊자, 이 번호를 저장하겠습니까?, 라는 메시지가 전화기 화면에 떴다. 유선전화인걸 보면 회사 전화번호이겠지. 나는 시어머니의 직장은커녕 휴대전화 번호도 모른다. 시어머니는 어떻게 내 휴대전화 번호를 알고 있었을까. 남편에게 물어봤을까. 왜 집에 있는 유선전화로 걸지 않았던 걸까. 일단은 만일의 경우에 대비해 전화번호를 저장해놓기로 했다. 번호를 등록하고 이름에 '시모 직장'이라고 적었다. 나는 시어머니의 직장명을 모른다. 구체적으로 무슨 일을 하고 있는지도 모른다.

시어머니의 전화를 끊고 나는 우리 집 옆 남편의 본가로 갔다. 햇볕이 평소와 달라 보였다. 바람도 없이 공기가 정체되어 있다. 내가 문을 밀고 들어오는 걸 눈치채고는 시할아버지가 싱긋 웃으며 손을 들었다. 낮에는 시할아버지만 집에 계신다. 아흔 안팎의 나이인데도 건강해 보인다.

"안녕하세요."

내가 인사하자 올렸던 손을 더욱 높이 올리며 이를 드러내고 웃었다. 가늘고 긴 앞니와 좌우대칭으로 있는 송곳니의 금니가 반짝였다.

"날씨가 덥죠?"

왜 하필 이처럼 무더운 시간에 굳이 밖에서 물을 뿌리

고 계신 걸까. 시어머니는 시할아버지가 하루 종일 텔레비전만 본다고 하셨는데 시어머니가 쉬는 날에만 그럴 뿐 평일에는 이렇게 정원에 물도 뿌리시는 모양이다. 정원에는 대문 쪽에 있는 소나무, 현관 옆 백일홍, 그 외에 내가 이름을 모르는 정원수가 심어져 있고 땅바닥 가까이에는 몇 종류의 식물들이 나 있다. 꽃이 피어 있는 것도 있고 시들시들한 것도 있다. 베란다에는 바질처럼 생긴 짙은 녹색 풀이 무성하다. 무성하다 못해 윤기가 난다. 씹으면 이까지 온통 녹색으로 변할 것 같아 먹지는 못할 것 같았다.

"어머님이 부탁하신 게 있어서요. 안으로 좀 들어갈게요."

시할아버지는 계속 이를 드러내고 웃을 뿐 아무 말도 하지 않았다. 가는귀가 먹었기 때문이다. 나는 시할아버지를 향해 생긋생긋 웃는 얼굴을 보이며 현관문을 열었다.

드르륵 소리가 났다. 신지 않는 신발을 늘어놓지 않아서 유난히 넓어 보이는 현관 바닥은 환한 바깥과 대비되어 컴컴했다. 신발장 위에 봉투는 없었다. 나는 신을 벗고 집 안으로 들어갔다. 식탁 위에도 없다. 깔끔하게 정리해 놓은 젓가락 받침과 시할아버지의 점심인지 두껍게 썬 빵에 치즈를 발라 랩으로 씌워놓은 것과 보온병, 사과 껍질을 벗기지 않고 사등분으로 잘라 넣어둔 밀폐

용기가 놓여 있을 뿐이었다. 모든 물건들이 크기순으로 정리된 싱크대 앞의 벽과 가스스토브 위에는 씻어서 건조한 냄비와 프라이팬이 놓여 있다. 나는 장지문을 열고 불단을 모신 방으로 들어갔다. 장지문을 통해 햇빛이 들어왔다. 작은 좌식 책상 위에 갈색 봉투가 있다. 안도의 숨을 쉬고 안을 열어 보니 납입고지서와 지폐가 들어 있다. 나는 그것을 집어 들고 형식이나마 불단을 향해 합장을 했다. 복숭아 향이 났다. 불단의 문이 열려 있고 그 안에는 잘 익은 탐스러운 복숭아 세 개가 놓여 있다.

상인방에는 고인의 사진이 몇 점 걸려 있다. 가장 최근 것이 시할머니의 컬러 사진이다. 그 외에는 모두 흑백 사진으로 상당히 고령으로 보이는 노인들이다. 시집오기 전에 인사하러 왔을 때였는지 시집온 지 얼마 안 되었을 때였는지 기억은 없지만 불단에 합장을 하고 문득 고개를 들어 시할머니 사진을 보았을 때 시어머니와 너무 닮았다고 생각되어 시어머니에게 그 말을 했다.

"엉? 누가?"

시어머니는 나란히 세워진 사진들을 올려다보았다. 나는 그때 바로 앞에 있는 시어머니를 어떤 호칭으로 불러야 할지 몰라 순간 오른손 손가락을 들어 앞으로 내밀며 시어머니를 가리켰다.

"뭐? 나랑?"

시어머니는 잠깐 눈이 휘둥그레졌다가 곧 깔깔 소리

내어 웃었다.

"아가, 무슨 말을 하는 거야? 엉뚱하게. 나랑 이분은 혈연관계가 아니잖니. 나는 이 집에 시집온 사람이잖아."

"앗!"

나는 손으로 입을 막았다.

"아 참, 그렇죠. 죄송해요……."

하지만 보면 볼수록 사진 속 시할머니와 시어머니는 볼 주변이나 입 주변의 주름이 판에 박은 듯 닮았다. 구체적으로 꼭 집어 말하진 못해도 핏줄처럼 닮았다는 생각이 들었다. 시어머니는 허참, 이상하네, 라고 말하고는 너무 웃어서 눈물이 맺힌 눈가를 닦았다.

"아유, 우스워라."

"죄송해요."

"사과할 일이 아닌데 뭘. 그래도 영광이구나. 젊었을 때는 꽤 미인이셨대. 관에 넣은 뒤에도 살아 계신 듯 피부에 빛이 났었으니까. 무슨 미인대회에 뽑힌 적도 있었다더구나. 전쟁이 일어나기 전 일이지만."

시어머니는 그렇게 말하고 어깨를 들썩이며 깔깔 웃었다. 정말로 깔깔 소리가 나는 웃음이었다. 나는 다시 한 번 사진을 쳐다보았다. 사진은 약간 앞으로 기울여 걸어놓아서 그 검은 기모노를 입은 초로의 여인이 나를 내려다보는 듯 보였다. 시할머니의 사진은 화질이 좋지 않았는데 원래 작았던 사진을 확대한 것 같다. 몇 번을 다시 봐도 역시 시어머니와 닮았다. 나는 일어서서 봉투를 들고 집을 나섰다.

시할아버지는 현관에서 나오는 나를 보고 아까와 같이 반복해서 손을 올리고 이를 드러내며 웃었다.

"이거요. 저보고 대신 내달라고 하셔서요. 가져갈게요."

반응은 없다. 나는 아직 얼마나 큰 소리로 말을 해야 시할아버지께 들리는지 잘 모른다. 시어머니 말씀으로는 고개를 끄덕이거나 답을 한다고도 하시니 전혀 못 듣는 건 아닌 셈이고, 또 시할아버지와 이야기할 때 시어머니가 그렇게 큰 소리를 질러가며 반복해서 말을 하시지도 않을 것이다. 분명 어떤 요령이랄까, 적절한 음역이나 억양이 있을 것이다. 시할아버지는 잠시 나를 바라보고 있었지만 곧 시선을 돌리고 다시 정원에 물 주기를 시작한다.

일단 우리 집으로 돌아와 창을 닫아걸고 내 지갑과 함께 봉투를 핸드백에 넣은 다음 모자를 쓰고 집을 나섰다. 움직이는 것은 아무것도 보이지 않았다. 나무들은 정지해 있었고 어느 집 창문도 열린 곳이 없었다. 길을 걷는 사람은커녕 개나 고양이, 하늘을 나는 참새, 까마귀 한 마리도 보이지 않았다. 작렬하는 햇빛 때문에 눈이 부셨다. 매미 소리와 시할아버지가 뿌리는 물소리만이 들려왔고 한참을 걷다 보니 그마저도 더는 들리지 않았다. 유지매미, 조금은 다른 소리로 우는 매미. 얇은 스니커즈 운동화 바닥을 통해 전해지는 아스팔트의 열기가 손가락 사이로까지 스며왔다.

편의점의 위치는 알고 있었지만 이사 온 후 한 번도 가본 적이 없었다. 마루치쿠가 더 가깝기도 했고, 꼭 편의점에서 구해야 하는 물건도 없었다. 잡지는 더 이상 사지 않는다. 복사도 하지 않는다. 편의점으로 가는 길은 강변 산책길이라서 날씨가 좋으면 멋진 산책 코스가 될 것 같았다. 겨울에는 철새들이 돌아와 관찰하기 좋은 곳이라는 간판도 있다. 다만 지금은 여름이다. 여름에는 아무리 선선한 길일지라도 사방이 뻥 뚫린 포장도로를 걷는 일이란 괴롭기 그지없다. 덥다. 바람도 불지 않는다. 매미 울음소리가 공기의 점도를 높이는 것만 같다. 오른편은 강이고 왼편엔 민가가 늘어서 있다. 집들은 죄다 짙은 초록의 정원을 품고 있었고 산책길 쪽으로 난 창은 여주나 다른 넝쿨식물들로 드리워져 있다. 그 울창한 넝쿨 저편에 인기척은 거의 없다. 텔레비전 소리나 생활 소음도 들리지 않는다. 아이 목소리조차도 나지 않는다. 강둑에는 풀이 무성해서 산책길에서 내려다보면 수면을 거의 가린 곳도 군데군데 있다. 철새는 아닐 테지만 회백색의 백로 한 마리가 수면에 느릿느릿 떠 있는 모습이 풀 사이로 보였다. 억새나 칡 외에도 본 적은 있지만 이름은 모르는 풀이 빽빽이 자라 있다. 강의 수면은 군데군데 퍼렇

43

게 탁해졌거나 녹색으로 괴어 있어 햇빛을 받아 시커멓게 보이는 곳도 있다. 마른 풀에서는 섬유질이 타는 듯한 냄새가 났다. 산책길 한가운데에 새까맣고 촉촉하게 젖어 빛이 나는 커다란 개똥이 있었다. 그 위에 쉬파리 두 마리가 앉아 있다. 개똥이 그들의 식량이기는 하나 그것에 손과 발, 얼굴, 온몸을 파묻고 먹는 건 어떤 느낌일까. 파리들도 움직임이 없었다. 어쩌면 죽었는지도 모른다. 먹이에 묻혀 죽다니, 이 무슨 조화인가. 나는 고개를 숙이고 발끝을 보며 걸었다. 땅에는 누군가가 먹다 버린 컵라면이나 종이 휴지, 목장갑, 부러진 모기향 등이 떨어져 있었다. 들숨과 날숨에 매미의 울음소리가 섞였다. 도대체 매미는 몇 마리나 될까. 매미 한 마리의 울음소리가 퍼져 나가는 범위는 얼마나 넓을까. 땅에는 매미 허물 몇 개가 굴러다니고 있었지만 죽은 매미는 보이지 않았다. 매미들이 이렇게 울어대고 그 수명이 아주 짧은데도 어째서 길은 죽은 매미로 수북이 덮이지 않는 걸까. 큰 갈색 메뚜기 한 마리가 강둑의 풀숲에서 튀어나왔다. 부르르 떨며 날개를 접고는 조금씩 앞으로 나아갔다. 내 손바닥만하다. 나와 대치를 하듯 메뚜기는 몇 걸음 내 쪽으로 걸어오다가 휙 돌아 반대편으로 날개를 펼치고 날아가 버렸다. 날아간 쪽으로 시선을 던지니 검은 짐승이 어슬렁거리고 있었다.

너무 더워서 눈이 이상해진 게 아닐까 생각했지만 몇

번을 봐도 그건 살아 있는 생물체였고 분명히 포유류의
엉덩이와 다리였다. 검은 털이 나 있고 중형견보다는 더
큰 편이다. 어깨너비 정도랄까. 몸집은 꽤 커 보였지만
다리 뒷부분은 근육이 발달하여 늘씬하고 무릎 아래는
작은 나뭇가지 같았다. 꼬리는 길고 약간 휘어졌으며 살
짝 보이는 귀는 동그랬다. 갈비뼈가 드러나 보였는데 등
은 단단하고 볼록하게 도드라져 지방이나 근육으로 두
툼하게 차 있었다. 어쨌든 새까맣고 아마도 털은 뻣뻣할
듯했다. 태양이 중천에 떠 있어서 그림자는 거의 없고,
그 거의 없는 그림자가 전부 몸처럼 보일 정도로 그 짐
승은 종종걸음으로 길을 서둘렀다. 개도 고양이도 족제
비도 너구리도 멧돼지도 아닌 듯한. 사람도 개나 고양이
나 새도 까마귀도 전혀 보이지 않는 길 위에 그 짐승만
걸어가고 있었다. 강 건너 반대편에는 찻길이 있고 그곳
에 차가 달리고 있었는데 운전자와 동승자의 모습은 눈
부셔서 알아볼 수 없었다. 내 쪽에 있는 짐승을 보는 사
람은 아무도 없는 것 같았다. 짐승도 나를 보지 않았다.
마치 나를 안내라도 하는 듯 빠르게 걷고 있었다. 나는
그것을 쫓아 걸었다. 짐승은 뒤에서 따라오는 내 기척에
도 개의치 않았다. 뒤도 돌아보지 않고 일정한 속도로 걸
어갔다. 맴맴 맴맴 매애앰 매미 소리만 들릴 뿐, 강물 소
리나 그 어떤 소리도 들리지 않았다. 짐승은 둑 쪽으로
휙 돌아섰다. 짐승들이 자주 밟고 지나는 길인지 무성한

잡초 사이에 그 부분만 풀이 쓰러져 있었다. 짐승은 둑을 내려가기 시작했다. 나는 나도 모르게 짐승이 지나간 둑에 발을 들여놓았다. 짐승은 경사가 그리 급하지 않은 둑을 터벅터벅 내려갔다. 아무래도 발굽이 있는 모양이다. 옆에 난 날카로운 풀이 내 살갗을 스쳤다. 강의 수면이 검게 빛나며 반짝였다. 한 걸음 내디딜 때마다 수많은 무언가를 밟아 바스러뜨리는 느낌이 들었다. 벌레인지 그 시체인지 전혀 다른 동물인지 쓰레기인지 식물인지 똥인지 파리인지 그것이 잇따라 내 신발 밑에서 뭉개지고 깨지고 밟혔다. 매미 소리가 단조롭게 되풀이되었다. 꺄악! 하는 아이들의 함성이 멀리에서 들려왔다. 풀숲에는 헌 잡지와 빈 깡통 등이 뒤섞여 있었는데 그것도 진한 녹색 속에 섞여 있으니 자연 그대로의 물건처럼 보였다. 짐승의 꼬리가 풀 사이로 사라지려 했다. 나는 발을 내디뎠다. 그곳에 밟을 땅은 없었다.

나는 그대로 구멍에 빠졌다. 다리가 푹 빠지더니 그대로 쑥 들어가 구멍 바닥에 양 발이 닿았다. 나는 멍하니 있다가 갑자기 내 시선보다도 한참 높아진 풀을 올려다보았다. 짐승의 꼬리는 완진히 풀 사이로 사라졌고 잠시 바스락거리는 소리가 나더니 곧 멈췄다.

얼굴 바로 옆, 구멍 가장자리에서 방아벌레가 튀어나왔다. 뛰어오를 때마다 팅팅, 딱딱한 소리가 났다. 가늘고 긴 검정색 등에는 얕은 세로 힘줄이 몇 개 있었다. 머리 부분에는 구부러진 더듬이가 보였다. 방아벌레의 어디에서 어떻게 소리가 나는지는 모른다. 내 몸 어디도 통증은 없었다. 구멍은 가슴 정도의 높이였고 그렇다면 깊이가 1미터쯤일 것이다. 내 몸이 푹 빠져 있어 주위에 별로 여유가 없었다. 마치 내 몸에 맞춰 나를 위해 파놓은 함정 같았다. 발밑에는 마른 풀인지 짚인지 무언가가 잔뜩 깔려 있는 듯한 마르고 가벼운 감촉이 느껴졌다. 이번에는 풀뿌리 틈새로 수면이 보인다. 거의 새하얀 빛에 가까웠다. 방아벌레는 튀어 오를 때마다 조금씩 자리를 옮겨 풀 사이로 숨었다. 방아벌레 튀어 오르는 소리도 더 이상 들리지 않고 주위에는 다시 매미 소리만 들렸다. 매미는 구애를 하려고 울음소리를 낸다. 매미는 그 소리 안에 있는 차이와 특별한 장점을 발견하고 배우자를 결정한다. 種이 다른 나에게는 마치 기계음처럼 끊이지 않고 길게, 감동 없이 이어지는 소음처럼 들린다. 소음처럼 들리다니 매미에게는 실례일지도 모른다. 구멍 안에 있는 느낌은 나쁘지는 않았다. 풀 냄새인지 강 냄새인지 은은한 풋내가 구멍 안에 가득 차 있어 내 몸속으로 스며드는 듯한 느낌이 들었다. 아늑한 기분은 좋은데 나가기에는 힘겨워 보였다. 여하튼 깊다. 옆으로 쓰러져 평평해진 구멍 주위의 풀 사이로 돌과 플라스틱 조각 등이 보였다. 크고 검은 개미와 작고 빨간 개미가 행렬을 이루고 있었다. 꽤 긴 행렬이 같은 방향을 향해 가다가 때로는

2열로 나뉘기도 하고 때로는 합쳐졌다가 때로는 빨간 개미가 검은 개미 위로 가면서 나아가고 있다. 내 손가방이 개미 무리의 한가운데에 내던져져 있어서 몇 마리가 그 위로 기어가기도 하지만 대부분은 돌아가려고 우왕좌왕하고 있었다. 나는 손을 뻗어 가방을 집어 가볍게 흔들어 달라붙어 있던 몇 마리 개미를 떼어내고 안을 확인했다. 시어머니의 심부름 봉투와 지갑이 얌전히 들어 있었다. 검은 개미 몇 마리가 붉은 개미를 물거나 붉은 개미 몇 마리가 검은 개미 한 마리의 다리를 물어뜯었다. 검은 개미는 딱딱해 보였고 붉은 개미는 부드러워 보였다. 정수리가 뜨거워지기 시작했다. 나는 빨리 구멍에서 빠져나가야겠다고 생각했다. 두 손을 구멍 가장자리에 걸치고 팔에 힘을 주었는데 다리만 구멍 안에서 조금 들릴 뿐, 구멍 밖으로 몸을 내밀기에는 힘이 달렸다. 조금 소름이 끼쳤다. 강가 건너편에 세워진 회색의 마을 공장 같은 곳의 굴뚝이 보였다.

"괜찮아?"

뒤쪽에서 소리가 들렸다. 매미 소리가 쓱 멀어졌다. 뒤돌아보니 그곳에는 흰색 스커트를 입은 다리가 보였다. 갈색 가죽 샌들을 신고 발톱에는 아무것도 바르지 않았고, 치맛단이 레이스로 된 긴 치마에 반팔 블라우스 역시 흰색으로, 위치 탓인지 햇빛 탓인지 얼굴은 보이지 않았고 하얀 양산을 쓰고 있었다.

"네, 괜찮습니다. 구멍에 빠졌을 뿐이에요."

그 여성은 상냥한 목소리로 말하며 양산을 들지 않은 손을 나를 향해 뻗었다.

"나오고 싶어? 도와줄까?"

손목이 가늘었다.

"아뇨, 괜찮습니다. 혼자서 나갈 수 있어요."

"정말?"

목소리로는 나보다 나이가 많은 중년 여성이라는 생각이 들었다. 나는 다시 한 번 두 손에 힘을 주고 두 다리를 들어 구멍 가장자리까지 엉덩이를 올려보려 했지만 역시나 실패했다. 가슴께까지는 상당히 깊다. 발밑에서 무언가가 바스락 소리를 냈다. 땅속에 사는 벌레인지 작은 동물인지, 벽에서 얼굴을 내밀었다가 놀라서 황급히 들어갔을지도 모른다. 내 손톱이 흙에 박히자 흙이 툭 부스러져 구멍 속으로 주르륵 쏟아져 내렸다.

"안 괜찮아 보이는데. 자아!"

그 중년 여성은 몸을 굽혀 내게 손을 내밀었다. 양산이 젖혀지며 그녀의 표정이 보였다. 입가는 재미있다는 듯 웃고 있었다. 갸름한 얼굴을 다 뒤덮을 만큼 큰 선글라스를 쓰고 있었다. 나보다 꽤 나이가 많아 보였는데 시어머니나 친정어머니보다는 어려 보였다. 창피했지만 그녀의 손을 잡았다. 손이 차가웠다. 약간 힘줄이 불거져 있는 그 손에 나를 맡겨도 좋을지 망설이자 "셋, 둘, 하나"

세며 그 중년 여성은 내 손을 쭉 잡아당겼다. 나는 잡아당겨 주는 힘에 맞춰 몸을 구부렸다. 그리고 구멍에서 상반신을 빼내어 허리를 풀 위로 올려놨다. 그 순간 반대 손에 찌릿하는 날카로운 통증이 왔다. 그 중년 여성이 빙긋 웃었다.

"괜찮아?"

"괜찮습니다."

나는 왼손을 봤다. 흙이 박힌 약지 손톱 끝을 작고 빨간 투구풍뎅이가 물고 있었다. 얼른 왼손을 안 보이게 뒤로 감췄다.

"감사합니다."

중년 여성의 희고 긴 치마에 풀이 잔뜩 달라붙어 있었다. 모래 알갱이도 보였다. 흙투성이인 내 손을 잡은 중년 여성의 손도 흙이 묻어 있었다.

"정말로 죄송해요. 저 때문에 손이 지저분해졌네요."

"무슨 일이에요? 이 더운 날에 이런 곳에서."

중년 여성은 내게도 양산을 씌워주었다. 정성 들여 화장을 한 얼굴에 황갈색 선글라스를 꼈다. 렌즈에 비쳐 눈매가 살짝 보였다. 움푹 팬 눈이었다.

나는 손을 등 뒤로 돌리고 손가락 끝에 붙은 벌레를 떼어내려고 다른 손가락으로 문지르며 말했다.

"저기 편의점에 공과금을 납부하러 가다가 어떤 동물이……"

그 중년 여성은 내가 말을 다 마치기도 전에 "왼손 왜 그래? 보여줘 봐."라며 내게 손을 내밀었다. 나는 몸 뒤로 감추고 있던 손을 보여줬다. 아직도 빨간 벌레가 손가락을 물고 있었다. 무당벌레처럼 생겼는데 무늬가 없고 본 적이 없는 작은 벌레였다. 찌릿찌릿 아팠다.

"어머 벌레가 있네."

중년 여성은 또 내 손을 잡고 그 벌레를 손톱으로 세게 튕겼다. 나는 한순간 숨을 멈췄지만 작고 빨간 투구풍뎅이는 머리가 으깨졌다. 중년 여성은 자신의 손톱 사이에 낀 벌레 껍질을 휙 날리고 내 약지에 자신의 손가락을 감은 다음 으스러질 정도로 꾹 힘을 주어 쓸어내렸다. 손가락 끝에서 투구풍뎅이의 머리가 떨어져 나가고 그 아래에 투명한 액체가 공 모양으로 흘러내렸다.

"아파요? 미안해요. 안에 독이 남아 있으니 그것을 빼야 하거든. 이제 괜찮아요. 독은 없어 보이지만 집에 가면 꼭 소독하세요."

"그래요? 죄송해요. 감사합니다."

"있잖아요."

중년 여성이 내게 얼굴을 가까이 갖다 댔다. 땀을 한 방울도 흘리지 않은 거 같았다.

"저기, 당신 요전에 이사 온 새댁 맞죠?"

새댁? 나는 "네." 하고 대답하며 중년 여성의 얼굴을 들여다보았다. 선글라스 너머로 깜박거리는 눈이 보이더니 선글라스에는 이내 굴곡진 내 얼굴이 바뀌어 비쳤다.

"그러니까 무네 씨네 며느리죠? 나는 마쓰우라 씨의 옆에, 그러니까 당신네들이 사는 곳과는 반대쪽 옆집에 사는 세라世羅라고 해요."

"네?"

남편의 본가 반대편에는 남편의 본가보다 더 넓고 큰 훌륭한 집이 있다. 문패도 봤지만 인사는 안 해도 된다고 시어머니가 말씀하셨다. 그것은 그 집뿐만이 아니라 주위의 다른 집도 마찬가지다. "요즘은 인사하러 다니는 것도 그렇고, 내가 기회 봐서 말할 테니까 인사 안 가도 괜찮아. 낮에는 일하러 가서 비어 있는 집도 많고 누구네 집에는 가고 우리 집에는 안 왔네 하면 나중에 성가시니까."

"죄송해요. 인사도 못 드리고, 저는 음, 마쓰우라의⋯⋯"

마쓰우라 씨 아들인 무네아키의 아내라고 내가 말하자 그 중년 여성은 양산을 양쪽으로 천천히 흔들었다. 향기 같기도 하고 가루 같기도 한 달콤한 냄새가 났다.

"괜찮아요. 내가 그냥 알고 있는 거니까. 폭우 때 이사 했죠? 힘들었겠어요. 오늘처럼 더운 날도 안 좋지만⋯⋯ 하지만 비가 좀 내려주긴 해야죠. 오늘은 우리 아들이 주사 맞는 날인데, 노는 데 정신이 팔려 돌아오질 않아서 마중 나온 거예요."

"주사라면 예방접종 말인가요?"

"호호호, 맞아요. 이렇게 더운 날에. 근데 새댁! 지금
길 헤매는 거 아니죠?"

발밑에서 무언가가 움직이는 기척이 느껴졌지만 아무
것도 보이지 않았다.

"아! 네. 저 길 알아요. 편의점은 저쪽이죠."

"그래요. 저쪽. 이렇게 강 쪽으로 내려오면 안 돼요."

세라 씨는 미소를 지었다. 뺨과 이마는 새하얗게 화장
을 했는데 입술만 아무것도 바르지 않은 듯한 엷은 갈색
이었다.

"편의점은 저쪽."

"네. 저 이런 구멍이 이 주위에 많이 있나요? 깜짝 놀
랐어요. 빠져서."

"나는 잘 모르니 아이들한테 물어봐요. 매일 이 주위
에서 놀면 진흙투성이에 벌레를 잔뜩 묻혀서 돌아오니
까. 누군가가 있는 듯해서 보니까 글쎄 마쓰우라 씨네 며
느리잖아. 그래서 내려와 본 건데 깜짝 놀랐지. 위에서
보면 새댁 머리밖에 안 보이니까."

세라 씨는 큭큭 웃었다. 입가를 가린 가느다란 손가락
에 결혼반지가 빛나고 있다. '새댁'이라고 불릴 때마다
묘한 기분이 들었다. '새댁'이라고 나는 한 번이라도 불
린 적이 있었나? 일할 때는 이름으로 불렸다. 직장을 벗

어나서도 '새댁'이라고 불린 적은 없었다. 그렇다고 해서 세라 씨에게 '나는 마쓰우라 아사히입니다.'라고 이름을 말하고 아사히 씨라고 불리거나 시어머니처럼 아가라고 불러주는 것도 이상하다. 세라 씨 입장에서는 마쓰우라 씨라고 하면 시어머니 대의 사람을 부르는 것이고, 내 남편은 그 아들 뻘이니 그렇게 치면 나는 며느리다. 나는 며느리가 된 것이다. 훨씬 오래전에 되었는데 깨닫지 못했다. 세라 씨가 고개를 휙 돌려 둑 위쪽을 봤다. 또 달콤한 향기가 났다. 하얀 양산의 안쪽이 누렇게 변색되어 눈에 띄었다.

"죄송합니다. 시간을 빼앗아서. 정말 고마웠습니다."

"괜찮아요. 이야기를 나눌 수 있어서 재밌었어요. 그럼 나 먼저 갈게요."

나는 고개를 숙이고 고맙습니다, 라고 말했다. 세라 씨는 아까보다 더 크게 웃었다. "있잖아요. 새댁. 마쓰우라 씨 좋은 사람이에요. 그런 사람이 시어머니라 좋겠어요."

"아, 맞습니다. 좋은 분이에요."

나는 수긍했다.

"그럼요, 제일 중요하죠. 자, 또 봐요."

세라 씨는 천천히 둑을 올라갔다. 긴 치맛자락에는 풀이 달라붙어 있었다.

나는 가만히 구멍 안을 들여다보았다. 어두워서 아무

것도 보이지 않았다. 바닥도 보이지 않았다. 실제로 빠졌을 때보다 훨씬 깊어 보였다. 주위를 둘러보니 짐승의 기척은 이미 온데간데 없었다. 강은 내가 가는 방향과 같은 방향으로 흐르고 있었다. 매미 소리가 갑자기 크게 들렸다. 저 짐승이 무슨 짐승이었는지 세라 씨에게 꼭 물어봐야겠다고 생각했다. 야생동물인지, 가축 종류인지, 애완용인지. 왠지 그 어느 것에도 해당되지 않을 것 같은 생각이 들었다. 작은 남자아이가 풀 사이에서 머리를 내밀고 나를 보더니 바로 움츠리고는 부스럭거리며 다른 쪽으로 가버렸다. 올려다보니 하얀 양산은 꽤 작아졌고, 강이 완만하게 굽이치던 곳은 마침 시야에서 사라졌다. 나도 둑 위로 올라와 한참 걸어서 다리를 건넜다. 건너자마자 아까 생각했던 대로 그 장소에 편의점이 있었다.

편의점 안에는 아이들이 바글거렸다. 꽤 두터운 만화 잡지를 주저앉아서 읽거나 면봉이나 T자 면도칼을 다시 진열하거나 아이스크림 냉장고에 머리를 집어넣었다. 나는 계산대에 가서 지로용지를 내밀었다. 여성 점원이 딱 한 명 있었는데 도장을 찍으며 "칠만 사천 엔입니다."라고 말했다. 나는 봉투에서 지폐를 꺼냈다. 딱 오만 엔이 들어 있었다. 오만 엔? 나는 당황해서 내 지갑도 열어봤지만 만 엔짜리 한 장조차 없었다.

"칠만 사천 엔이라고요?"

"네."

점원은 내게 지로용지를 내밀었다. 분명히 칠만 사천 엔이다. 건강식품 회사명으로 보이는 글자가 인쇄되어 있었다. 칠만 사천 엔?

　"저, 잠깐만 죄송합니다. 돈이……" 이미 오늘자 도장을 찍은 점원은 의아한 표정으로 나를 바라보았다. 시어머니 연배의 여성으로 밝은 색 편의점 유니폼 밖으로 보이는 목덜미가 피곤해 보였다. 나는 "저어, 죄송합니다. 돈이 조금 부족해서요. 지금 인출할게요."라고 말했다. 점원은 고개를 갸우뚱거리며 "지금요?"라고 말하더니 소리 없이 웃었다. "현금인출기는 어디 있어요?"

　"아, 저쪽 복사기 옆에 있어요."

　점원은 계산대 옆을 가리켰다. 정해진 위치에 복사기, 그 안쪽에 현금인출기가 있었다. 나는 내 은행 카드를 꺼내면서 그쪽으로 향했는데 그 바로 앞에 염가로 판매하는 포장이 안 된 코믹 도서 선반이 있고 또 그 앞에 많은 아이들이 모여 있어 가까이 갈 수 없었다. 그 아이들은 아마 저학년이거나 미취학 아동처럼 보였다. 전혀 움직일 기미도 없이 쪼그려 앉아 코믹 도서를 읽고 있었다. 편의점에서는 라디오인지 유선인지 음악이 흐른다. 들어보면 지금 유행하는 노래라는 건 아는데 가수도 제목도 성별도 전혀 모르겠다. "저기, 미안." 나는 아이들에게 말을 걸었다. 꿈쩍도 하지 않는다. 점원을 봤지만 몸을 반쯤 계산대 안쪽의 문으로 들이밀고 무언가를 꺼내려는 자세로 이쪽을 보고 있지 않았다. "저기, 미안한데 잠시만." 아이들은 페이지를 넘기는 손가락 말고는 몸을 전혀 움직이지 않았다. 책에 눈을 고정한 채 입을 꽉 다물고 있다. "거기, 얘들아." 남성의 목소리가 들렸다. "잠깐만. 너희들 옆에 있는 누나가 너희 때문에 힘든가 봐. 그 뒤에 있는 기계에서 돈을 뽑고 싶대. 좀 비켜줘."

아이들이 쓱 고개를 들어 나를 봤다. 입 주위는 하얀 가루가 묻어 지저분했다. 새콤달콤한 냄새가 났다. 소리난 쪽을 돌아보니 흰색 남방셔츠를 입은 중년 남성이 서 있었다. 키는 그리 크지 않고 마른 체형으로 잡지 선반 앞에 장승처럼 우뚝 버티고 서서 손에 읽다 만 만화잡지를 들고 고개만 이쪽을 향해 있었다. 바지는 검은색이었다. "우리가 방해되는 거야?" "우리가 방해되냐고?" 아이들은 앙칼진 목소리로 저마다 말하면서 튀어 오르듯 일어서서 내 주위로 모였다. 반바지, 점퍼스커트, 샌들인지 조리를 신은 아이도 몇 있었는데 발톱에 때가 껴서 시커멓다. "미안해." 나는 아이들과 그 남성을 번갈아 쳐다보면서 현금인출기 앞에 섰다. 아이들은 흥미롭다는 듯 나를 쳐다보았다. 카드를 넣고 비밀번호를 입력하려고 할 때 나는 기쁜 듯 내 손을 바라보는 아이들을 보았다. 외부 보호용 카드도 어린 아이들에게는 아무런 의미가 없다. 마치 내 자식인 양 내 팔 바로 옆으로 파고들어 액정화면을 보고 있었다.

"잠깐만, 미안한데 여기 좀 보지 말아줄래?"

"왜?"

"왜냐니!"

요즘 아이들은 현금인출기 정도는 알 거라고 생각했는데 그러기엔 아직 어린 나이인가 보다. 지금까지 만화에만 쏠려 있던 아이들이 모두 나를 흥미롭다는 듯 바라보았다. 아이스크림과 청량음료수 앞에 있던 아이들도 몰려들었다. 나는 반대 손으로 가린 채 비밀번호를 누르고 이만 사천 엔을 인출했다. 나온 지폐를 손에 들고 하나하나 세는 것도 바보 같아서 계산대로 가니, 한 작은 아이가 큰 소리로 "선생님!"하고 소리쳤다. 선생님? 셔츠 깃을 열어젖힌 모습의 남성이 끄덕이며 나를 향해 이를 보이며 웃었다. 나는 엉겁결에 인사를 했다. 선생님?

"선생님! 이 사람 돈 많아요. 만 엔짜리 가지고 있다니까요."

그 소리에 아이들이 와 하고 웃었다.

"만 엔짜리"

"만 엔짜리" 남성은 쓴웃음을 지으며 말했다.

"그러네, 그런 것 쉿! 해줘."

"쉿?" "쉿!" "쉬잇!"

아이들은 서로 외치며 깡충깡충 뛰어다녔다. 남성은 웃었다. 아이들도 웃었다. 나도 따라 웃었다. 점원만 무표정한 얼굴로 나에게서 지폐를 받아들고 한 번 자기 앞에서 센 뒤, 확인차 나에게 지폐를 보여주며 다시 한 번 셌다. 잔돈으로 아이스크림을 사 먹기는커녕 적자가 크다. 내 개인적인 적금은 그리 많지 않다. 백수 처지라 귀중한 돈이었는데 시어머니는 무슨 생각일까. 어지간히 허둥댔나 보다.

나는 선생님이라 불리는 남성에게 가볍게 인사를 하고 편의점을 나왔다. 매미 울음소리와 여름의 후끈한 열기가 나를 감쌌다. 유리 너머로 아이들이 내게 손을 흔드는 모습이 보였다. 손바닥은 모두 창백했다. 나는 가볍게 손을 흔들어주고 강을 따라 다시 걸어서 돌아왔다. 돌아오는 길에도 걷는 사람이 아무도 없었다. 때로 강과 둑 쪽에 눈을 돌렸지만 그 짐승은 보이지 않았다. 생물이 움직이는 기척조차 전혀 없었다. 강물도 한천寒天(겨울의 차가운 하늘. –옮긴이 주)을 흘려서 만든 모조품처럼 정지되어 보였다. 내가 남편의 본가에 들어가자 정원에서는 아직 시할아버지가 물을 뿌리고 있었다. 나는 책상 위에 '돈이 모자라서 제 돈으로 대신 냈습니다.'라는 메모와 함께 납부영수증을 올려놓았다. 잠깐 망설였지만 구체적인 금액은 적지 않았다. 자신이 얼마를 넣어두었는지는 기억하겠지.

그날 밤, 시어머니가 귀가해서 셋집에 찾아와 돈이 부족했던 것을 사과하면서 내게 사천 엔을 주었다. 일부러 새 돈으로 바꿔서 주신 사천 엔을 보고 굳어 있었는데

"미안, 제대로 못 챙겨서. 대신 채우느라 고생했다. 실수였어. 정말 미안하다. 부끄럽구나. 그래도 네 덕분에 잘 해결했어. 고마워. 아이스크림 못 샀지? 미안. 이거."라고 말하면서 작은 손가락 두 마디 정도 두께의 아이스바를 두 개 주면서 조금 어깨를 움츠렸다. 그 동작의 의미를 나는 잘 몰랐다.

"하나는 무네아키 줘. 미안, 집에 사둔 게 이런 거밖에 없어서. 그래도 이거 맛있단다. 생협에서 파는 건데. 먹으면 소다가 뽀글뽀글 올라와. 택배로도 보내주거든. 네것도 한꺼번에 부탁해놓으마. 다음에 카탈로그 가져와 보여주마. 생협 카탈로그."

나는 그걸 사면 생활비가 부족하다는 말도 못 꺼낸 채 인사를 하고 아이스바를 받아 들었다. 어쩌면 시어머니는 봉투에 넣은 금액을 착각하고 있는 건지, 아니면 항상 열려 있는 현관문으로 누군가가 침입해서 돈을 빼갔나, 어쩌면 시할아버지일지도 모른다. 나는 전혀 영문을 몰랐지만 어차피 집세가 무료이고 '이만 엔 정도 괜찮지 않나' 하는 유행어가 생각나서 조금 마음을 가라앉히고 아이스바를 냉동고에 넣었다. 남편은 열두시가 넘어서 귀가했다. 이쪽으로 이사 온 뒤에는 이 시간이 특별히 늦은 편도 아니었다.

"오늘 괴상한 동물을 봤어. 이상하고 검은."

식탁에 앉은 남편 앞에 음식을 내려놓으면서 그렇게

말하자 남편은 휴대폰에서 눈을 떼고 나를 보며 "뭐라고?"라고 응대했다. 방금 샤워를 해서 머리가 젖어 있다. 제대로 말리지 않았는지 땀이 난 건지 잠옷 대신 입은 파란 티셔츠 등 부분에 검은 얼룩이 졌다. 남편이 귀가한다는 문자메시지를 보내면 그제서야 나는 에어컨을 켠다. 으스스할 정도로 실온이 낮았지만 남편한테는 더운 듯했다. 젓가락을 건네자 남편은 휴대폰을 옆에 놓고 밥을 퍼서 된장국을 후루룩 소리 내어 마시고는 거의 씹지도 않고 삼켰다. 된장국은 남편이 샤워를 하는 동안 끓었다.

"털이 검고 이 정도 크기의 동물인데."

내가 손으로 크기를 표현하자 남편은 "들개?"라며 보리차를 다 마셨다.

"개는 아니었던 것 같아."

"음. 옛날에 이 주위에 너구리가 나왔다는 얘기는 들었는데."

"너구리도 아니었어."

"어째서 확신해?"

"너구리 정도는 나도 알아."

나는 남편의 컵에 보리차를 더 따라 주었다. 남편은 다진 고기가 든 계란 두 개 분량의 오믈렛을 크게 젓가락으로 감싸듯 들어 올려 쌀밥 위에 올려놓고 입에 넣은 다음 또 씹지도 않고 그대로 마시듯 삼켰다. 오믈렛의 케첩이 남편의 쌀밥에 묻었다.

"그래서 그 짐승을 쫓아가다가 구멍에 빠졌어."

"구멍?"

오이 아사즈케(통째로 말린 무·가지·오이 등을 소금을 넣은 누룩이나 거에 절인 반찬. ―옮긴이 주)와 케첩이 묻은 쌀밥을 퍼서 입에 넣고 남편은 겨우 몇 번 꼭꼭 씹었다. 오도독오도독 소리가 났다. 나는 먼저 저녁을 먹었다. 나 먹으려고 오믈렛을 만들기 귀찮아서 쌀밥 위에 바로 볶은 저민 고기를 올리고 그 위에 계란 프라이 한 개를 올려 소보로덮밥처럼 먹었다. 이사 오기 전에는 남편이 이렇게까지 늦지 않았고 나도 야간 근무를 했기 때문에 저녁밥은 매일 그런 덮밥이나 볶음밥, 미리 만들어 놓을 수 있는 카레 등을 둘이서 함께 먹었다. 잔업 후에 마트에 들르는 것도 귀찮아서 나물 종류는 별로 사지 않았지만 냉동 볶음밥이나 갓나물은 냉동실에 항상 준비해두었다가 그것들과 쌀밥을 함께 먹기도 했다. 지금은 물론 그런 것은 사지 않는다. 나는 일일이 식단을 짠다. 영양 균형이나 경제적인 융통성도 지금이 훨씬 낫다. 하지만 남편이 돌아오기를 기다리다가는 너무 배가 고파서 쓰러질 지경이다. 꼭 함께 먹고 싶은 것은 아니지만 2인분을 시간차로 만들면 반드시 어느 한 쪽은 의도와는 다르게 만들어진다. 된장국은 금방 끓여 내야 맛있고 볶음 요리는 다시 데우면 다른 음식이 되어버리고 아사즈케는 물이 많이 생긴다.

"구멍이라니, 어떤?"

"내 가슴 정도의 깊이야."

"꽤 깊네."

그렇다고 해서 매일 돼지고기나 닭고기를 삶거나 고기 감자조림을 만들 수도 없다.

남편은 무슨 생각인지, 날 배려해서인지 아니면 단순하게 직장 근처에 먹을 만한 가게가 없어서인지 아무리 늦어도 저녁은 집에서 먹었다. 고맙기도 하고 귀찮기도 하지만 만약 오늘 저녁밥은 집에서 안 먹겠다고 말한다면 막상 왠지 모를 죄책감이나 찜찜한 생각이 들 것이다. 밥도 안 먹고 이렇게 늦은 시간까지 야근을 하면 배고프지 않아?, 라고 물어보면 과자를 줘서 먹는다고 대답한다. 누가 줘?, 라고 물으면 누구랄 것도 없고 이쪽 영업소에서는 선물로 들어오거나 총무가 한꺼번에 사둔 과자가 자유롭게 가져다 먹을 수 있는 곳에 놓여 있다고 한다. 나는 거래처에서 선물로 들어온 만두나 큰 봉투에 든 초콜릿 등을 집어먹으며 야근을 하는 남편을 상상하고는 미안한 기분이 들었다.

"아니 가키피(감을 의미하는 가키와 땅콩을 의미하는 피너츠를 결합한 말로 감씨 모양의 과자와 땅콩을 섞어 파는 과자 - 옮긴이 주)나 오징어라든가."

"오징어?"

"매콤 달콤한 맛인데 말린 오징어 꼬치처럼 생긴 거야. 항상 탕비실에 놓여 있거든. 뭐지? 꽃구경 갔을 때 먹고 남은 건가?"

 회사마다 규칙이 전혀 다르다. 내가 근무했던 회사에서는 말린 오징어를 먹는 사람은 아무도 없었다. 아마 말린 오징어를 먹으면 뒤에서 험담할지도 모른다. 가키피라니, 소리 나는 과자를 야근 중에 먹으면 얼마나 비난을 받겠는가. 남편이 어떤 환경에서 어떤 일을 하고 있는지 남편의 회사가 어떤 물건을 사고파는지 나는 알다가도 모르겠다. 분명 남편도 나에 대해 모르리라. 물론 들은 적이 없거나 관심이 없는 것도 아니다. 다른 사람이 '신랑은 무슨 일을 하시나요?'라고 물어오면 받아치기는 한다. 다만 그것이 구체적으로 무엇인지, 어떤 식으로 이익이 생기고 남편은 어떻게 관여하고 있는지 전혀 감이 잡히지 않는다.

 남편은 뉴스를 보면서 매우 빠른 속도로 식사를 마치더니 말했다.

 "위험할지도 몰라. 그런 동물은 내버려두는 편이 나아. 구멍도."

 "하지만 본 적도 없는 동물이었다고요."

 "개는 비교적 색깔도 모양도 다양하잖아. 당신이 모르는 견종이 아닐까? 족제비일지도 모르고. 심지어 만화에서 본 너구리 같기도 하잖아. 나도 지금까지 실제로 본 적은 없어."

그것은 절대로 개도 아니고 너구리나 족제비도 아니
었다. 하지만 이런 확신에도 불구하고 남편이 수긍할 만
한 근거를 댈 수 없을 듯하여 잠자코 고개만 끄덕였다.
남편은 휴대폰을 들여다보고 있었다. 손가락이 격렬하
게 움직이기 시작했다. 붉은 벌레에 물린 손끝이 작고 딱
딱하게 부풀어 올라 은근히 열이 났다. 잠들기 전에 반창
고를 감았다.

이삿날 이후 거의 2개월 만에 비가 내렸다. 그 사이 짧
게 지나가는 비나 안개비가 내리기는 했지만, 아침부터
밤까지 비다운 비가 오기는 오랜만이었다. 그로부터 매
일 꽤 더운 날이 계속되었는데, 지금껏 물이 부족하지 않
은 것은 이삿날 내린 강수량이 제법 많아서였을까, 그저
강과 저수지의 물이 풍족했던 것일까. 나는 비가 들이치
지 않는 창문을 열어두고, 다른 쪽 창문은 닫아 커튼을
쳤다. 2층에 있는 서쪽 창문으로 시할아버지가 보였다.
시할아버지는 비옷을 입고 마당에 서 있었다. 나는 잠시
시할아버지를 내려다보았다. 그리다 깜짝 놀랐다. 시할
아버지는 호스를 손에 들고 마당에 물을 뿌리고 있었다.
굵은 빗방울이 내리는 회색의 빗속에서 시할아버지는
손을 이쪽저쪽으로 뻗으며 호스를 조종했다. 거무스름
한 시야 안에 파란 호스가 꿈틀거렸다. 나는 밖으로 나가

시할아버지에게 말을 걸고 싶었지만 무슨 말을 해야 할지, 그보다 시할아버지에게 들리도록 말할 수 있을는지 자신이 없었다. 나는 창문의 커튼을 치고 1층으로 내려갔다. 시어머니는 직장에 가고 없었다. 땅이 드러나 울퉁불퉁해진 셋집의 좁은 마당에도 빗물이 스며들어 흙탕물처럼 되었다. 낮은 벽돌담 너머로 아직 마당에 있는 시할아버지가 보였다. 나는 그 창문의 커튼도 닫았다. 그리고 구인정보지를 펼쳤다. 내가 걸어 다닐 만한 거리에 있는 일자리는 애초부터 실리지 않았다. 약사나 간호사를 구하는 곳은 있었다. 배송기사도 있지만 수동운전면허가 필요했다. 사무직은커녕 슈퍼마켓 계산대 아르바이트조차 없었다. 나는 유일하게 시할아버지가 보이지 않는 부엌의 작은 창문으로 밖을 내다보았다. 길 위로 빗방울이 쉬지 않고 떨어졌다. 그 길을 지나가는 사람은 아무도 없었다. 자동차도 없었다. 작은 창문만 열어놓았는데도 방 안에 빗소리가 들렸다. 비 오는 날에는 매미도 울지 않는 듯했다. 혹시 땅 위로 나온 날부터 한동안 계속 비가 온다면 매미는 어떻게 될까? 한 번 울지도 못한 채 죽는 걸까? 현관 벨이 울렸다. 깜짝 놀라 나가 보니 나를 구멍에서 꺼내준 그 부인, 세라 씨가 서 있었다. 빗줄기가 거세졌다.

"안녕하세요. 오늘 비가 엄청 오네. 가랑비는 괜찮지만 이렇게 쏟아지는 건 싫어."라고 말하며 세라 씨는 우산을 접었다. 남자들이 쓰는 크고 검은 우산이었다. 나는 현관으로 안내했다. 세라 씨는 몸 절반을 안으로 들이며 물었다.

"신발 젖었는데 들어가도 괜찮아?"

"그럼요. 요전 일은 감사했습니다."

세라 씨는 접은 우산을 문 옆에 세워두고 현관 시멘트 바닥에 발을 들였다. 젖었다고 양해를 구한 데 비해, 게다가 이렇게 쏟아지는 빗속을 온 것치고는 신발이 거의 젖지 않았다. 어깨에 메고 있는 천 가방도 말라 있었다.

"응. 괜찮아. 딱히 한 일도 없고. 그나저나 무네 군은 잘 지내? 매일 차 들어오는 시간이 늦는 모양이던데. 바깥양반처럼."

'바깥양반이라고?' 하는 생각도 잠시, 세라 씨가 말하는 사람이 시아버지라는 것을 깨달았다. 이분의 입장에서 보자면 시어머니가 마쓰우라 씨이고 시아버지가 바깥양반, 내 남편이 무네 군, 나는 새댁인 것이다.

"아, 예."

현관 안으로 들이기는 했지만 그대로 집 안으로 모셔야 할지 어쩔지 알 수 없었다. 들어가서 차라도 대접해야 하나? 보통은 어떻게 하지? 방이 그다지 지저분하지는 않았다. 들어오는 거야 상관없을까? 보리차만 대접해도 되나? 과자라도 내와야 하나? 세라 씨는 현관 시멘트 바닥에 서서 더 안으로 들어가고 싶다는 뉘앙스 없이 이야기를 이어갔다.

"자정을 넘는 날도 많은 걸 보면 회사가 먼가?"

"차로 삼십 분 정도 걸리는데, 발령받은 지 얼마 안 돼서 바쁜가 봐요."

내 말에 세라 씨는 소리 없이 벌린 입가를 손으로 누르며 말했다.

"맞네, 맞아. 무녜 군이 어엿한 회사원이 된 걸 보면 세월이 무서울 정도로 빠르네. 눈 깜짝할 사이에 십 년 이십 년이 지난다니까."

옷은 지난번 구멍에 빠진 걸 도와주었을 때와 같은 옷이었다. 하얀 반팔 블라우스에 긴 치마, 당연히 선글라스는 끼지 않았다. 화장하지 않은 눈을 처음 보았는데, 눈이 약간 퀭하고 피곤해 보였다. 하지만 가느다란 속눈썹이 풍성해서 소싯적엔 분명 예뻤으리라.

"새댁은 일 안 해? 집에서 뭔가 일을 하나?"

나는 내 발을 언뜻 내려다보았다. 어제 한가하고 할 일도 없어서 발톱에 매니큐어를 칠했다. 발에는 좀 더 진한 빨강이나 파랑처럼 강한 색을 발라야 할 것 같았다. 내가 가진 몇 안 되는 매니큐어 중에서도 베이지나 연한 핑크색은 칠하지 않았을 때와 비슷해 보였다. 나 자신이 맨발이라는 사실이 조금 창피하였으나, 한여름 집에서 양말을 신고 있는 편이 더 엽기적이라는 생각도 들었다.

"지금은 일을 쉬고 있어요. 구하고는 있는데 쉽지 않

네요. 전철도 없고 저는 차도 없어 이동수단이 마땅치 않아요."

세라 씨는 고개를 끄덕였다. 오늘도 달달한 향이 났다.

"그렇지. 다들 차가 있으니까. 나도 면허가 없어서 주눅이 들곤 했어. 자전거도 서툴러서 어디에 가려면 남편에게 부탁하거나 걸어 다녔어. 버스도 자주 안 다니니까 말이지. 나는 시내 출신이야. 시집온 지 이십 년쯤 되었나? 더 되었으려나? 그때는 이 주변이 다 시골이었다고. 그때는 아, 망했다, 말도 안 되는 곳에 시집을 왔다고 생각했지. 택시를 잡으려 해도 택시가 다니기를 하나, 택시 회사에 전화해도 배차하는 데 삼십 분이 걸린다고 하지. 뭐 이런 데가 있나 싶었지. 지금은 아무래도 그때만큼은 아니지만 그래도 시골이야. 하물며 취직이라도 해봐."

"맞아요. 어디 좋은 일자리를 찾으면 당연히 버스나 전철, 뭔가는 타고 다녀야 하는데 그렇다면 되레 결정적 수단이 빠져 있다는 말이 되겠군요."

"새댁, 한가하다는 건 말이지 지치는 일이야. 인생의 여름 방학이지."

나는 고개를 끄덕였다. 갑자기 눈물이 나올 것 같아서 깜짝 놀랐다.

할 일 없는 것이 싫지만은 않다. 작정하면 한 시간에 한 대 올까 말까 한 버스를 이용하거나 버스로 역까지 가서 역에서 전철로 환승하거나 편도 한 시간 이상을 자전거로 다니거나 눈 딱 감고 적금을 깨어 소형 오토바이라도 사서 행동반경을 넓히는 식으로 필사적으로 찾으면 일자리는 반드시 생긴다. 그렇다고 꼭 정규직을 원하는 것도 아니다. 그저 난 그렇게까지 일하고 싶다거나 꼭 일해야 한다고 생각하지 않을 뿐이다. 그게 가장 큰 이유다. 군이 내가 일하지 않아도 생활이 가능하다. 남편의 기본급은 얼마 안 되지만 올랐고 교통비나 매일 야간 잔업수당까지 붙는다. 마트는 예전에 다녔던 곳보다 싸고, 인스턴트나 냉동식품을 구매할 필요가 없다. 일주일에 한 번 특별 판매를 노리고 사러 갔던 저렴한 우유를 매일 그 가격보다 오 엔이나 더 싸게 구입할 수 있다. 품질도 나쁘지 않다. 야채는 십 퍼센트, 이십 퍼센트나 싸다. 그리고 집세가 나가지 않는다. 사실 집세를 내지 않고 다른 모든 경비가 저렴하면 내가 지금까지 일해온, 비정규직이라고 하지만 풀타임 일자리가 반드시 필요하지는 않다. 그에 대해 난 헛수고라는 사실을 깨달았다. 정규직과 비교하면 대단치도 않지만 나름 내게 부여된 업무와 책임, 불평과 고통은 모두 방 두 개에 부엌과 거실이 딸린 아파트의 집세에 불과했다. 시부모의 배려로 집세를 내지 않아도 된다면 군이 내가 일을 하지 않아도 생활할 수 있다. 인생의 여름 방학, 어쩌면 그 끝은 오지 않을지도 모르겠다. 남편은 매일 밤늦게까지 일을 하는데 나만 신나는 여름 방학을 누려도 되는 걸까. 일을 해야만 한다. 일이 아니라도 뭔가 하지 않으면 안 된다. 언제부터 인가 몸이 무겁게 느껴진다. 체중은 오히려 줄었다. 그림 에도 불구하고 근육이나 관절, 몸의 세포 하나하나가 찰 싹 붙어서 내가 뭔가 하려고 하는 의지를 귀찮은 것으로 만든다. 이렇게 마치 내 탓이 아니라 몸 탓으로 핑계를 대는 짓은 그만해야 한다. 난 나태해졌고 그것은 전적으 로 나 스스로에게서 생겨났다. 곧 남편과 시어머니, 시할 아버지나 누군가가 날 게으름뱅이라고 단죄하겠지. 당 해도 싸다. 하지만 정말 누군가가 내게 그런 말을 할까?

세라 씨는 잠자코 있는 내게 신경 쓰지 않고 경쾌하게 말을 이었다.

"놀러 올 친구도 없는가 봐. 나라도 괜찮다면 언제든 와서 수다라도 떨고 싶은데, 우리 아들도 어리고 나도 이 렇고…… 너무 걱정하지 말고. 마쓰우라 씨처럼 일을 하 면 다를 텐데, 아이가 생기면 전업주부도 상당히 바쁘지 만 그렇지 않으면 심심하지. 아이 낳을 생각은 없어?"

나는 숨을 내쉬고 대답하려 했으나 소리가 나올 것 같 지 않아서 쓴웃음을 지으며 가볍게 고개를 갸우뚱했다. 아이? 아이가 생기면 달라지겠지만 변화 자체를 바라지 는 않는다. 게다가 매미 소리와 시할아버지가 물 뿌리 는 소리에 둘러싸여, 기묘하게 혀를 내민 강아지 슬리퍼 를 신는 시어머니와 휴대전화를 손에 쥐고 사는 남편에 끼어 갓난 아이에게 젖을 물리고 있는 나 자신을 떠올리자, 상상만으로도 우울해졌다. 결코 싫다는 이야기는 아니다. 어쩌면 행복할지도 모른다. 일을 하지 않는다면 적어도 아이를 낳을 생각을 해야 할지도 모른다. 세라 씨는 잠시 내 얼굴을 바라보더니 미소를 지으며 내 대답 대신 말했다. "그래. 난 그랬어."

"난 아이를 늦게 낳았어. 긴급하게 입원을 해야 했고 낳는 데도 시간이 오래 걸렸어. 아들은 무사했지만 꽤 오래 인큐베이터에 있었어. 내가 할 수 있는 일이라고는 그저 지켜보는 것밖에 없어서 속상했지. 남편도 고생이었고 시어머니도 그랬어. 당연히 당사자인 아들에게도 힘든 기억이지. 이제 겨우 다섯 살이야. 가끔 시끄럽지? 이 동네의 다른 집 아이들보다 조금 어리다고 해야 하나? 참을성이 없어. 그래도 도리 있나. 선천적인 것과 후천적인 것 반반이니까. 새댁은 아직 젊어. 젊으니까 여러 가지로 즐겨. 마쓰우라도 다카도 이런저런 일도 있고 힘들었지만, 마쓰우라 씨 참 열심히 살아왔지."

"다카?"

내 반문에 세라 씨는 "어머!"라며 작게 중얼거렸다. 그리고는 잠시 이상한 표정으로 말을 아끼더니 "이름이 다카가 아니지. 뭐지, 내가 지금 다카라고 했나? 이런, 미안해요. 다른 이야기와 섞여버렸네. 내가 이렇게 가끔씩 정신을 놓을 때가 있어요. 생각지도 않은 말이 입에서 튀어나온다니까. 새댁은 아직 젊어서 이런 적 없겠지만."

"아네요. 저도 그런 적 있어요. 뭔지 알아요."

나는 고개를 끄덕였다. 멍하니 있기로 따지면 내가 훨씬 더 멍하니 있을 자신이 있다. 여하튼 정신 차리지 않으면 매일 견뎌내기가 힘들다. 세라 씨는 손으로 입술을 가만히 만졌다. 전보다 윤기가 도는 붉은빛을 띠고 있었다.

"저, 무네가 말이야. 꼬맹이였던 무네가 이렇게 커서 색시를 데리고 올 줄이야. 마쓰우라 씨도 속으로 굉장히 좋으실 거야. 힘든 일도 있겠지만 새댁도 힘내. 아, 미안해요. 내 맘대로 주저리주저리. 오늘 찾아온 건 이것 좀 드시라고. 이제 우리 집에는 먹을 사람이 없어. 이거 좋아해?"

가방에서 작은 비닐봉지를 꺼냈다. 안에는 끝이 갈라진 방추형의 녹색의 것들이 가득 들어 있었다.

"뭔가요?"

"양하(아시아 열대 지방을 원산지로 둔 외떡잎식물 생강목 생강과의 여러해살이풀로 양하무침, 양하장아찌, 양하산적 등의 재료로 쓰임. -옮긴이 주). 어머, 양하 몰라?"

세라 씨는 재밌어하는 표정을 지었다.

"아뇨. 양하는 알아요."

직접 사 먹은 적은 없지만 본 적도 있고 어디선가 먹어본 적도 있다. 다만 비닐봉지에 담겨 있는 것은 내가 알

73

고 있는, 마트에서 파는 연한 붉은색과는 달리 거의 진녹색이었다. 끝이 글로브처럼 퍼진 형태로 크고 야무져 보이지 않았다.

"히야얏꼬(두부에 가쓰오부시, 생강, 간장과 양념을 곁들인 음식. -옮긴이 주) 위에 올려 먹는 거죠?"

"맞아, 맞아. 잘게 썰어서. 소면에 넣거나 두부에 올려도 되고, 감초에 찍어도 먹지. 우리 집에 이거 심지도 않았는데 해마다 마당에서 수북이 자라. 난 좋아하는데 먹는 사람도 없으니까 아까워서. 난 초된장에 설탕을 넣어 약간 달착지근하게 무치는 걸 좋아해. 하지만 이렇게 많이는 필요 없으니……."

"잘 먹을게요. 초된장무침도 한번 만들어 볼게요."

나는 비닐봉지를 받아 들었다. 비닐 속에서 차가운 냉기가 느껴졌다. 하나를 집어 드니 예상보다 단단했고, 솜털이 약간 나 있었다. 잎도 줄기도 열매도 아닌 독특한 감촉이었다.

"이건 식물의 어느 부분일까요?"

세라 씨는 고개를 갸웃했다. 가방에는 비슷한 비닐봉지가 잔뜩 들어 있었다. 다른 이에게도 전해주려는 거겠지. 그렇다면 상당한 양이다.

"이게 땅 위로 뾰족뾰족 나와. 뭘까? 싹일까? 한동안 두면 이 끝에서 하얀 봉오리가 나오고 꽃이 피지. 난처럼 예쁜 꽃이야. 꽃도 먹을 수 있어."

비닐봉지에서는 흙냄새가 섞인 비 냄새가 났다.

세라 씨를 보내고 비닐봉지를 냉장고 안에 넣었다. 거실 창문으로 슬쩍 내다보니 시할아버지는 아직 마당에 있었다. 몸을 웅크리고 검은색의 무언가를 만지고 있었다. 고양이 따위를 쓰다듬어주고 있는 듯했다. 그게 뭐라도 빗속에서 물을 뿌리는 것보다는 낫겠지.

"이게 뭐야?"

"양하."

"자금자금거려."

남편은 입안에 넣었던 초된장양하무침을 뱉어냈다. 인터넷으로 찾아보니, 양하는 봉오리를 내포하고 있는 '꽃이삭'이라는 부위였다. 세라 씨가 알려준 대로 초된장에 버무렸다. 내가 먹었을 때는 맛이 그리 나쁘지는 않았다. 된장에 식초를 섞은 냄새와 식감이 독특해서 분명 술 안주로 즐길 만한 요리였다.

"양하?"

물으며 남편은 보리차로 입안을 헹구려 했다.

"입맛에 안 맞으면 먹지 않아도 돼요."

"응. 미안한데 이건 좀⋯⋯. 그런데 이거 싸게 팔아서 시험 삼아 사 본 거야?"

"아니, 세라 아주머니가 주셨어요."

"세라 씨?"

남편은 이상하다는 표정으로 나를 보았다. 나는 남편

의 작은 접시에 담긴 양하를 입에 넣었다. 자금자금하지 않았다. 섬유가 부풀어 오르는 식감은 오히려 앞니에 맞았다. 식초와 된장 속에서 역시 비 냄새가 났다.

"세라 아주머니라니, 설마 어머니 댁 옆집?"

"응."

"자주 만나는구나."

"그 정도까진 아니고."

남편은 다른 반찬을 입에 넣으며 휴대전화를 만졌다. 지금 아내가 양하라는 매우 맛없는 반찬을 억지로 먹었다는 둥 이러쿵저러쿵. 나는 한숨을 쉬었다.

"왜?"

남편이 나를 쳐다보았다. 나는 고개를 저으며 대답했다.

"아무것도 아니야."

시끄러운 매미 소리에 눈을 떴다. 어젯밤 내내 비가 내리고 몹시 후덥지근해서 에어컨을 켜놓은 채 잠이 들었다. '창문이 닫혀 있으니 매미 소리도 들릴 리 없는데.' 생각하며 시계를 확인했다. 아직 알람이 울리려면 한참 남았다. 남편은 등을 돌린 채 옆에서 자고 있었다. 티셔츠를 벗고 있어 하얀 여드름이 드문드문 난 등이 보였다. 난 살며시 일어서서 창문 밖을 내다보았다. 어제 내린 비가 거짓말처럼 활짝 개어 있었다. 그리고 마당에는 시할아버지가 벌써 나와 물을 뿌리고 있었다. 매미 소리라고 여겼던 소리는 호스에서 나는 물소리였다. 어쩐지 무릎에서부터 힘이 빠지는 기분이 들었다. 여느 때처럼 밀짚모자를 쓰고 위아래 회색 긴팔과 긴 바지 차림이다. 이른 새벽, 해가 뜨기 전에 물을 뿌리는 것은 분명 바람직한 원예 방법이다. 한데 시할아버지는 대체 언제부터 물을 뿌렸고 언제까지 뿌릴 작정일까. 그 많은 물은 그리 넓지도 않은 마당 어디로 흘러가는 걸까.

나는 출근하는 남편을 배웅하고 시댁으로 왔다. 아침 기상 때 본 이후로 벌써 몇 시간이나 지났지만 시할아버지는 여전히 아무렇지 않게 물을 뿌리고 있었다. 시어머니는 이미 출근한 후였다.

"안녕히 주무셨어요? 물은 언제까지 뿌리시려고요?"

문에 서서 큰 소리로 말을 걸었지만 시할아버지는 반응이 없다. 내가 어쩔 수 없이 몇 걸음 마당으로 걸어 들어가자 그 기척을 눈치챘다는 듯이 돌아보더니 한 손을 들고 이를 드러내며 웃었다.

"물 뿌리기 힘드시죠."

나는 다시 한 번 외쳤다. 시할아버지는 미소를 보였다가 이내 아까보다 더 활짝 이를 드러냈다. 나는 체념하고 처마 아래 작은 그림자 속으로 들어갔다. 여덟시도 안 됐는데 벌써부터 더웠다. 시할아버지는 다시 물을 뿌리기 시작했다. 시할아버지는 휘파람을 불 때처럼 입술을 뾰족하게 모았다. 소리는 나지 않았다. 나는 선 채로 마당을 살펴보았다. 빨강과 짙은 감색의 나팔꽃은 잎에 눌어붙어 있었다. 거대하고 새빨간 칸나, 구강청결제 이소딘처럼 짙은 갈색이 도는 미니해바라기가 피어 있고, 내버려둔 잡초 이삭에 누런색 화분, 괭이밥의 암자색 무리까지 위세를 떨치고 그 사이사이 이름은 모르지만 분명 원예종인 연한 붉은색 꽃이 여기저기 활짝 피어 있었다. 이 광경이 이상하게도 조화롭게 보이는 이유는 지금이 여름인 까닭이리라. 모든 실록이 자아낸 정기가 바람 한 점 없는 마당에 짙게 감돌고 있었다. 키 큰 풀 하나가 심하게 흔들렸다. 격렬하게 위아래로 움직이는 잎사귀에 작은 메뚜기가 잠시 머물러 있다.

　나무가 빽빽하여 햇살이 들지 않는 정원의 새카만 그림자가 반짝였다. 가부키 화장처럼 돋보이는 짙은 노란색 눈은 또렷했고 껌벅껌벅 감았다 떴다 했다. 동그랗게 몸을 웅크린 큰 개구리였다. 그 바로 옆에 선 달리아의 가느다란 줄기에는 노란 진딧물이 꼬여 느릿느릿 위아래로 움직이고 있었다. 진딧물에게는 눈이 있었다. 바늘로 콕 찌른 듯한 검은 점으로 매우 선명하게 보였다. 내 눈이 이상해졌나 싶을 정도로 확대되어 보였다. 꽃의 절정기가 지나고 있다. 꽃잎은 변색되고 말려 올라간다. 어쩌면 메뚜기는 저 진딧물을 노리는 건지도 모른다. 나는 메뚜기가 분홍색 긴 혀를 쭉 내밀어 진딧물을 잡는 순간을 기다렸다. 그런데 그 달리아가 뿌리째 넘어졌다. 날카로운 일직선의 물줄기가 가느다란 달리아 줄기를 맥없이 쓰러뜨린 것이다. 시할아버지는 입술 사이로 스, 스하고 숨을 내쉬며 주위를 물바다로 만들었다. 쓰러진 달리아를 그대로 두고 메뚜기가 있던 정원수에 물을 뿌리기 시작했다. 메뚜기는 이미 사라졌다. 매미 한 마리가 서투르게 하반신을 흔들며 마당을 가로질러 날아가다 투명한 오줌을 흘렸다. 치, 치 하는 작은 소리가 났다. 시할아버지는 아직도 내가 여기에 있다는 사실을 지금 깨달았다는 표정으로 나를 보며 다시 생긋 이를 드러내며 웃었다.

"할아버님, 물이……."

시할아버지는 고개를 끄덕이며 한 손을 직각으로 올렸다. 몸이 기울어져 있어서 팔도 기울어졌다. 그리고는 또 이를 내보였다. 더는 입 모양을 만들기 힘들어 보였지만 더욱 웃으려고 애썼다. 시할아버지에게는 내 목소리가 들리지 않는 것이다. 큰 밀짚모자 안에 반짝이는 이만 보였다. 눈도 코도 뺨도 그늘이 져서 잘 보이지 않는다. 입가만 나를 향해 활짝 열려 있다. 어느새 웃는 얼굴조차 보이지 않았지만 웃고 있다고 믿을 수밖에. 땅은 온통 질펀거렸다. 내가 계속 서 있자 문에서 그때의 그 검은 짐승이 종종거리며 걸어 들어왔다. 얼굴은 길쭉하고 뾰족해서 부자연스러웠고 눈은 노란색이었다. 그 눈을 번득

이며 나를 바라보았다. 시할아버지가 뿌린 물이 짐승의 콧등에 닿았다. 짐승은 움찔 뛰어오를 것 같은 모습으로 걸음을 재촉했다. 나는 시할아버지를 보았다. 시할아버지는 마치 짐승 따위 신경 쓰지 않는 듯 거의 보지도 않고 물을 뿌리며 휘파람을 불고 있었다. 호스에서 나오는 물에 얼굴이 젖은 짐승은 몇 걸음 더 가더니 몸을 가볍게 털었다. 물이 사방으로 튀었다. 전에 보았을 때보다 털이 더 부드러워 보였다. 꼬리도 짧아 보였다. 혹시 다른 짐승이려나? 짐승은 자신 있는 걸음으로 마당을 가로질러 시댁 뒤편으로 들어갔다. 다른 방향을 향해 있던 시할아버지는 동그랗게 내민 입으로 슈, 슈 하며 숨을 내뱉었다. 물을 세게 틀자 파란 호스가 부르르 떨리더니 물줄기가 마당 공간을 가르려는 듯 내달렸다. 나는 짐승의 뒤를 쫓았다.

시댁과 옆집의 경계에는 벽돌담이 있었다. 우리 집의 벽돌담과 비슷했지만 그보다는 더 높았다. 2미터는 되어 보였다. 그 벽돌담과 시댁 사이에는 한 사람이 겨우겨우 지나갈 수 있는 틈이 있었다. 해가 들지 않아 그곳은 어두웠다. 처음 본 그 틈 너머로 동물의 뒷다리와 꼬리가 언뜻 보이더니 모퉁이를 돌 듯 사라졌다. 나는 그 틈으로 들어갔다. 건물의 외벽과 벽돌담 사이에는 여러 개의 거미줄이 쳐져 있었다. 거미줄이 얼굴에 닿아 입으로 들어왔다. 손으로 끈적이는 얼굴을 문지르며 앞으로 나아갔다. 시댁 뒤꼍 벽에는 흙덩어리 같은 것이 여러 개 들러붙어 있었다. 진흙을 문질러 바른 듯했는데, 진흙이 물방울 모양으로 흘러내리며 말라 있었다. 그냥 오물 같기도 하고 벌레집 같기도 했다. 벽돌담에는 숨은 그림처럼 부채꼴 모양으로 파낸 구멍이 곳곳에 뚫려 있었다. 구멍으로 옆집, 그러니까 세라 씨네 마당이 보였다. 푸릇푸릇한 잔디밭 위에 노랗고 빨간색의 뭔가가 선명하게 보였다. 다섯 살이라던 아들의 물건일까. 세라 씨가 하얀 치마를 입고 잔디에 물을 주는 장면을 상상했다. 시할아버지가 주는 모습과는 천지 차이겠지. 세라 씨의 모습은 산뜻하고 행복할 것 같다. 그녀의 발치에서는 아이가 놀고 있겠지. 시할아버지의 장화는 진흙투성이다. 시댁 건물 끝의 작은 공간이 나타났다. 짐승은 보이지 않았다. 대신 그곳에는 중년 남자가 있었다. 매미 소리가 뚝 끊겼다. 남자는 벽돌로 쌓은 담 밑에 웅크리고 앉아서 벽돌 구멍에다 손을 집어넣었다. 나는 긴장했다. 그 남자가 나를 돌아보았다. 머리카락이 검고 마른 체구에 흰 남방셔츠를 입었다. 셔츠도 얼굴도 본 적이 있다. 언젠가 편의점에서 본 적이 있는, 아이들이 선생님이라고 불렀던 사람이다. "안녕하세요!" 남자가 나에게 인사를 했다. 나는 숨을 삼켰다. 남자의 등 뒤에는 작은 조립식 창고 같은 건물이 서 있었다. 남자는 싱글싱글 웃으면서 다시 큰 소리로 "어디 사십니까?"라고 물었다.

이 사람이 침입자라 치면 내가 크게 소리를 질러 도움을 청할 경우 여기서는 시할아버지보다 세라 아주머니 집이 더 가깝다. 무엇보다 시할아버지는 귀가 어둡다. 세라 아주머니가 집에 있지 않을까 하는 생각도 들었다.

"이 집 옆에 사는, 이 집의……"

"아, 이 집 며느리이시구나. 옆이면 반대편 옆집이죠? 얼마 전에 이사 오셨고?"

남자의 말투가 아주 싹싹했다. 악의나 해치려는 뜻은 느껴지지 않았다. 무방비 상태로 보였다. 하지만 사람 일은 모르는 것이다.

"전 이 집 큰아들이고요, 무네아키 형이죠. 제가 무네아키와 나이 차가 많이 나요."

"네에?"

나는 놀라서 입이 벌어졌다. 남자는 빠른 말투로 계속 이야기했다.

"그래서 뭐더라. 뭐라 하는 호칭이 있던데. 새아버지라든가 새어머니라든가 그런 호칭 있잖아요. 형이니까……. 무슨 형이던데, 그 뭐죠?"

형이라고?

"의붓형 말인가요?"

나는 대답하면서 상대가 눈치채지 못하게 뒤로 물러섰다. 남편의 의붓형?

"그래요 의붓형. '형'자는 형님의 형자와 같죠. 의붓형.

전 당신의 남편의 의붓형이군요. 제수씨, 잘 지내셨어
요?"

문득 풀을 짓이길 때 나는 풋내가 나고 가슴이 시원해
지는 냄새가 났다. 남자는 고개를 들고 나를 보더니 이를
드러내며 활짝 웃는다. 그러나 남편은 외아들이며 장남
이다. 그런데 의붓형이라니?

"표정을 보니 몰랐나 봅니다. 그럴 만도 하죠. 이건 일
종의 비극이죠. 전 이런 판잣집 같은 창고에 살아요."

그는 조립식 주택을 가리켰다. 작은 이층 건물이고 창
고보다는 재난지역에 설치하는 간이 주택과 비슷했다.

외벽은 크림색으로 칠했고 여기에도 마른 흙덩어리가
몇 군데 붙어 있다. 위쪽에 구멍이 뻥 뚫린 것처럼 붙어
있는 흙덩이도 있었다. 문은 갈색 창틀의 미닫이문이었
다. 작은 열쇠 구멍도 보였다.

"이곳은 이 집의 창고인데 여기서 혼자 살아요. 벌써
이십 년이나 됐군요."

"이십 년이요?"

내가 깜짝 놀라 되묻자 "네, 이십 년! 길죠? 이십 년 전
이면 제수씨는 아직 갓 걸음마를 뗀 아이였겠는군요. 그
렇죠? 난 이십 년 전에는 장성한 청년이었어요. 단호하
게 학교를 때려치우고 이 판잣집 같은 창고에 침대를 옮
겨다 놓고 지내기 시작했지요. 부모님은 일시적인 반항
이라고 여겼겠지만, 천만에요. 난 진심이었어요. 꼬마 때

부터 생각했거든요. 언젠가 이 집구석에서 나가야겠다고. 그저 기회가 없었을 뿐이에요. 어쨌든 지낼 곳이 필요하니까. 마침 그 무렵 집 뒤에 창고를 짓더라고요. 그것도 훌륭한 2층짜리 건물로요. 그래요, 우리 집은 얼마 전까지 농사꾼이었으니까 그때 쓰던 농기구 따위를 보관하려고 이층 건물을 짓는 것 같았어요. 그걸 내가 점찍었다가 어느 날 2층을 차지해버렸죠. 야간을 틈타서요. 아주 절묘한 수법이었어요. 그 후로는 쭉 이렇게 살고 있어요. 단 한 번도 일하지 않았고요. 어휴, 이 식충이 같은 놈!"

홍분한 말투로 여기까지 단숨에 떠들더니 갑자기 인상을 쓰면서 목소리를 낮추어 말했다.

"이렇게 말하니까 제가 은둔형 외톨이나 취업 포기자 같죠?"

머리가 검어서 남편보다 나이가 훨씬 많아 보이지는 않았지만 대체 나이가 몇인지 짐작이 가지 않았다. 입술이 얇고 아주 붉다. 흰 남방셔츠 속에 입은 러닝셔츠가 비친다. 겉옷이나 속옷 모두 청결해 보였다. 하반신은 감색인지 검은색인지 정장 바지였다. 나는 그 바지가 중학생이나 고등학생의 남자 교복 바지와 비슷하다고 생각했다. 아마 그럴지도 모른다. 신발은 검은 구두를 신고 있었다. 유심히 보면 묘한 차림새였다. 신발은 깨끗하게 닦아 번쩍거렸다. 여전히 손은 벽돌 구멍 속에 집어넣은 채였다. 건너편에서는 아무 기척도 나지 않는다. 문득 이곳이 시원하다는 생각이 들었다. 이 자리가 건물의 응달이어서인지 바깥과는 다르게 공기가 찼다. 벽돌담 하단에서부터 땅바닥까지 이끼가 덮여 있었다. 이끼가 없는 부분의 땅은 검고, 질퍽거리지는 않지만 조금 촉촉해 보였다. 좁은 통로는 말라 있었는데 어딘가에서 갈라지는 듯했다. 시할아버지가 물을 뿌리고 난 다음과는 전혀 다른, 흙 내부에서 배어 나오는 듯한 조화로운 촉촉함이었다. 냉기와 습기가 발치에서 스멀스멀 올라온다. 아까도 느꼈던 풋내가 돈다. 푸릇한 다다미 같고, 어쩐지 향냄새 같은 느낌도 섞여 있다. 땅 위에는 하얀 꽃을 피운 검보라색 풀이 무성하게 나 있다.

"이건 어성초예요. 할머니가 이걸로 자주 차를 끓였죠. 그 냄새를 어머니는 싫어했어요. 전 할머니 껌딱지여서 좋아했지만 어머니는 절대로 마시지 않았고 제가 마시는 것도 싫어했죠. 그래서 이렇게 제멋대로 마구 자랐어요. 제수씨, 괜찮으면 따다가 차로 만드세요. 아마 말리면 괜찮을 겁니다."

"이것을요?"

머릿속에서 여러 생각이 교차했다. 불단에 있는 시할머니의 사진이 떠올랐다. 시어머니와 남편의 얼굴도 떠오르고, 어쩐지 세라 아주머니의 얼굴까지 생각났다. 마지막에 시할아버지가 떠올라서 웃음이 나왔다. 남편의

형? 남편의 의붓형? 왜 남들은 다 나를 아는데 나는 상대
방에 대해 아무것도 모르는 걸까.

"제수씨, 그런데 말이죠. 저와 만났다는 얘기는 하지
않는 편이 좋을 겁니다. 어머니나, 물론 무네아키에게도.
잘 이해가 안 되겠지만…… 제가 싫어서요. 저야 미움을
받아도 상관없지만 제수씨가 밉보이면 제 마음이 안 좋
거든요. 입막음을 하자는 건 아닙니다."

나는 다시 한 번 또렷하게 시어머니의 얼굴을 떠올렸
다. 남편의 얼굴이 시어머니의 얼굴에서 분리되어 나오
듯이 떠올랐다. 그가 거짓말을 했다 해도 별 도리가 없지
만 내가 모든 진실을 안다고 믿을 이유도 없다는 느낌이
들었다. 이곳은 내 의사로 왔지, 남에게 끌려오지는 않았
다. 불행하지도 않고 불만도 없으나 그렇다고 이 집 사정
을 다 안다고는 할 수 없다. 왜 여기서는 매미 소리가 들
리지 않는 걸까.

"정말로 제 남편의 형님이세요?"

내 목소리가 아닌 것처럼 들렸다.

"그럼요. 의심하시는군요. 하지만 어디까지나 형식적
인 관계니까요. 진심으로 의심하는 거라면 도망을 치든
신고를 하셔야죠. 만약 저를 침입자라고 생각하신다면
요. 이런 건 어느 정도 감각적인 문제라…… 전 무네아키
와 별로 닮지 않았어요. 어머니와도 별로 만난 적이 없겠
지만, 제 아버지와도 별로 안 닮았죠? 여전히 바쁘실 겁

니다. 아버지 차는 잘 보이지 않던데 아직 돌아가시진 않았죠? 아마 새로 바꾼 지 얼마 안 된 차일걸요? 그 은색 마쓰다 차요. 아버지는 옛날부터 차는 마쓰다만 타셨어요. 내가 타 본 차는 마쓰다 패밀리아Mazda Familia(일본 자동차 제조사 마쓰다에서 생산했던 승용차. -옮긴이 주) 때가 마지막이었지만요. 아침 일찍 나가서 밤늦게 들어오시거든요. 그건 병이에요. 일을 하든 골프를 치든 낚시를 가든 바깥으로 나돌지 않으면 마음이 잡히지 않는가봐요. 우리가 어릴 때는 휴일마다 바비큐니 캠핑이니 해서 데리고 다녔는데. 그래서 성격도 아버지와는 정반대예요. 근데 어때요? 저하고 그 노인네하고 얼굴이 닮지 않았나요? 아기 때부터 자주 들었어요. 그런 얘기는 주로 할머니가 입버릇처럼 말씀하셨죠. 전 앞으로 십 년 뒤면 대머리가 될 거예요. 그렇게 되면 혈연관계라는 완벽한 증거죠."

어쩐지 꺼림칙했지만 나쁜 사람은 아닌 듯 보였고, 이야기를 들어보니 입매가 시할아버지를 쏙 빼닮았다. 길고 뿌리에서 끄트머리 쪽으로 가면서 점점 두꺼워지는 이가 특히 비슷했다. 이마도 넙데데하고, 커다란 밀짚모자로 감추었지만 시원하게 벗겨진 시할아버지의 머리와 어쩐지 공통점이 느껴졌다.

의붓형이라는 남자는 아랫입술과 윗입술을 차례로 핥은 다음 한 손을 벽돌 구멍 속에서 뺐다.

"악!"

작은 비명 소리가 난 뒤 한순간 구멍에서 빨갛고 작은 손이 보였다. 내가 흠칫 놀라자 남자는 일어서서 나를 보고 이야기했다.

"그냥 놀이예요. 옆집 꼬마하고요. 아니, 아닌가? 꼬마라고 하면 나중에 난리를 치겠지? 꽤 자존심이 세거든요. 내 이웃 친구가요. 하지만 지금이 손을 뺄 기회예요. 어차피 뜨겁기도 하고. 이것 봐요, 내 손."

남자는 두 손을 내 눈앞에 내밀었다. 벽돌 구멍 속에 집어넣었던 손이 새빨갛게 변해 있었다. 반대쪽 손은 이상할 정도로 창백했다. 틀림없이 체온이 낮은 체질의 남성일 것이다. 남편도 더위를 타는 편이면서 체온은 낮았다. 아침에는 마치 죽은 사람처럼 차가웠다. 그런 체질이 형제라서 닮았는지도 모른다. 나는 벽돌담 틈으로 반대편을 보려고 했지만 아이는 가버리고 없는지, 시야에서 벗어나 쪼그려 앉았는지 아무도 보이지 않았다. 뜨거운 어떤 기운만 느껴졌다. 남자는 어깨를 으쓱했다.

"저 녀석, 혼자라서 외로워해요. 할머니는 벌써 연로하시고 아버지는 일 때문에 바쁘시고. 유치원은 적응을 못해 그만두었어요. 불쌍하게도. 그래서 더 제가 맡아서 돌봐주고 싶을 정도로요."

세라 씨의 집 안은 쥐 죽은 듯 고요했다. 세라 씨는 외출을 했는지도 모른다. 잔디 위에 떨어져 있는 선명한 것은 엎어져 있는 노란색 어린이용 장화였다. 남자는 손바닥을 뒤집어 두 손의 손톱을 살펴보더니 자기 옆구리 쪽 셔츠에 문지른 다음 "자, 그럼 또!"하고 인사했다.

"다음에는 제수씨 얘기를 들어볼까요? 당신은 누구이고, 여기에 왜 왔는지."

"네? 저기 지금 뭔가, 검은 동물이 보이는데……"

"아, 저거요?"

남자는 바닥을 가리켰다. 거기에는 둥근 구멍이 뚫려 있고 위에 격자 형태의 금속 덮개가 덮여 있었다.

"저 안에 있어요."

"네? 안에요?"

나는 고개를 내밀었다. 시커먼 구멍 속에 하얗고 가늘고 긴 것이 어렴풋이 보였다.

"뭔가, 하얀 게……"

"그거 어금니예요. 둥글고 귀엽지만 딱딱하고 날카로워서 일종의 흉기이기도 하죠. 저 어금니가."

"어금니?"

어떤 짐승에게 어금니가 있나 생각해봤지만 떠오르지 않았다. 아무것도 생각나지 않았다.

"이건 무슨 동물이죠?"

"저도 몰라요."

남자는 어깨를 으쓱해 보였다. 헐렁한 셔츠 속에 뼈가 앙상한 두 어깨의 형체가 두드러져 보였다.

"어째서 내가 이것저것 알아야 하는지, 원. 이 녀석의 습성이며 성격까지 다 대답할 수 있어요. 어디까지나 내가 관찰한 결과지만요."

"관찰이요?"

남자는 히쭉 웃었다.

"이 구멍은 우리 집의 옛날 우물이에요. 이 집터가 딴데 비해 진 땅이거든요. 이제 이 우물은 바닥에 콘크리트를 발라서 더 이상 물은 나오지 않지만. 구멍은 이 녀석이 땅을 파서 만든 일종의 집 같은 것이죠. 언제부턴가 여기 들어와서 이렇게 잠을 자기도 해요. 매일은 아니고, 가끔 와서 며칠을 있는지는 모르겠어요. 이 녀석이 들어와 자는 걸 보면 제가 이 덮개를……"

그러면서 남자가 격자 형태의 금속 덮개를 뒤꿈치로 밟아 텅텅 소리를 냈다. 그 위를 스륵스륵 지나가던 작은 지네가 격자 안쪽으로 쏙 빠졌다.

"닫아주죠. 일단은, 구멍에다 손가락을 쏙 집어넣은 다음에 들어 올려야 열리는 구조인데요. 그래도 이 녀석 머리가 어찌나 좋은지 어금니로 밀어서 결국 열고 맙니다. 그렇게 해서 밖으로 나가버려요. 그러니 뭐 그렇게 애써 뚜껑을 덮느냐는 소리를 들으면 머쓱하긴 하죠. 그렇지만 혹시라도 여기에 살아주면 좋잖아요. 이 녀석은 구멍을 파는 동물이라 자기 스스로 구멍을 팔 뿐인데, 벌써 어느 구멍에 자리를 잡고 살고 있을 거예요."

나는 유심히 보았지만 구멍 속의 하얀 것은 움직이지 않았다. 그것이 짐승의 일부이고, 어금니이고, 그래서 그 짐승이 결국 아까까지도 눈앞에서 터벅터벅 걸어 다녔다는 생각은 들지 않았다. 그 동물은 훨씬 전부터 거기에 정착해 살았던 것처럼 보였다. 밝은 태양빛이 한 줄기도 들어오지 않는 구멍이다. 나는 동물의 눈을 보려 했지만 보이지 않았다. 어금니도 서서히 어둠 속에 묻혔다. 내 눈이 어둠에 적응할 때까지 아무것도 보이지 않았다.

 "인터넷에서 검색해보신 적 있나요?"

 "네? 인터넷이오?"

 "검은 동물이라든가 어금니라든가 그런 키워드로요."

 남자는 "그래서요?"라고 물으며 고개를 갸웃거렸다.

 "저는 인터넷을 사용한 적이 없어요. 컴퓨터 같은 것도 없고, 예전부터 텔레비전도 두지 않았어요. 하지만 인터넷이 뭔지는 알 것 같아요. 만화에 나오는 거죠? 제수씨는 그런 기계를 갖고 계시나요?"

 나는 고개를 끄덕였다.

 "음, 그럼 그걸로 찾으면 뭔가 알 수 있나요?"

 "이름이라든지 습성이라든지……"

 그러면서 나는 애매모호한 기분이 들었다. 검색하면 아마 엄청난 정보가 나올 것이다. 하지만 검색해서 나올 만한 정보로는 이 동물에 대해 제대로 알 수 없을 듯했다. 설령 정보가 될 만하다 해도 그것이 맞는 정보인지 판단할 재주가 나에게는 없다는 생각도 든다. 게다가 이 동물이 무엇이고, 무엇을 먹고, 어떤 습성을 가졌고, 수명은 어느 정도이고, 어떻게 진화하는지 알았다 한들 나는 '그래서 뭐?'라고 물을 것이다. 내가 궁금한 것은 그런 정보는 아니다. 구멍 속에서 동물의 것이 아닌 무언가 개운한 풋내가 났다. 물 냄새라고 생각했다. 이 뒷마당에 떠돌고 있는 냄새가 바로 그 물 냄새인지도 모른다. 지하수 같은, 오래전부터 이끼나 수초나 나무뿌리 같은 뭔가가 섞여 있는 고인 물의 냄새다.

나는 조심조심 격자 덮개 위에 발을 올렸다. 구멍의 지름은 내 몸보다 한 아름 정도 더 컸다. 겉보기에는 강가의 내가 떨어진 구멍과 똑같았다. 그렇다면 그 구멍도 이 동물이 파낸 구멍이었는지도 모른다. 틀림없이 그럴 것이다. 내가 그 점을 물으려 하는데 남자는 벼르고 있었다는 듯이 먼저 이야기를 꺼냈다.

"아, 맞다. 요전에 편의점에 왔었죠? 아이들이 많아 난처해하던 그분. 보다 못해 제가 돕겠다고 덥석 나섰고요."

그러면서 이를 드러내며 웃었다. 어서 감사 인사를 하라고 재촉하는 듯한 표정이었다.

"그때는 감사했어요."

나는 머리를 숙였다. 남자는 "됐어요, 됐어."라며 이를 더 훤히 드러내고 웃었다.

"그야 무네아키의 색시 아니십니까. 제수씨는 아이들을 별로 좋아하지 않나 봐요. 그래서 동물한테 집착하는 거 아닙니까? 아니면 무서워하시나? 그 반대인가? 굉장히 좋아하세요? 아이들에 대해 별생각 없는 사람은 그 애들이 있든 없든 신경도 쓰지 않죠. 도로 공사장의 청년들이 점심거리를 사러 오긴 하는데요. 그들은 아이들을 무시하다시피 하고, 적당히 건너다니거나 밟거나 손으로 치우거나 할 뿐이지 자기 볼일을 다 보거든요. 제수씨처럼 우물쭈물하면 아이들은 재미있으니까 더 달라붙죠. 나쁜 뜻은 없어요. 다들 심심하니까. 좋은 녀석들이에요. 그 애들이 강가에서 놀거든요. 편의점에 가면서 강옆을 지나가셨죠? 이곳은 아주 깡촌이에요. 요즘 같은 세상에 제일 가까운 편의점까지 가려면 강을 따라 주야장천 걸어가야 하니까요. 그래도 그런 가게라도 생겼으니 한층 낫죠. 그 편의점이 생기기 전에는 여기 아이들은 저 멀리 생협까지 가서 아이스크림이니 뭐니 사 왔어요. 만화잡지는 서점까지 가야 하는데 그 책방도 엄청 멀어요. 그러니 편의점은 천국이에요. 아침에 편의점과 강이 우리의 주요 전장터인 셈이죠. 그러니 엄밀히 말해 나는 은둔형 외톨이가 아닌 거죠. 그런 식으로 밖에서 노니까요."

남자는 거의 숨도 쉬지 않고 떠들었다. 나는 겨우 끼어들 대목을 발견하고는 "저 요전에 이렇게 생긴 구멍에 떨어진 적이 있어요."라고 말했다. 남자는 조금 언짢은 표정을 지었다.

"뭐요? 어디서요? 어쩌다가요?"

"강가에서요. 이런 검은 동물을 보고 쫓아가다가 떨어 졌어요."

"저런, 바보같이!"라며 말을 툭 내뱉었다.

나는 놀라서 남자의 얼굴을 쳐다보았다. 남자는 못마 땅하다는 듯이 물었다.

"구멍에 떨어지다니 그런 바보가 어디 있어요? 아니 그래서 떨어진 구멍은 텅 비어 있던가요?"

"네."

내가 고개를 끄덕이자 남자는 더욱 건방진 말투로 지 껄였다.

"흠, 그렇다면 오히려 다행이지만. 저라면 절대로 그런 짓은 하지 않을 겁니다. 첫째로 위험하고, 둘째로 어리석 기 짝이 없고, 셋째로 남에게 민폐인 데다 쓸데없는 짓이 니까요. 뭡니까, 제수씨가 이상한 나라의 앨리스라도 되 는 줄 아세요? 그런 건가요? 토끼를 쫓아가다 구멍에 빠 져 대모험이 시작된다, 그런 이야기인가요?"

남자는 또 어깨를 으쓱해 보였다. 나는 움찔했다. 그런 몸짓은 시어머니를 쏙 빼닮았다. 그제야 이 사람이 정말 로 남편의 형이고 시어머니의 자식이라는 생각이 들었 다. 어째서 지금까지 숨겨놓았을까? 혹시 혼인신고서에 남편이 장남인지 아닌지 써넣는 칸이 없었나? 주민등록을 이전할 때 그런 서식은 없었나? 없었던 듯도 하다. 철저히 숨겼는지도 모른다. 그러나 숙부나 종형제가 아닌 의붓형을, 게다가 결혼 상대에게 숨기는 일이 가당키나 한가? 가능한 일이란 말인가? 애초에 무엇 때문에? 은둔형 외톨이라는 소문이 나면 곤란했을까? 아니면 무언가 다른 문제가 있었나? 나는 이 일을 남편이나 시어머니에게 따져 물을까? 생각하니 조금 어이가 없었다. 아무려면 어때?, 라는 생각도 들었고 좋지 않다는 생각도 했다. 앞으로 몇십 년이 지난 후에 무언가를 상속하고 싶은 생각도 별로 없지만 그러나 그런 과정을 거쳐야 할 때 문제가 생길 가능성이 있지 않을까? 금전적으로 얼마간 손해를 본다든지, 어떤 권리로 불이익을 입는 경우는 거의 없겠지만 귀찮은 일에 휘말리기는 싫다. 정말로 의붓형인지, 왜 지금까지 잠자코 있었는지, 앞으로도 쭉 그가 뒷마당의 판잣집에서 지내는 형태로 함께 살 작정인지, 늙으면 어떻게 할 것인지…… 남편에게 혹은 시어머니에게 따져 물을 말을 생각하다가 기분이 우울해졌다. '저기요, 형님이 있다든가 그렇진 않죠? 여보, 당신은 외아들이고 장남이죠? 그들에게 질문하는 자신을 상상하니 바보 같았다. 적어도 본가 옆으로 이사할 때는 귀띔이라도 해줬어야 했다. 그런데 왜 말하지 않았을까. 본가 덕에 셋집을 얻어 살고 있지만 이웃지간이고, 언제까지나

숨길 수 있는 문제도 아니지 않은가. 오히려 이 상황이
대모험이나 마찬가지다.

"모르겠어요."

남자는 콧방귀를 뀌었다.

"모르세요? 그 녀석 걸작이에요. 전 잘 알죠. 내가 그
토끼니까요."

"네?"

"그러니까 앨리스가 쫓아간 토끼는 그냥 토끼가 아니
라 결국 여왕의 집사 같은 하인이었잖아요? 그렇죠? 하
지만 구멍에 떨어질 때까지 앨리스가 본 것은 사실 그냥
토끼였어요. 지극히 평범한 토끼요. 영국의 작은 시골에
서는 틀림없이 그런 토끼가 깡충깡충 뛰어다녔을 거예
요. 그렇죠? 그걸 쫓아가는 단계에서 앨리스는 그저 들
판의 왈가닥 소녀였지만, 구멍에 떨어진 다음부터는 그
렇지 않았어요. 말하자면 토끼는 하나의 인격을 가진 노
동자였어요. 아니, 중간 관리자인가? 꽤 잘난 척하는 태
도잖아요? 삽화를 봐도 그렇고요. 그러니까 평범한 왈가
닥이 망상에 빠졌으니 그거야말로 대모험이죠. 전 구멍
에 떨어진 토끼니까 잘 압니다."

무슨 말을 하는지 도무지 이해가 가지 않았다. 남자는
남이야 어떻든 개의치 않고 이야기를 계속했다.

"하지만 제수씨가 본 건 대모험도 아니고 토끼도 아니
었어요. 아무것도 아닌 그냥 이 녀석이었던 거죠."

남자는 구멍을 손으로 가리켰다. 어린아이와 맞잡아 빨갛게 변한 손바닥은 어느새 반대쪽 손과 똑같을 정도로 창백해져 있었다.

　"요 주변에서 어슬렁거리는데 이름은 몰라요. 하지만 옛날부터 있었던 동물이에요. 그냥 짐승이죠. 알기 쉽게 이름을 붙여볼까요? 나 혼자면 딱히 '이 녀석'이라고 불러도 괜찮지만 제수씨가 나와서 말을 주고받다 보면 '이 녀석'이라는 말만으로는 불편할 테니까요. 제수씨는 아무래도 얘기하고 싶어 하는 눈치니까요. 인터넷으로 이름을 찾을 때까지요. 찾아낼 때까지 기다릴 것도 없이 우리가 정하죠. 뭐, 이름을 알아내기 전까지는 좀 더 재미있는 화제가 있을 거라고 생각하지만, 서로 점잖은 어른이니까요. 이웃집 꼬마도 아니고. ─아, 아냐! 꼬마 아니야. 넌 이미 훌륭한 어른이야! ─ 음, 하던 얘기 계속하죠. 그러니까 무슨 이름으로 할까요?"

　"이름이라……."

　"제수씨가 정하세요. 어차피 같은 구멍에 빠진 사이니까. 못 빠져나가면 어떻게 하실 거죠? 이 짐승과 백년해로라도 하시겠어요?"

　나를 바라보는 그의 눈은 흰자위가 새하얗고 깨끗하다.

　"이름 말이에요, 이름! 그럼 제수씨 이름은 뭡니까?"

　나는 잠시 망설이다가 대답했다.

"아사히라고 해요."

"아사히! 와! 어쩐지 옛날 담배 이름 같은데요? 흐음. 그럼 이 동물도 아사히로 할까요?"

"네?"

"농담이에요, 농담. 그럼 이름 짓기는 다음 번 숙제로 합시다. 고민해서 오지 않으면 구멍에 집어넣고 덮개로 닫아버린 다음 위에다 콘크리트 벽돌이라도 올려둘 겁니다. 아니, 농담! 이렇게 말하니까 무섭죠? 하지만 난 하나도 무섭지 않아요. 아이들 말고 다른 사람과 이야기한 게 너무 오랜만이어서요."

"무네아키 씨나 어머니하고도 전혀 이야기를 안 하세요?"

"네. 그렇다고 했잖아요. 목소리는 잘 들려요. 거기, 환기구가 있는 곳에서 어머니 목소리는 잘 들리거든요. 어머니가 아사! 라고 부르기에 아사코인가 아사미인가 했는데, 그랬군요. 아사히였군요. 대답 소리가 들리지 않아 '말을 못 하나?' 하는 생각도 했는데 그렇지는 않은가 봐요? 역시 그랬군요. 요즘에 어머니는 살이 찌셨겠죠? 널어놓은 빨래를 봤는데 새 잡는 그물인 줄 알았어요."

대체 이 남자는 매일 무엇을 먹고, 무엇을 하며 지내는 걸까. 옷이나 잘 닦인 구두는 어떻게 해서 손에 넣었을까. 돈은 어떻게 가진 걸까. 대답을 듣고 싶었지만 듣지 못했다. 남자는 두 번, 세 번 손뼉을 쳤다.

"자, 그럼 강가로 가볼까요? 그 구멍이 있는 곳으로요. 서로 알게 된 표시로 제가 안내하죠. 사실 이 강가는 좋은 곳이에요. 제수씨가 떨어졌다는 그 구멍도 어떤지 보고 싶기도 하고. 위험하니까 구멍을 메워도 되겠죠. 아이들이 떨어지면 나올 수 없으니까요. 아, 잠깐! 그 전에 저 세수 좀 할게요."

남자는 판잣집 옆에 있는 개수대에서 손을 씻고 세수도 했다. 개수대 쪽에 걸쳐두었던 손수건 같은 얇은 수건으로 얼굴을 닦았다.

"하루에도 몇 번씩 세수를 해요. 끈적거려서요. 이 물도 우물 물이에요. 지금은 펌프를 사용해서 이쪽으로 끌어올려요. 차갑고 맛있는 물인데 수질검사에서 불합격을 받은 후로 저 말고는 아무도 사용하지 않아요. 전 별로 오래 살고 싶은 생각도 없으니 그냥 마셔요. 그러니 제수씨는 이 물 마시지 마세요. 마실 리가 없겠죠? 하하하. 일부러 마실 리가 없지. 편의점에서 다 파는데. 수도를 틀면 무독성 물이 나오는데 뭣 하러. 그럼 가실까요. 구멍이 있는 데가 어딘가요?"

"편의점 바로 앞 강변에서……."

남자는 성큼성큼 걸어갔다. 주변을 살피거나 한눈팔지 않는 당당한 걸음걸이였다. 나는 허둥지둥 뒤따라갔다. 주위를 살폈다. 고개를 들어 세라 아주머니 댁 창문을 보았다. 커튼이 전부 쳐져 있었다.

"사실 구멍에 떨어졌다가 빠져나오려면 여간 힘든 일이 아니에요. 구멍이 깊지는 않았나요? 비교적 깊은 구멍을 파거든요. 깊으면 깊은 만큼 시원하고, 겨울에는 따뜻하니까…… 구멍 파는 장면을 한번 보여주고 싶은데, 아주 볼 만하거든요. 흙을 뿜어내요. 천만다행이었어요. 장소에 따라서는 흙이 그대로 무너져 내리니까요."

"어쩌다가. 그럼 그 동물은 그 구멍에서 잘 나올 수 있나요?"

"발을 뻗어서요. 등을 벽에 붙이고 빙글빙글 돌아서 위로 올라와요. 진짜 섬뜩해요. 엉덩이를 위로하고서요. 제수씨도 그렇게 해서 올라왔어요?"

"아니요!"

안채 뒤편에 있는 좁은 길을 지나 뜰로 나왔다. 뜰에서는 시할아버지가 여전히 물을 뿌리고 계셨다. 시할아버지는 이쪽으로 고개를 돌리더니 갑자기 입을 크게 벌렸다. 내가 아니라 남자 쪽을 보고 말하려는 듯했다. 시할아버지는 아무 말도 하지 않았다. 눈가에 그늘이 져서 잘 보이지 않았다. 나를 향해 짓는 뜬금없는 미소와는 다른 표정이었다. 호스를 거머쥔 손이 스르륵 내려갔다. 물이 아래쪽으로 흘러내렸다. 남자는 시할아버지를 향해 한쪽 손을 올렸다. 시할아버지는 호스 앞쪽을 살랑살랑 흔들었다. 반응하고 있다고 생각하니 예상대로 이 사람은 우리 식구였다. 남편의 의붓형이다. 남편의 의붓형은 시할아버지에게 나와 함께 있는 것을 숨기지 않아도 괜찮은 걸까. 시할아버지가 시어머니한테 말하면 어떻게 할 참일까. 오히려 시할아버지에 대한 입막음은 내가 해야 하는 걸까. 내가 주저하고 있는 모습에는 아랑곳하지 않고 남편의 의붓형은 또 입을 열었다.

"올해는 매미가 꽤 시끄럽군요. 아무튼 두 손 두 발 다 들었어요."

그 순간 갑자기 유지매미가 큰 소리로 울기 시작했다.

"내 오두막에서는 밖의 소리가 적나라하게 들려서 큰일이에요. 매미로 변해버릴지도 몰라요."

남편의 의붓형은 그대로 문을 나갔다. 시할아버지는 아직도 서 있었다. 고개를 숙이고 한 줄 그림자처럼 있었다. 호스에서는 물이 질질 흐르고 있다.

"제수씨는 매미가 시끄럽지 않아요?"

"네. 하지만 매년 이 정도로 시끄러울 거라는 생각은 했어요."

남편의 의붓형은 콧소리를 내며 말했다.

"하하, 시골이니까 그럴 거라고? 하하, 올해는 특별한 여름일지도 몰라. 매미 입장에서는."

나는 모자나 양산을 챙기지 않은 것을 후회했다. 길 위나 집들의 창, 그 어디에도 아무도 없었다. 마치 낮 동안은 나돌아 다니지 않기로 정한 듯했다. 정말일지도 모른다. 나만 모르는 일인지도 모른다. 아니면 이 주변에는 아무도 안 살고 있을지도 모른다. 나와 남편의 의붓형과 시할아버지와 가축과 매미밖에 없을지도 모른다.

"그 녀석 말이에요. 사람을 거의 따르지 않아요. 거의라고 했지만 내가 아는 한 전무입니다. 어떤 경위로 여기에 살고 있는지도 모르고. 늑대 한 마리. 물론 늑대가 아니지만."

남편의 의붓형은 쉬지 않고 말했다. 매미 소리 때문에 중간중간 들리지 않았지만 무슨 이야기인지 넘겨짚어서 알아들었다.

"어째서 보건소에서는 방치하고 있을까요?"

"보건소?"

남편의 의붓형은 눈을 부릅떴다.

"보건소가 어떻게 하죠?"

"그러니깐 구제라든지."

"실제 피해가 없는데 구제랄 것도 없어요."

구멍에 떨어지는 상황이 실제 피해가 아닌가 생각했지만 말할 틈도 없이 남편의 의붓형은 침을 튀기며 말했다.

"나는 오히려 길고양이를 모조리 구제해주면 좋겠어요. 때때로 정원에 똥을 누고 가는 녀석들도 있고 몇 해 전에는 우리 차고에 새끼를 낳고 도망갔어요. 그때는 기가 차서 말도 안 나오더라고요. 매일 까마귀가 노리고 있으니 나는 하루 종일 거기 서서 까마귀를 쫓아냈어요. 하지만 어미 고양이는 어디로 갔는지 코빼기도 안 보이고. 매정하고 무책임하더군요. 그 후 나는 마당의 고양이를 쉬쉬하면서 쫓아내곤 했죠. 언뜻 보면 다른 사람들의 눈에는 미친 사람 같겠지만 새끼를 놓고 가버리면 내가 곤란하니까요."

"그럼 이 동네에서는 묵인하고 있나요?"

"에? 뭘?"

"그 검은 동물 말이에요."

"그것 봐요. 제수씨. 이름을 안 붙이니까 불편하잖아요. 뭐 사람들은 그런 것에 관심이 없을 거예요. 그 사람들 눈에는 안 보일지도 모르고요. 대체로 하나하나 그 근처를 걷고 있는 동물이나 날아다니는 매미, 떨어진 얼음 조각 찌꺼기라든지 은둔 생활을 하는 남자를 쳐다보기나 하나요? 눈길도 안 주죠. 기본적으로 아무도 안 봐요. 사람들은 보고 싶지 않은 것은 보지 않아요. 제수씨도 보지 못하는 것들이 많을 겁니다."

강에 가까워지자 남편의 의붓형은 당황하여 급히 뛰어가듯이 걸음을 재촉했다. 그 걸음걸이는 보통의 신경을 가진 사람은 아닌 듯했다. 어쩌면 그 때문에 신랑과 시어머니는 그 존재를 나에게 숨기고 있었는지도 모른다.

"몇 년이나 친구도 없는 채로 구멍을 파고 있다니 비극이죠. 아무튼 이미 몇 년 동안 성장하는 것을 본 적이 없어요. 달랑 한 마리라 세대교체도 없을 테지. 수명이 얼마나 남아 있는지 모르지만 계속 혼자서 살찌지도 마르지도 않고 구멍을 파고 구멍에 들어가고 또 나와서 돌아다니고. 꼭 나 같지 않나요? 나는 나름대로 늙어가기는 하지만. 그래도 기본적으로 이십 년 전에 은둔하고 나서 뭐 하나 변한 게 없어요. 변한 게 있다면 편의점 만화잡지에 나오는 아이돌과 편의점에서 파는 컵라면이나 반찬 종류뿐이지. 최근에는 사천 마파두부 밥이나 여주 두부달걀볶음을 올린 볶음면까지 팔지요. 언제부터인가 샐러드에 뿌리는 드레싱은 별도로 팔더라고요."

"아, 네."

나는 입을 다물었다. 남편의 의붓형은 땀도 흘리지 않고 글자 그대로 시원한 얼굴 표정이었다. 뺨은 아직 창백했다. 햇볕에 살이 그을리지도 않았다. 땅을 파서 만든 오두막에 에어컨은 달려 있을까. 없으면 금방 찜통이 되어 열사병에 걸릴지도 모른다. 아니면 이런 기후에 익숙해져 있는 걸까. 남편의 의붓형은 이상한 걸음걸이로 걷는다. 한 발짝 거리를 두고 두 걸음, 세 걸음 내딛고 그 자리에서 발을 동동 구르는 듯한 이상한 걸음걸이다. 나는 어떤 식으로 걸으면 보기 좋게 남편의 의붓형보다 약간 떨어져서 걸을 수 있을지 몰라 망설였다.

강가로 나오자 전에 보았던 풀이 무성한 강의 제방이 나타났다. 순간적으로 풋내가 났다. 풀이 없고 돌뿐인 자갈밭도 있었다. 어제 내린 비 탓인지 요전에 왔을 때보다 수량이 많아진 듯했다. 그런 것치고는 물이 탁하지 않았다. 오히려 깨끗해 보였다. 주택지가 가까우니 맑고 찬 깨끗한 흐름일 리 없지만 마치 물의 원천에 가까운 장소처럼 녹색으로 투명하게 보였다. 남편의 의붓형이 손가락으로 가리켰다. 강기슭에 있는 풀숲에서 문득 요즘은 보기 드문 노란색 아동 모자를 쓴 어린이가 뛰어나와 물에 들어가 물을 튀기며 수영을 해 하류로 향하기 시작했다. 강물 위를 걷던 물새가 하늘로 날아오른 후 그대로 공중에서 날개를 활짝 펴 날아가 버렸다. 나는 발걸음을 멈추었다. 헤엄치고 있는 어린아이의 손발의 움직임이 어마어마해졌다. 내가 보고 있자니 아이는 그 자리에서 조금 뛰어올랐다가 기세를 몰아 물속에 머리까지 잠수했다. 그렇게 깊은 곳이 있다고는 생각하지 않았다. 노란색 아동 모자가 강 위에 뜬 것처럼 보였다. 아이는 금방 얼굴을 내밀고 양손으로 얼굴을 쓸어 물기를 털었다. 웃고 있는 모습이어서 안도했다.

다시 걸어가니 강변에 차례차례로 아이들이 나타났다. 작은 아이도 있고 큰 아이도 있었다. 강물 속과 강변의 제방에 고기잡이용인지 곤충채집용인지 그물망을 휘두르거나 돌을 던지거나 물고기를 쫓거나 하면서 환호성을 높이 질렀다. 꺅, 꺅 까르르하면서 카랑카랑한 목소리가 났다. 수영복 차림으로 수영모자까지 쓴 무리도 있었다. 모래밭에는 가지런히 아이들의 신발이 놓여 있었다. 낚싯대를 드리우고 허리에 물고기 담는 바구니 같은 것을 달고 있는 아이도 있었다. 낚싯대가 휘어지자 아이들은 푸르게 빛나는 물고기를 낚아 올렸다. 어망 입구에서 물고기의 머리와 꼬리가 보였다.

무성한 수풀 사이로 때때로 검은 물체가 보였다가 사라진다. 아이의 머리였다. 풀잎에 살갗을 베이지는 않을까? 진드기는 없을까? 아이들은 자신의 키보다 더 큰 식물의 요새에서 내가 모르는 규칙의 게임을 하고 있는 듯보였다. 간혹 한 아이가 어떤 말을 외치면서 풀숲에서 뛰어나왔고 그 모습을 보고 다른 아이들은 깔깔거리며 웃어댔다. 뛰어나온 한 아이가 숫자를 세기 시작하면 다른아이는 다시 풀숲으로 기어들어 갔다. 소꿉놀이를 하는 그룹도 있었다. 꽃을 꺾어 서로의 머리에 꽂아주는 여자아이들이 두 명씩 짝을 지었고 그 팀이 여럿이었다.

군데군데 폭력도 목격했다. 화해도 했고 위로하는 소리도 들렸다. 화가 나 소리를 지르거나 우는 소리는 금방환호성으로 바뀌었고 소리 높여 가위바위보를 외쳤다. 마치 한 사람이 선창을 하고 나머지가 따라 부르는 돌림노래처럼 되었다. 나는 아연실색했다. 쓰러질 것 같았다. 도대체 어디에서 이렇게 많은 아이들이 나왔을까? 어째서 이렇게 한데 뭉쳐 놀고 있을까?

"여름 방학이잖아요."

"여름 방학?"

나는 입이 떡 벌어졌지만 그 말을 듣고 보니 이미 한참 전부터 여름 방학이었다. 나는 지금이 몇 월 며칠인지 염두에 두지 않는 생활 탓에 짐작도 못하고 있었다. 신경 쓰는 것은 요일뿐이다. 쓰레기 버리는 것과 세일하는 것을 파악하기 위해서다.

"백중이 얼마 남지 않았어요. 지금 놀아야지 언제 놀겠어요."

백중이라면 나는 친정에 내려가야 한다. 친정에 가는 날짜만은 남편의 휴일을 감안해서 정해놓았는데 벌써 코앞이라니. 수첩은 가방에 넣어둔 채다. 애당초 내 가방은 수첩이나 '촌지' 봉투째 이사할 때 어딘가에 처박아놓았다. 달력도 거의 안 본다. 이사한 후 지금까지 2개월이 도대체 어디로 어떻게 사라져버렸을까. 어린이들의 노랫소리가 들려왔다. 가사를 바꾸어 부르는 듯해서 가사를 알아듣기 힘들었지만 가락은 〈뻐꾸기〉라는 노래였다. 비교적 나이가 많아 보이는 아이가 어린아이에게 지시를 하면서 돌을 쌓아 올려 둑을 만들고 있었다. 나는 감탄하면서 아이들을 바라보며 걸었다. 하늘은 푸르고 멀리 커다란 구름이 보였다. 잡초는 초록이고 강은 투명했다. 커다란 새가 강에 뛰어들자 아이들은 와, 하며 탄성을 질렀다. 남편의 의붓형이 자랑하듯이 말했다.

"강이 참 괜찮죠? 멋진 강이에요. 야생동물의 보고이

자 어린이들의 놀이터죠. 믿을 수 있겠어요? 내가 어렸을 때 여기는 훨씬 더 아름다웠어요. 은어 같은 물고기도 살았죠. 지금은 더러워졌지만요. 위쪽에 아파트 단지가 생겨 생활 배수가 흘러들어 오니 별 수 있나요. 그래도 충분히 철새는 날아오고 물고기도 적은 수이긴 하지만 서식해요. 시시한 잡어뿐이지만. 엄지손가락 정도. 그리고는 벌레도 여러 종류 있어요. 땅강아지라든지, 제구실을 못하는 잠자리나 메뚜기뿐이지만요. 다리가 하나 없거나 바깥 날개가 떨어져 나간 것. 아이들이 가지고 놀다가 놔주면 또 얼마 뒤 잡히니까. 강에 대해서라면 무엇이든 물어보세요. 대부분의 사람들은 강변이나 들판, 편의점의 만화잡지 같은 것에서 졸업을 하니까. 나는 뭐 평생 현역이라서."

"선생니임!"

목청 높여 부르는 소리가 들렸다. 여러 명의 남자아이가 제방을 단숨에 달려왔다. 손에 페트병을 쥐고 있다.

"선생님, 선생님! 이것 좀 보세요."

"저어, 선생님이세요?"

내가 말하자 남편의 의붓형은 어깨를 움츠리며 말했다.

"무직이라고 말했잖아요!"

말하고는, 작고 빠른 말투로 하루 종일 어슬렁거리면서 아이와 놀아주기도 하니까, 아이들은 그런 어른을 선생님이라고 부를 수밖에 없다고 설명했다.

"형이라고 부르기에는 너무 늙었고, 아저씨라 부르는 것도 뭣하고. 나를 배려해서가 아닐까요? 아이들을 배려하도록 만드는 이상하고 망할 중년이죠?"

"저기요, 선생님!"

남편의 의붓형이 말을 끝내기도 전에 아이가 남편의 의붓형에게 1리터짜리 페트병을 내밀었다. 안은 말라 있었고 기다란 지네가 몇 마리 들어 있었다. 검게 빛나는 지네는 페트병의 안쪽을 기어오르다가 미끄러졌다. 그 모습에 아이들은 환호성을 질렀다. 남편의 의붓형은 햇빛에 비춰보거나 페트병을 기울여 보고는 나에게도 넘겨주었다. 의외로 무거웠다. 지네는 서로의 몸을 발판으로 삼아 그 벽면을 오르려고 했다. 지네들이 움직일 때마다 페트병의 무게가 바뀌었고 나는 손이 근질거리는 듯했다. 아이들은 신바람이 나서 소리 높여 말했다.

"이거 할머니가 기름에 절여주신대."

"기름에 절이면 냄새가 지독해."

서로 말하기 바빴다. 들여다보니 지네의 뒤편에 군데군데 하얀 부분이 있었다. 내가 말했다.

"우와, 징그러워."

남자아이는 흐음, 하며 정색을 하고 페트병을 나에게서 빼앗아 셔츠 안에 집어넣으려고 했다. 아이의 검게 그을린 배꼽이 보였다. 셔츠 안에서 지네 다리가 플라스틱과 툭툭 부딪히는 소리가 났다.

"멋진 지네다. 이야 멋지네."

"이봐 너희들 지네에 물리지 않도록 조심해라."

남편의 의붓형이 입가를 닦으며 말했다.

"물려도 지네 기름을 묻히면 괜찮아요."

"그래도 냄새가 지독해. 한동안 코가 마비되지. 냄새가 보통이 아닐걸."

멀리서 불꽃놀이의 폭죽 터지는 소리가 났다. 검고 엷은 잠자리가 수면을 스치듯이 낮게 날았다. 아이들이 채집망을 휘둘렀지만 검은 잠자리는 아이들을 피해 수면에 멈추었다. 나는 남편의 의붓형에게 물었다.

"어째서 집 나올 작정을 했나요?"

남편의 의붓형은 슬픔에 찬 얼굴을 해 보이고는 곧바로 한바탕 크게 웃었다. 치아를 드러낸 이 얼굴은 시할아버지의 얼굴과 비슷한 정도가 아니라 쏙 빼닮지 않았는가. 남편의 의붓형은 웃는 소리로 중간중간 말을 끊으면서 소리쳤다.

"가족이랑 잘 맞지가 않았어요!"

"뭐랄까. 맞아. 그래요. 나쁜 사람들은 아니에요. 엄마도 그 누구도. 오히려 선량한 사람들이라고 생각해요. 나도 타인에게 피해 주지 않는 선량한 시민이고요. 어쨌든 나쁜 사람은 아니죠. 그런데 단지 가족이란 제도가 좀 묘하다는 생각을 했어요. 한 쌍 그러니까 남녀나 암수가 짝

구멍

짓기를 하지요. 무엇을 위해? 자손을 남기기 위해서입니다. 그렇다면 누구나 다 자손을 남겨야 하나요? 예를 들면 나는 아버지와 어머니의 자손이지만 다음 세대까지 살아남아야 할 만큼의 가치를 가진 존재일까? 그런 가치가 있는지 없는지도 모르는 나를 기르기 위해 친부는 분골쇄신하며 일했지요. 엄마는 피도 섞이지 않은 데다 성격이 맞지 않는 할머니와 같이 살았고. 일찍 돌아가시기는 했지만요. 병수발도 힘들었지만 돌아가실 때도 어찌나 애를 먹이셨는지. 이런 일 저런 일이 많았어요. 돌아가시기 전까지. 그렇게 많은 일을 하고도 성미가 까다로운 할아버지까지 모시고. 멸사봉공한 셈이죠. 며느리 역할에 엄마 역할까지. 그렇게까지 해서 아버지나 어머니가 하려고 했던 것은 오직 한 가지. 나라는 자손을 어떻게든 다음 세대에 살아남게 하려는 목적이지요. 나는 그런 부모님의 희생이 썩 기분 좋지만은 않았어요. 몹시 기분이 나빴어요. 이해가 되나요? 그럴 리 없지요. 허허, 알게 된다면 곤란하니까요. 반역을 일으키는 사람은 가족 중 한 명이면 충분합니다. 나는 더 이상 견딜 수가 없어 도망쳤어요. 다행히 우수한 동생이 있고 무사히 결혼도 했으니 잘 됐지만요. 나는 안심했어요. 진심으로 안심한 거죠. 하지만 이 기분을 잘 살펴보면 나도 어딘가에서 자손이, 나의 자손은 아니라도 우리 가족의 자손이 남는 것을 바라고 있다는 의미이겠죠. 어려운 일이죠. 한편으로는 부끄럽죠. 나이 먹어가지고. 이거 참, 부끄럽군요. 부끄러운 생활이에요. 우리 집의 치부가 바로 나예요. 어쨌든 제수씨한테까지 제 존재를 숨길 정도였으니까요."

"저어, 구멍 말인데요. 아마 이 근처일 거예요."

어렴풋이 건너편 강가의 건물을 보았던 기억이 스쳤다. 그러나 구멍은 없었다. 남편의 의붓형은 주변의 풀을 검은 가죽 신발로 쳐서 쓰러뜨리며 구멍을 찾았지만 역시 없었다. 방아벌레조차 눈에 띄지 않았다.

두 명의 아이가 풀 사이로 얼굴을 내밀고 소리 높여 말했다.

"선생니임, 뭐 하세요?"

"그 사람 선생님 부인이에요?"

남편의 의붓형은 쉿 하고 검지를 입술에 댔다.

"아무렇게나 함부로 말하지 말거라. 소송당할지도 몰라. 이 사람은 내 동생의 부인이야."

"아, 동생의 부인."

"동생의 부인이 누구지?"

"아마도 좋은 사람일 거야."

"선생님, 그럼 뭐 하세요?"

"구멍을 찾고 있어. 구멍, 근처에 없니?"

"구머엉?"

아이는 얼굴을 마주 보며 일제히 소리쳤다.

"그딴 거, 이 근처에 구멍이 엄청 많잖아요!"

한 아이가 풀쩍 뛰어 땅속으로 슥 하고 사라졌다. 남편의 의붓형과 남은 한 아이는 껄껄 웃었다. 나는 어리둥절해서 멍하니 있었다. 거기에는 홀연히 구멍이 나타났다. 아이가 미끄러지듯 들어가서 안에서 몸을 떨듯이 들썩거리며 웃고 있었다.

"여기 보세요. 구멍이 엄청 많잖아요."

그 말을 듣고 보니 확실히 구멍이 도처에 깔려 있다. 작은 구멍, 큰 구멍, 깊이가 얕은 구멍도 있었고 절구처럼 생긴 구멍도 있었다. 구멍 위에 잎담배를 뜯어 올려놓은 유치한 함정 구멍도 있었다. 얇은 파이프로 찍어낸 듯 좁은 구멍도 있었다. 어떤 구멍에는 안에 고여 있는 구정물이 살랑살랑 흔들리기도 했다. 안에는 하루살이가 들끓고 있었다. 우르르 떼 지어 모인 아이들이 구멍 속에서 불쑥불쑥 머리를 내밀었다가 다시 집어넣곤 했다. 구멍 속에서 아이들이 뿜어져 나오는 듯했다. 남편의 의붓형은 허리가 끊어질 정도로 구부리고 웃고 있다.

"저, 동물."

"선생님! 동생 부인이 뭐라고 하시는데요."

큰 소리로 말하려던 참이었다. 내가 떨어진 구멍이 어디인지 도무지 찾을 수 없었다. 아무래도 여기에는 그 구멍이 없는 듯했다.

"구멍 천지잖아! 구멍 천지!"

선 채로 잠시 가만히 있자, 그런 나 자신이 점점 바보

처럼 느껴졌다. 혼자서 제방을 올랐다. 쫓아올 거라 생각
했지만 남편의 의붓형은 아무 말도 하지 않았다. 산책로
를 걸어 돌아가는데 강변의 아이들 수는 다시 늘어난 듯
했다. 짧은 운동복 바지를 입은 아이가 있었다. 기묘한
춤을 추는 한 무리도 있었다. 대변을 보는 남자아이가 있
었다. 확실했다. 몇 명의 아이들이 그 아이를 에워싸고
고개를 숙이고 있었다. 집으로 들어가는 길에 본가의 마
당을 보니, 시할아버지는 하늘로 호스를 향하고는 안개
처럼 퍼지는 물을 덮어쓰고 있었다. 시할아버지에게 무
지개가 걸렸다.

　남편의 의붓형 말대로 그로부터 바로 백중 휴일을 맞
이했다. 친정집에 들렀다. 가는 길에 남편과 둘이서만 차
에 타고 있었다. 그 사이에 남편의 의붓형의 일을 물어볼
까 하고 몇 번이나 고민했지만 결국 묻지 않았다. 물었다
가 만약에 그런 사람은 없다고 하면, 과연 내가 만난 남
자는 누구일까. 그렇다. 만약 남편이 차남이라고 말한다
면 그때 나는 어떻게 해야 할까. 차 안에서 나는 남편이
틀어놓은 재즈 음악에 졸음이 밀려오는 척했다. 이틀 밤
을 자고 돌아오니 남편에게는 휴일이 하루밖에 남지 않
았다. 남편은 학생 시절의 친구와 놀러 나갔다. 나에게도
같이 가자고 했으나 거절했다. 남편도 내가 거절하리라
짐작한 듯했다. 시어머니도 여름 휴가다. 그 사이 시할아
버지는 계속 집에서 텔레비전을 틀어놓고 누워 있었다

고 한다. 저녁에는 시어머니도 일하러 나갔다.

　밤중에 아직 어두컴컴한 창밖에서 희미한 소리가 들렸다. 작은 소리였지만 나는 눈을 떴다. 침대에서 일어나 밖을 내다보았다. 안방에 켜놓은 야간조명이 비추는 빛의 테두리가 약간 흔들리다가 원래로 돌아온 참이었다. 시선을 옮기는데 사람 그림자가 문 근처에서 걸어가는 모습이 옆집의 빛에 비쳤다. 시할아버지처럼 보였다. 나는 남편 쪽을 돌아보았다. 깊이 잠들어 있었다. 도자기 인형 같았다. 나는 조용히 침실을 나와 급히 계단을 내려가서 밖으로 나갔다. 안방은 조용했다. 시어머니는 시할아버지가 밖으로 나가는 것을 알아채지 못한 모양이었다. 시할아버지의 등을 찾았다. 길은 상당히 어둡다. 몇 채의 집 현관 앞에서 빛나는 가로등만이 밝았다. 가로등도 거의 없다. 그 빛이 닿는 범위에서 시할아버지는 이미 보이지 않았다. 나는 걸쭉하고 어두운 공기를 투과하듯이 주위를 돌아보았다. 공기가 어지러이 흔들리는 쪽이라고 어림짐작을 하고 달리기 시작한다. 내가 2층에서 내려와 신발을 신고 여기 오기까지 정말 짧은 시간이었지만 시할아버지의 다리와 허리를 감안하면 방향을 잘못 잡았다가는 쫓아가다가 놓쳐버릴지도 모른다. 내가 거의 구르듯이 달려와서 앞으로 나아가니 갑자기 누군가의 등이 보였다.

　"제수씨?"

남편의 의붓형이었다.

　"네, 지금."

　"할아버지 맞죠. 내 바로 앞에 걸어가는 사람."

　흰 셔츠를 입은 남편의 의붓형이 손으로 가리키는 끝에 큰 걸음으로 걷는 시할아버지의 등이 있었다. 상당히 빠르고 확신에 찬 걸음걸이다. 목적지가 확실히 정해져 있는 모양이다. 나는 남편의 의붓형에게 물었다.

　"어디에 가시는 거죠?"

　남편의 의붓형은 언짢은 듯 대답했다.

　"나는 몰라요. 마침 마당에 있어서 알아차린 겁니다. 제수씨도 용케 알았군요."

　"소리가 나서요."

　"흠. 귀가 밝은가 보네. 절대음감이에요?"

　내가 고개를 저으니, 남편의 의붓형은 기뻐하며 말했다.

　"그렇죠? 나도 아니에요."

　별도 달도 보이지 않는 어둡고 탁한 밤이었다. 집집마다 조용했다. 매미도 울지 않는다. 남편의 의붓형도 입을 다물고 나도 아무 말 하지 않았다. 시할아버지의 걸음이 빨랐다. 나는 너무 빨리 걷는 게 무섭기도 했지만 계속 따라갔다.

　시할아버지는 강을 따라 조성된 산책로로 들어갔다. 우리도 뒤따라갔다. 가로등은 드문드문 있었다. 살갗이 차가웠다. 매미는 아니지만 벌레 우는 소리가 스윽 하고 퍼졌다. 왠지 모르게 땅 밑에 있는 무언가가 내는 소리 같았다. 귀뚜라미나 방울벌레도 아니다. 더 작고 미세한 생명체가 내는 소리 같았다. 그 소리가 강 표면과 제방의 풀숲에서 떠올라서는 주변을 흠뻑 적셨다. 잠옷으로 입은 낡은 티셔츠의 소맷부리로 냉기가 들어와 소름이 돋았다. 남편의 의붓형은 전혀 흥미가 없다는 듯이 걷고 있다. 나는 얼른 시할아버지에게 돌아가자고 말하고 모시고 가야 한다고 생각했지만 시할아버지의 확신에 찬 걸음 속도를 보고 있자니 왠지 주저하게 되었다. 가고 싶은 곳이 있으면 그곳에 데려다주고 싶기도 했다. 희미한 가로등 불빛과 건너편 강변을 달리는 차의 불빛에 의지하며 바라보았다. 시할아버지는 잠옷을 입은 것 같지는 않다. 폴로셔츠인가 깃이 있는 옷 같았다. 남편의 의붓형은 남방셔츠에 가죽 신발을 신었다. 여러 번 봤더니 이제는 눈에 익어서 별다른 느낌이 들지 않는다. 셔츠가 새하얀 색이어서 묘하게 선명해 보였다. 가죽 신발 소리가 콘크리트로 포장된 산책로와 부딪혀 크게 울렸다. 시할아버지는 이쪽을 돌아보지 않았다. 남편의 의붓형은 일부러 알은체를 하려고 재채기를 한번 했다. 시할아버지는 그래도 돌아보지 않았다.

시할아버지는 조금 더 강을 따라 걷더니 갑자기 풀이 무성한 제방을 내려가기 시작했다. 벌레 소리가 잦아들었다가 금방 다시 살아났다. 시할아버지는 풀을 헤치고 푹푹 밟으면서 제방을 내려갔다. 그리고 모습이 사라졌다. 때때로 지나는 자동차의 전조등으로 강은 밝아졌다가 어두워지곤 했다.

"구멍이에요."

남편의 의붓형이 말하고 그 자리에 멈추었다.

"구멍이오?"

나는 되물었지만 남편의 의붓형은 대꾸하지 않았다. 나는 어쩔 도리 없이 시할아버지를 따라 제방을 내려갔다. 신발 밑에서 우지끈 부러지는 소리가 났다. 작은 하루살이가 나에게 덤벼들었다. 나는 숨을 멈추고 불안정한 제방 위를 살금살금 내려갔다. 딱딱한 것과 부드러운 것을 밟았다. 몇 마리가 날개 소리를 내면서 파드닥 날아올랐다. 큰 새가 강가에 홀연히 서 있었다. 스스로 빛을 내듯 부옇게 보였다. 강변에 패인 커다란 구멍에서 시할아버지의 머리만 불쑥 나와 있었다. 시할아버지는 강 쪽을 보고 있었다. 시할아버지를 따라 해야겠다고 생각했다. 나는 그 옆에 패인 구멍에 들어갔다. 부드러운 물체를 밟았다. 깜짝 놀라 보니 무언가의 눈이 깜빡이면서 나를 올려다보고 있었다. 짐승이었다. 바닥에서 습한 냉기가 피어올라 살갗을 파고들었다. 짐승 냄새는 나지 않았다. 짐승의 단단한 털이 잠옷의 얇은 옷감을 뚫고 내 종아리에 닿았다. 숨을 쉬고 있었다. 하늘이 높은 듯했지만 낮게 보였다. 중력이 강해진 듯했지만 오히려 몸은 가벼워진 느낌이었다. 올려다본 탓에 거대하게 보이던 새가 목을 길게 빼고 좌우로 흔들더니 곧 보이지 않았다. 벌레 소리가 위장 속까지 스며들었다.

"무네아키 말이에요."

위에서 남편의 의붓형 목소리가 들렸다.

"돌아올 거라고는 생각지도 않았어요. 싫어하는 줄 알았거든요."

"무슨 말씀이세요?"

"내가 있는, 아니 있었던 이 집 말이에요."

남편의 의붓형은 또 재채기를 했다. 시할아버지는 하늘을 우러러보는 듯이 보였다. 여기서는 그 뒤통수가 보인다. 남편의 의붓형이 하는 얘기를 듣는지 어떤지 알 수 없다.

"싫었겠죠. 맞아, 그랬을 겁니다. 그 녀석을 힘들게 했다고 생각해요. 못살게 굴었고요. 나 때문에 힘들었죠. 어머니나 아버지, 할아버지도 마찬가지고요. 유일하게 할머니만 내가 이렇게 되기 전에 돌아가셨으니 다행이지만. 딱해요. 남처럼 말하는 게 미안한 얘기지만 여전히 남처럼 느껴져요."

갑자기 차의 통행이 끊겼다. 강변은 칠흑같이 어두워졌다. 벌레 소리에 섞여 있지만 작게 흔들리는 다른 소리도 들렸다. 물소리일지도 모른다. 바람이 불어서 물결이 일었을지도 모른다. 그렇게 생각한 순간 강변에서 바람이 불어왔다. 낮에는 느낀 적 없는 차가운 바람이었다.

"좀 더 멀리 떠나면 좋겠다고 생각했어요. 그러나 떨어질 수 없었어요. 무네아키가 돌아온다는 소식을 들었고 실제로 돌아오니 안심이 됐어요. 이상하게 들릴지 모르지만 그 이후에 매일 아침 회사에 출근하고 또 밤에 집에 돌아오는 무네아키를 계속 지켜봤어요. 풀잎 그늘에서 본 건 아니지만요. 동생네가 이사한 뒤로 어머니가 얼마나 활기차지셨는지는 말할 필요도 없죠. 기분이 씁쓸하긴 하지만 그게 인간 아닐까요? 누군가는 힘든 경험을 하는 거지요. 그 역할이 제수씨에게 돌아가지 않았으면 좋겠어요. 그래도 제수씨는 좋아서 이걸 선택한 거고."

"이 선택이요?"

"흐름에 가담하는 것이요. 내가 도망간 그때부터요."

무슨 빛이 비치는 건지 어딘가에서 수면에 희미하게 일렁이는 작은 물결의 형태만 보이기 시작했다. 차례차례 형태를 바꾸면서도 끊이지 않는다. 시할아버지의 거친 숨소리가 들렸다. 추워서 그러는지도 모른다. 나도 지금 추우니까. 어서 모시고 돌아가야겠다고 생각했다.

"제수씨. 내 존재를 숨기고 있다고 해서 우리 가족을 나쁘게 생각하지 말아요. 다 내 탓이에요."

도로에 다시 자동차가 지나가기 시작하자 건너편 강

가에 자란 풀이 드러났다. 커다란 새가 날아오르더니 강으로 하강했다. 자동차 전조등에 반사된 선홍색 물체가 언뜻 보였다. 수면이 흐트러지면서 물결이 이는 듯한 파동이 느껴졌다. 강 수면은 곧바로 기복이 없이 잔잔해졌다. 새는 강의 둔덕으로 다시 올라오지 않았다.

내 발밑의 짐승은 숨을 내쉬며 새근새근 잠들어 있었다. 나는 손을 짚어 구멍에서 나오려고 했지만 잘 빠지지 않았다. 땅이 습한 탓에 체중을 실은 손은 질퍽한 땅속으로 박히기만 할 뿐이다. 나는 한 번 더 양손에 힘을 주고 한쪽 발을 구멍의 벽면에 찔러 박고서 몸을 지탱하려고 했다. 그러자 내 발밑에 있던 짐승이 콧등으로 밀어서 나를 힘껏 들어 올렸다. 몸 전체가 붕 떠올라 구르듯 구멍에서 나왔다. 구멍 속에서 짐승이 버스럭거리며 움직이는 낌새를 느꼈다. 들여다보니 구멍 속에서 이미 어둠과 동화되어 있었다. 나는 구멍에 들어간 시할아버지에게 손을 내밀며 돌아가자고 청했다. 시할아버지는 하늘을 올려다보고 있다가 나에게로 시선을 옮겼다. 처음으로 시할아버지와 눈을 마주 보았다. 시할아버지는 끙끙대며 내 손을 잡았다. 생각보다 손이 훨씬 축축하고 뜨거웠다. 그리고 깜짝 놀랄 만큼 묵직하고 딱딱했다. 내 손과 시할아버지의 손 사이에 흙이 있어서 버석거렸다. 나는 힘껏 잡아당겼다. 손을 당겨서 제방으로 끌어올렸다. 시할아버지는 순순히 따라왔다.

남편의 의붓형이 말했다.

"나는 좀 더 여기에 있을게요. 달빛이 근사합니다."

나는 하늘을 보았다. 구름이 걸려 있다. 아무것도 보이지 않는다.

"알겠습니다. 조심하세요."

나는 대답하고 시할아버지를 모시고 집으로 돌아갔다. 등 뒤에서 아이들이 바스락대며 웅성거리는 소리가 들렸다. 몇 번이나 뒤돌아보았지만 아무도 없었다. 벌레들이 우는 소리였을까.

나는 안채의 현관을 열고 말했다.

"어머니."

문은 열려 있었다. 시어머니가 곧바로 나왔다. 시아버지도 나왔다. 시아버지는 백중 휴일에도 골프를 치고 온 까닭에 오랜만에 본다. 시아버지는 축 늘어진 푸른 잠옷을 입고 있었다. 그 틈새로 야위고 좁은 가슴팍이 보인다. 내가 기억하는 시아버지와는 조금 다르게 느껴졌다. 두 사람은 우리를 보고 눈이 휘둥그레졌다. 노란색 센서등이 머리 위를 비추어서 시어머니의 얼굴에 깊은 그림자가 생겼다. 몹시 피곤해 보였다.

"어떻게 된 일이야?"

"할아버님께서 밖으로 나가시는 걸 목격하게 되어 따라가 모시고 왔어요."

시어머니는 높은 목소리를 내며 시할아버지의 어깨에

손을 올렸다.

"앗, 차가워."

이렇게 말하고는 순간 나에게 눈을 흘겼다.

"아버님, 이 추운 날 어디를 가시려고 했어요?"

시할아버지는 입을 다문 채, 얼굴에는 졸음이 가득했다. 시어머니는 잠시 동안 시할아버지의 눈을 들여다보려고 목을 이리저리 움직여 보았다. 나는 그 모습을 옆에서 보고만 있었다. 시할아버지의 눈은 끝까지 시어머니를 보지 않았다. 간간이 흰자위와 검은자위가 이리저리 움직였으므로 한 곳을 바라보고 있지 않음이 틀림없었다. 시어머니는 눈 마주치기를 포기하고 나를 보았다. 이번에는 가만히 웃었다. 나도 웃어드렸다. 시어머니는 기어들어 가듯 작게 말했다.

"고마워. 나는 전혀 몰랐어."

나는 대답했다.

"저도 우연히 본 거예요."

내가 안채의 뒤쪽 문을 닫자, 시어머니가 낮은 소리로 중얼거렸다.

시아버지의 목소리가 조금 더 커서 중얼거리는 소리를 덮었다. 바깥채에서는 남편이 아직 자고 있었다. 나는 침대에 누웠다. 남편이 숨을 쉴 때마다 침대 매트리스가 위아래로 움직였는데 고스란히 등으로 느껴졌다. 그날 이후 시할아버지는 열이 나서 몸져누웠고 폐렴이 와서 입원했다가 바로 돌아가셨다.

　현관문은 점심때가 지났을 때부터 계속 열려 있었다. 모르는 노인들이 줄지어 들어와서 천천히 신발을 벗고 문상을 했다. 마루로 올라가는 턱이나 신발장에 손을 걸치고 무릎이 아픈지 기어서 올라왔다. 나는 안채의 현관 턱이 이 정도로 발을 높이 들어야 올라올 만큼 높다고는 생각지 못했다. 아무런 손잡이나 지지대 없이 드나들었던 시할아버지는 어지간히 다리와 허리가 튼튼하셨던 듯하다. 노인들은 서로 닮은 구석이 하나도 없었다. 백발도 있었고 염색을 해서 까만 머리카락도 있었다. 놀랄 정도로 밝은 보라색이나 노란색으로 염색한 노인도 있었다. 모두 평상복 차림으로 빈손으로 와서 한 손에 염주의 한 귀퉁이를 쥐고 늘어뜨린 채였다. 나는 현관에 서 있었다. 때때로 엉거주춤 서 있거나 앉아 있거나 손을 내밀었다. 부엌으로 물러가 있다가 다시 나오면 우왕좌왕하면서 모두에게 인사를 했다. 노인들은 처음 보는 나에게 입을 우물거리면서 무언가를 말하고 끊임없이 고개를 끄덕였다. 그때마다 나는 또 머리를 조아렸다.
　"이번 조문에는……."
　"송구스럽습니다."
　이런 말을 하면 상대방은 납득했다는 듯이 눈물을 흘리거나 내 어깨를 가만히 보듬어주었다. 나는 틈을 타서 출근할 때 입는 정장 차림으로 자연스럽게 있는 남편에게 작은 소리로 물었다.

"이분들 친척이야? 아니면 동네 분들?"

남편은 고개를 저으며 말했다.

"잘 모르겠는데, 아는 사람도 있긴 해."

남편은 같은 질문을 위패를 모신 방에 주저앉아 있는 시어머니에게 한 모양이었다. 시어머니는 무어라 대답했고 남편은 두세 번 재차 물어본 후에 내가 있는 곳으로 돌아와서 다시 귓속말로 알려주었다.

"아마 이 근처에 사는 분들인 것 같대."

"아마라고?"

"엄마도 확실하게 알지 못하는 사람도 있대."

남편은 앉아 있는 주위 분들의 얼굴을 대놓고 둘러보았다. 조문하는 방에는 이미 노인들로 꽉 들어찼다. 돌아가신 당일, 그것도 병원에서 상조회사 차로 돌아온 지 얼마 되지 않았는데, 보통 장례식 때 동네 사람들이 이렇게나 많이 달려오나? 장례식 본식의 쓰야通夜(죽은 사람의 유해를 지키며 하룻밤을 새는 풍습. -옮긴이 주)도 아니다. 나는 입관하기 전에 침경枕經을 읊는 것도 처음 알았다. 떠올려보면 나는 친척 중에 죽은 사람이 한 사람도 없다. 너무 울어서 실신하는 사람도 있었다. 두세 명씩 동행하는 사람도 있었다. 밭에서 일할 때처럼 목 주변에 수건을 두른 채로 온 사람은 옆 사람에게 주의를 받고 황급히 두르고 있던 수건을 풀기도 했다. 바지허리 고무줄에 윗옷을 끼워 넣은 채로 나무아미타불이라고 읊었다.

시어머니는 불과 며칠이지만 시할아버지를 간호하는 사이에 빠르게 야위어갔다. 실제로 병원에서의 간호는 직장이 없는 내가 더 많이 했지만 시어머니는 오전에 업무를 마치고 혹은 퇴근 후에 부리나케 병원으로 달려오곤 해서 나보다 훨씬 더 초췌했다. 시어머니는 때때로 누군가의 얼굴을 응시하고는 깜짝 놀란 얼굴로 머리를 깊이 숙였다. 노인들은 시어머니의 인사에 몇 번이고 몇 번이고 끄덕이며 답했다. 키 작은 사람도 있고 얼굴이 각진 사람도 있었다. 상조회사가 준비한 새하얀 홑청에 싸인 시할아버지는 시간이 지날수록 눈꺼풀이 푸르게 변했다. 시아버지는 빨리 귀가하겠다고 연락이 왔지만 아직 도착하지 않았다. 죽음을 눈앞에서 목격한 사람은 나와 시어머니와 시이모님뿐이었다.

"저기, 며느님!"

아주머니 한 사람이 앙칼진 목소리로 불렀다. 나는 황급히 소리가 나는 쪽을 바라보았는데 그 사람은 시어머니를 보고 있었다. 나는 일어나려다가 다시 앉았다. 시어머니는 그 소리를 듣지 못했는지 시할아버지를 쳐다보고 있다. 자리는 잠잠해졌다.

"며느님, 잠깐만요!"

목소리가 커졌지만 시어머니는 역시 모른 체하며 손수건을 눈에 대고 있다. 나는 더 이상 보고 있을 수만은 없어서 일어서서 말했다.

"뭐 필요하신 거 있으세요?"

연지색 카디건을 입은 회색 머리카락의 노파는 숨을 한꺼번에 내뱉듯이 말했다.

"불단의 꽃은 한 송이만 올려야 하는데."

염주를 굴리던 노인 몇 명이 불단 쪽을 보고 끄덕이며 동의했다. 시어머니는 여전히 멍한 표정이었다. 다른 노파가 나에게 친절하게 말했다.

"불단에 올리는 꽃 말인데, 이런 경우는 한 송이만 올리는 거예요. 이 동네에서는 그렇게 정했어."

"다른 지역은 잘 모르지만."

"어머나! 다른 지역은 달라요?"

"다른 지역은 잘 모르지만."

"어쨌든 한 송이만 하는 거야."

새하얀 손이 투명한 두 겹으로 만든 염주를 끊임없이 굴리고 있다. 꽃병에는 하얀 국화가 꽂혀 있다. 시어머니 심부름으로 내가 신청한 하얀 국화가 왔다. 원래 꽂혀 있는 조화를 빼고 안의 먼지를 씻어낸 후 네 송이씩 높이를 바꾸어 국화를 꽂은 사람은 다름 아닌 시어머니였다. 나는 불단에 가까이 가서 양옆에 있는 꽃병을 두 손으로 움켜잡았다. 금색이지만 칙칙했고 물이 가득 차 있어 무거웠다.

"한쪽에 한 송이씩 꽂을까요?"

내가 누구라고 할 것 없이 모두를 향해 질문하니 수많은 노인들이 일제히 고개를 끄덕였다. 나는 시선을 느끼면서 불단이 있는 곳에서 나왔다. 시어머니가 나를 부르는 목소리가 들렸는데 일단 무시했다. 누군가가 혼잣말하는 소리가 등 뒤에서 들렸다.

"아이고, 오래 살았네, 오래 살았어."

목청 높은 소리가 계속되었다.

"먼저 간 부인이 오랫동안 혼자서 외로워했어."

"오래 살았지 뭐. 오래 살았다마다."

"아흔이라지 아마."

나는 꽃병을 들고 부엌으로 가서 네 송이 중에서 짧은 순서대로 세 송이를 뽑아낸 후 채반에 뒤집어놓은 컵에 꽂았다. 물을 담자 컵은 뿌옇게 흐려졌다. 스님에게 전화로 침경을 부탁했는데 오려면 아직 시간이 있었다. 나는 한 송이씩 나눠 담은 화병을 들고 쏟아지지 않도록 조심하면서 천천히 불단에 가져다 놓았다. 노인의 숫자는 계속 늘어나고 있었고 여러 겹으로 시할아버지를 둘러싸고 있었다. 동네 노인이 한 명도 빠짐없이 다 왔다 해도 이렇게까지 많지는 않을 것 같았다. 어린아이도 두 명 정도 왔다. 아이들은 노인의 무릎에 매달리다시피 하며 졸린 듯 웅크리고 있었다. 세라 아주머니도 있었다. 나는 인사를 했다. 그 옆에 앉은 노파가 한 남자아이의 손을 잡고 있었다. 늙은 여자는 분명히 눈앞을 노려보고 있었다. 세라 아주머니는 요전에 만났을 때와 같은 흰 블라우스에 롱 스커트를 입었는데, 노인들의 칙칙한 평상복 차림 사이에서 튈 정도의 밝기였다. 작은 남자아이는 얼굴이 새빨갰다. 나는 불단에 가까이 갔다. 목이 잠겨서 목소리가 작은 한 노파가 말했다.

"장례식까지는 꽃 한 송이. 그리고 그 다음부터는 꽃을 계속 올리도록."

그 자체가 염불처럼 들렸다. 내가 꽃병을 불단에 두자 여기저기서 기다렸다는 듯이 지적하는 소리가 들렸다.

"방향이 바뀌었어."

"아냐, 좌우가 바뀌었어. 그렇지."

나는 당황해서 시키는 대로 했다. 하얀 국화는 아직 싱싱했다. 꽃병에 한 송이만 있으면 방향이 제멋대로 기울어져서 볼품없다고 생각되었다. 긴 쪽 말고 짧은 국화를 남기면 좋았을걸.

"여기 꽃, 어떻게 된 거야?"

시어머니가 묻자 나는 작게 대답했다.

"다들 쓰야 때는 한 송이로 해야 한다고 해서요. 지금 들었어요."

시어머니는 이해할 수 없다는 얼굴을 했다. 꽃과 시할아버지를 번갈아 보았지만 더 이상 아무 말도 하지 않았다. 병원 침대 위 시할아버지의 다문 입술은 앞니 때문에 들려서 이를 조금 드러냈다.

한 할아버지가 스님의 도착을 알렸다.

"젊은 주지스님이잖아."

"뭐야, 젊은 사람인가."

"주지스님은 무릎이 좋지 않아서요."

"맞아. 요전 제사 때 부르니 휠체어를 타고 왔었지. 우리는 할머니가 주지스님이 아니면 안 된다고 해서 다다미방을 기어서 오시더라도 무리하게 부탁을 했어."

"젊은 주지스님도 목소리는 괜찮아."

"목소리는 당연히 젊은 쪽이 낫겠지."

"아흔 살."

"닮았겠지?"

"아들은 아직 안 왔대?"

오십 살쯤 돼 보이는 스님이 검은 옷을 입고 왔다. 나는 처음 보았다. 특이한 모양의 안경을 쓰고 있었다. 남편이 불단과 직접 이어지는 툇마루의 유리 알루미늄 문을 열어 안내했다. 스님은 옷이 걸리적거리지 않도록 옷자락을 잡고 짚신을 벗은 다음 불단이 있는 방으로 들어갔다. 하얀 버선 발끝에 붉은잎진드기가 꽤 많이 붙어있었다. 노인들은 한꺼번에 머리를 숙였다. 나도 숙였다. 얼굴을 드니 시할머니의 사진이 눈에 들어왔다. 부모 자식으로는 보이지 않지만 그러나 틀림없이 같은 식구로는 보았다. 스님은 꽂을 갈아 놓은 불단 앞에 앉자마자 내 귀에는 익숙하지 않은 경을 읽기 시작했고 내가 염주를 손에 걸 틈도 없이 노인들은 나지막하게 복창하기 시작했다. 영문도 모를 안도 같은 것이 내 양 어깨를 감쌌다. 조심스럽게 움직이는 소리가 들리고 시아버지가 살며시 불단에 들어왔다. 노인들은 눈을 감고 독경하면서도 일제히 시아버지를 향해 머리를 숙였다.

침경이 끝나고 스님도 돌아갔다. 그런 다음 어림을 잡아 다시 방문한 상조회사 직원이 상품설명서를 손에 들고 이것저것 말하며 견적을 냈다. 꽃이나 쓰야에 대접할 음식과 제단, 기타 여러 가지 물건의 등급과 수량을 정했다. 밤늦은 시간이 돼서야 모든 결정이 끝나고 한숨을 돌렸다. 그 수많은 노인들은 승려가 돌아가자 한 사람 두 사람씩 사라지고 마지막에는 아주 가까운 친척들만이 남았다. 휴지 몇 장이 다다미 위에 떨어져 있었다. 치우려고 집어 드니 축축했다. 나는 그것을 모아서 버렸다. 사탕 껍데기 같은 것도 섞여 있었다. 내일 저녁 쓰야 시간에 맞춰 친정 부모님도 여기에 오기로 되어 있었다. 시어머니는 한숨을 쉬며 말했다.

"할머니 때도 굉장했지. 하지만 그때는 대체로 할아버지가 결정했으니까."

두 번, 세 번 같은 말을 반복했다. 마지막에는 무슨 말을 하는지 도통 모를 말을 혼자서 중얼댔다. 급하게 달려

온 시이모님이 시어머니의 어깨를 감싸주었다.

"병환으로 오래 계신 게 아니었으니 그리 나쁜 상황은 아니었잖아. 오랫동안 자리보전하는 것보다는 낫지. 폐렴이라면서. 나이 드신 분들은 대개 마지막에는 폐렴으로 죽는다고. 마지막까지 고통이 심했는지 아닌지 그 차이밖에 없대."

"그래도 너무 갑작스러워서."

시어머니는 더 길게 무언가 말했지만 나에게는 잘 들리지 않았다. 시이모님은 시원스럽게 대답했다.

"갑자기 죽는 게 오래 사신 노인분들의 바람이야. 우리 시어머니 때 기억해봐. 의식도 없는데 그렇게 오래 살아 계셨잖아. 게다가 사돈어른은 죽기 직전까지 자세가 반듯했잖아. 자기 발로 걷고, 무엇보다 치매도 아니었고."

시어머니는 갑자기 똑바로 나를 쳐다보았다. 나도 시어머니를 보았다. 정원에 물을 주는 시할아버지의 모습이 떠올랐다. 역광이어서 얼굴이 보이지 않았지만 그 멋진 앞니만은 선명하게 보였다. 그윽할 정도였던 시할아버지의 그을린 살갗이 죽은 지 단 몇 시간 만에 저렇게 탁하고 희게 변해버리다니. 둘이서 갑자기 눈이 마주치고 나서 시어머니는 대답했다.

"그렇지."

"맞아요."

나는 친척들이 마실 차를 새로 끓이기 위해 일어났다. 싱크대 바로 옆에 있는 입이 넓은 컵에서 여섯 송이의 국화 향이 났다. 한 송이 한 송이는 아직도 싱싱했는데, 그 정도만으로도 나름의 분위기를 자아내고 있었다. 문득 남편의 의붓형은 안 오나 생각했다. 이 사실을 모를 리가 없다. 사람들이 줄줄이 드나드는 것도 이상하고 선향 냄새도 날 테니. 아무리 좋은 사이는 아니었다 해도 가족이 죽었는데 집 바로 뒤편에서 모르는 체하는 건 도리가 아니다. 나는 차를 끓여 나누어 준 다음 조용히 밖으로 나가 뒷마당으로 갔다. 오두막은 깜깜했다. 벌써 잠들었을까. 나는 미닫이 문을 밀었다. 자물쇠가 잠겨 있어 열리지 않았다. 뒤로 그 문을 살짝 흔들었다. 오두막집 전체가 희미하게 흔들렸다. 은근한 냄새가 났다. 미세하지만 지독한 냄새가 났다. 낡은 우물 위에 고정해놓은 금속 사다리는 사라지고 대신 두터운 콘크리트 뚜껑 같은 것이 단단하게 덮여 있었다. 뚜껑에는 이끼가 자라 있었다. 나는 한 번 더 오두막 문을 당기고 두들겼다. 아무런 반응도 없다. 손에는 새빨간 녹이 묻어났다. 알루미늄 문의 손잡이에는 때가 잔뜩 껴 있었다. 아이들의 웅성거리는 소리나 목청 높인 외침 소리, 노인들이 소리 없이 내뿜는 땀 냄새가 훅 끼쳤다가 내 주위에서 가득 맴돌더니 곧바로 사라졌다. 나는 포기하고 빈소로 돌아갔다. 시어머니는 내가 나올 때와 똑같은 자세로 앉아 있었고 친척들은 돌아갈 채비를 하고 있었다. 시아버지는 일어서서 머리를 숙였다.

"아무리 힘들어도 허기가 지면 큰일이야. 뭐라도 먹어야지."

시어머니가 힘겹게 일어나서 냉장고를 열었다. 며칠 동안 간호하느라 방치된 대파는 끄트머리가 갈색으로 말랐고 탄력을 잃어 축 처져 있었다. 대파를 집어 들고 시어머니는 웃었다. 나도 웃었다.

"이걸로는 아무것도 못하겠네."

나는 그곳을 나와 불단에서 손님용 다기를 정리했다. 남편은 망연자실한 얼굴로 시할아버지 옆에 책상다리를 하고서 휴대전화를 들여다보고 있었다. 손끝의 움직임이 평소보다 둔하다. 시아버지가 누워 계신 자리는 안쪽이다.

"어떤 할아버지였어?"

내가 쟁반에 다기를 올리면서 말을 걸자 남편은 놀란 얼굴로 나를 쳐다보았다.

"뭐라고?"

"할아버지, 어떤 할아버지였냐고."

"할아버지? 글쎄."

남편은 휴대전화를 다다미 위에 놓고 양손을 맞대고 문지르더니 다시 바로 휴대전화를 들고 손가락을 움직이기 시작했다.

"음, 옛날에는 무척 무서웠지만 내가 대학에 합격했을 때는 굉장히 기뻐하셨어. 엄마에게는 비밀로 삼백만 엔인가를 주셨지. 일부러 신권으로 바꿔다가. 금방 다 써버렸지만."

"뭘 샀는데?"

"까먹었어. 대단한 건 아닐 거야."

"뭐 하면서 놀았어?"

"놀이? 할아버지하고? 같이 놀았던 적이 있었나? 몇 번 낚시를 따라갔을 뿐이야. 할아버지는 낚시를 그다지 좋아하지 않으셨던 듯해. 약간 어색했어. 결국 한 마리도 못 잡으셨지."

나는 시할아버지를 내려다본 후에 시할머니 사진을 올려다보았다.

"어째서 갑자기 그리되었지?"

"갑자기는 아니야."

부엌으로 가니 대파는 전부 깔끔하게 다져져 있었다. 시어머니는 냄비에 간장을 넣으면서 말했다.

"좋은 아버지였다."

저녁밥도 야식도 아닌 국수를 먹으면서 시어머니는 몇 번이고 코를 풀었다.

"아버님은 안 드신대?"

"나중에 드시겠대."

남편은 젓가락질을 하면서 오늘도 휴대전화를 손에서

놓지 않는다. 남편은 국물을 들이켜 다 마시자마자 일어
서서 목을 돌리면서 불단 쪽으로 갔다.

"목욕은?"

"나중에 할게."

나도 다 먹고 난 후 남편과 내 그릇을 포개어 개수대에
옮겼다.

"그릇 그냥 둬도 돼."

"아니에요. 제가 씻어놓을게요."

"괜찮아. 지금 내가 설거지할 테니 그대로 둬둬."

시어머니는 그렇게 말했지만 일어나지는 않았다. 나
는 시어머니가 사용하는 스펀지 수세미에 물을 적셔 간
소한 컵 안에서 서로 의지하며 만개하려는 국화를 바라
보았다. 대파 냄새로 국화 향기는 이미 사라졌다. 나는
그릇을 하나씩 씻었다. 시어머니가 힘없는 목소리로 말
했다.

"미안하다."

나는 대답하지 않고 계속 그릇을 씻었다. 어머니 아니
면 시할머니가 골랐을 옅은 색 얇은 손님용 다기, 국수
그릇이 있었다. 밥그릇도 낫토(삶은 콩을 발효시켜 만든
일본의 전통음식. 한국의 청국장 비슷한 발효식품. 냄새
가 독특하고 집으면 실타래처럼 끈적끈적하게 늘어남.
—옮긴이 주)의 끈끈한 점액이 달라붙어 있는 채로 며칠
째 개수대에 방치된 듯했다. 나는 개수대 속에 쌓인 대

파, 찻잎 찌꺼기를 거름망으로 흘려보내기 위해 물을 세게 틀었다. 물이 튀어서 국화가 흔들거렸다. 다시 강한 향이 풍겼다. 무슨 일이 있었는지 남편이 제단의 종을 울렸다. 환기구 너머에서 남편의 의붓형의 웃음소리가 요란하게 들렸다. 게다가 누군가 다른 목소리도 섞여있었다. 시어머니를 돌아보니 팔꿈치를 턱으로 괸 채로 눈을 감고 꾸벅꾸벅 졸기 시작했다. 나는 오르락내리락하는 시어머니의 등을 응시했다. 한참 주무시겠지. 설거지를 마치고 나는 다시 한 번 집 뒤편으로 가 보았다. 아무도 없었다. 오두막은 어두컴컴했다. 나는 오두막 문에 손을 댔다. 조금 힘을 주니 문이 열렸다. 깜짝 놀라 들여다보니 먼지와 곰팡이투성이였고 퀴퀴한 냄새가 났다. 안에는 여기저기 여러 모양의 물건들이 쌓여 있거나 기대어 있었다. 어떤 것은 굴러다니는 물건도 있었다. 오랫동안 사람이 들어간 흔적은 없었다. 커다란 유리병이 몇 개 바닥에 늘어져 있었고 그 안에 길고 구불구불한 물체가 똬리를 틀고 있는 것이 보였다. 옆에 있는 병에는 지네가 들어 있는 듯했다. 천장에 알전구가 매달려 있어서 잡아당겼지만 불은 켜지지 않았다. 전구는 묵직하게 흔들거렸다. 한 번 더 잡아당기니 천장에서 커다란 먼지 같은 것이 포슬포슬 떨어져서 더 이상 있지 못하고 밖으로 나왔다. 잠시 다시 들어갔지만 내 손과 신발은 새하얀 먼지로 더러워졌다.

여름은 막바지를 향해 가고 있다. 달력은 이미 가을임을 알리는데 하루하루 더 더워지는 느낌이다. 언제쯤 더위가 꺾이고 시원해질까. 매미 소리조차도 멈추지 않는다. 한여름의 매미가 아직까지 울고 있다. 이런 기후는 올해뿐일까 아니면 계속 이어질까? 기후변화 탓인가? 이상 기온 탓인가? 열사병으로 사람이 죽는 일은 얼마 전까지만 해도 없었다. 길바닥에 매미가 한 마리 죽어 있다. 다리를 위로 향하고 새카만 아스팔트에 굴러다닌다. 나는 새로 산 자전거의 핸들을 움직여 방향을 틀었다. 매미를 밟고 지나갔다. 바싹 말라 있는 줄 알았는데 의외로 끈적끈적한 감촉이 있어서 앞바퀴에 부르르 진동이 느껴졌다. 뱃속에 쌓여 있던 공기를 눌러 터뜨린 느낌이다. 설마 살아 있었을 리는 없다. 석연찮은 기분으로 페달을 밟았다. 걸을 때는 느끼지 못할 정도의 경사였는데, 편의점에서 돌아오는 길은 오르막길이었다. 앞 바구니에 넣었던 편의점 유니폼이 울퉁불퉁한 도로 탓에 들썩였다. 나는 다리에 조금 힘을 주었다.

"한가해요. 손님은 별로 없는데, 그래도 아무도 없으면 안 되니까요."

"어린아이들이 많이 오지 않나요?"

"그렇지도 않아요. 이 근처는 이미 고령화가 진행되어 아이 없는 집이 대부분이죠. 학교나 회사라도 근처에 있다면 모를까."

"아 네, 그렇군요."

언젠가 내가 고지서를 건넸던 여성 점원이 말했다.

"그럼 내일부터 잘 부탁해요."

여성 점원은 인사를 하고 일어섰다. 나도 일어서서 인사를 했다. 편의점을 나오니 더운 공기와 풀숲의 숨 막히는 열기가 덮쳐왔다. 강둑에서는 작업복을 입은 노인들이 무성하게 자란 풀을 베고 있었다. 짙은 풀 냄새 속에 익숙하면서도 알쏭달쏭한 냄새가 섞여 있었다. 면접을 보러 간 김에 구입한 페트병에 벌써 물방울이 잔뜩 맺혀 물기가 주르륵 흘러내린다. 제방의 수풀 속에 붉은빛이 점점이 섞여 있다. 노인이 다 베어낸 풀을 수북하게 긁어모았다. 그 속에도 붉은색이 섞여 있었다. 꽃무릇 같았다. 짐승도 구멍도 아이도 보이지 않았다. 집에 돌아가서 시험 삼아 유니폼을 입고 거울 앞에 서 보았다. 내 얼굴이 어딘가 시어머니와 닮아 있었다.

工場

공

장

잿빛 공장의 지하실 문을 열자 새의 냄새가 났다.

"오늘 오후 두시에 면접을 보기로 했습니다만."

지하 1층 문을 열고 들어가니 곧바로 '인쇄과 접수'라고 쓰여 있는 팻말이 있고 그 아래에 살찐 중년 여성이 앉아 있었다. 내 얼굴은 보지도 않은 채 고개를 끄덕이더니 수화기를 들어 내선전화를 걸었다. 립스틱은 군데군데 지워져 있었다.

"담당자가 곧 올 거예요."

바로 옆인 모양이었다. 중년 남자는 '이력서 재중'이라고 날인된 봉투를 들고 있었다. 내가 미리 우편으로 보낸 이력서와 직무경력서가 담긴 봉투였다.

"인쇄과분실의 고토後藤라고 합니다. 오늘 와주셔서 감사합니다."

"우시야마牛山라고 합니다. 잘 부탁드립니다."

얼굴에 윤기가 없고 눈이 탁하다. 흰자위는 노랗고, 검은 자위와의 경계가 뚜렷하지 않다. 술에 취했나? 아니면 노동에 혹사당하는 공장의 중간관리직은 이렇게 패기와 생기 없는 낯빛으로 변해버리는 걸까.

고토가 안내해 들어간 응접실은 지하실 일부분을 파티션으로 나누어 만든 공간으로 출입문 바로 옆, 접수대 정면에 있었다. 검은색 이인용 가죽 소파에 앉아 면접 볼 때마다 들고 다니는 인조가죽 가방을 소파에 기대어놓았다.

"우시야마 요시코牛山佳子라고 합니다. 오늘 잘 부탁드립니다."

조금 전에 한 말을 거의 그대로 반복했다. 그리고 나는 이 지하층이 시끄럽다는 사실을 깨달았다. 이야기하는 소리나 전화 소리뿐만 아니라 기계 소리도 끊임없이 들려왔다.

"저야말로 잘 부탁드립니다. 긴장하지 마시고요. 그럼 잠시 다시 이력서를 보면서 이야기해보겠습니다."

고토는 내 이력서를 펼치며 물었다.

"우시야마 요시코 씨군요. 흔치 않은 성이네요. 옛날에 메이 우시야마メイ牛山라는 사람이 있었는데, 혹시 아세요?"

"잘 모르겠습니다. 죄송합니다."

고토는 하나, 둘 소리를 내어 숫자를 셌다.

"저희 회사가 여섯 번째인가요?"

그 덕분에 내 이력서의 학력과 직무경력 란은 빼곡했고, 별첨한 직무경력서도 A4 사이즈로 3매나 되었다. 입, 퇴사한 날짜를 따져보면 한 곳에서 일 년 이상 버티지 못했다는 사실을 바로 알 수 있으리라. 이전 직장 모두 6개월에서 10개월 사이에 그만두었다.

"죄송합니다. 각각 이유가 있어서요."

"아, 그건 말이죠. 인연이 아니었던 겁니다. 저 또한 면접도 숱하게 해봤고 신입사원도 많이 만나 봤는데요, 일이란 것도 다 인연이 있어요. 인연이 없으면 서로 아무리 노력해도 지속하기 힘들어요. 어쨌든 그런 사람도 있더라고요. 자, 그럼 다시 본론으로 돌아가서 자기소개와 지원동기를 말씀해주시겠어요?"

"네, 저는 대학에서는 문학을 전공했고 연구 주제는 일본어학이었습니다. 요컨대 인간이 의사소통에 사용하는 언어를 공부했습니다. 공부를 하면서 활자 매체용 언어로 이루어지는 의사소통에 깊은 흥미가 생기더군요. 어떠한 표현이나 구성으로 문장과 단어를 제시해야 그 매체에 가장 적절하고 효과적인지에 대해 특히 관심이 있습니다. 그 경험을 살려 활자 매체 작성과 관련된 일을 하고 싶어 귀사에 지원했습니다. 어렸을 때부터 자주 공장 제품의 광고와 신문기사 등을 볼 기회가 있었습니다.

이곳은 매우 유명하고 기술적으로나 윤리적으로나 수준 높은 공장이라고 생각합니다. 공장을 사회에 널리 알리는 매체를 제작하는 이 부서에서 일하고 싶습니다. 잘 부탁드립니다."

"네, 네."

공장에 온 것은 처음이 아니었다. 초등학교 시절 사회과 견학으로 승무원 복장 같은 옷을 입고 작은 모자를 쓴 여성을 따라서 공장의 박물관이나 견학 코스를 둘러본 적이 있다. 공장 사진이 인쇄된 상자를 선물로 받았는데, 상자 안에는 헝겊 필통과 2색 볼펜, 샤프펜슬 세트, 백과사전, 자동차, 콤팩트 화장품 모양의 모나카 과자가 들어 있었다. 모나카의 모양은 학생들마다 달랐는데 집과 철탑, 공룡과 여자아이의 얼굴 등이 있었다. 당시 공장이란 정말로 거대하다고 생각했다. 디즈니랜드만큼이나 크다고 생각했다. 디즈니랜드처럼 알찬 선물을 잔뜩 받는다는 점에서도 감동을 받았다. 버스에서 내려 견학할 건물까지 이동하는 동안 정장이나 작업복, 흰옷 차림 등 여러 모습을 한 어른들이 걸어 다니고 있었다. 그들 사이로 눈에 들어오는 건물은 겹쳐져 있어서 아무것도 보이지 않았다. 이 동네를 에워싸고 있는 산들도 보이지 않았다. 이 지역에서는 학교나 백화점 등이 어디에 있더라도 사방이 둘러싸여 있지만 이 공장만큼은 그 무엇에도 둘러싸여 있지 않고, 오히려 산보다 멀리 있는 거대

145

한 존재에 에워싸인 기분이 들었다.

어른이 되고 보니 공장이란 어마어마하게 크고 거대한 존재였다. 이 지역에서 생활하는 한 그 영향을 끊임없이 받기 마련이라 결코 무시할 수 없었다. 옛날부터 이 동네에 살고 있는 사람이라면 친척 중에 이 공장의 관계자와 공장 자회사의 관계자, 거래처에서 일하고 있는 사람이 반드시 있었다. 공장과 자회사의 로고마크를 단 영업차가 마을을 돌아다니고, 교육열 높은 부모는 아이들에게 공장에서 일하는 것이 얼마나 훌륭한지 들려주었다. 우리 남매에게 그런 얘기를 해주는 부모는 없었다. 대학 졸업 후에 오빠는 공장 부지와는 좀 떨어진 마을 중심의 작은 회사에 입사해 하루 종일 컴퓨터를 두드리는 일을 했다. 하지만 결국 그 회사도 이 공장의 자회사였다. 나는 공장과 관련된 일을 한 적이 없다. 이 동네에서 직장을 네 번이나 옮겼음에도 공장과 관련된 회사를 거친 적이 없다고 하면 내가 일부러 피했다고 생각할지도 모르지만 딱히 그렇지도 않다. 오히려 사회과 견학을 통해 호감을 느낀 터였다. 도리어 그렇게 거대하고 굉장한 곳에 내 자리가 있을 리 만무하다고 무의식중에 단념해버렸을지도 모른다. 어쨌든 지금, 나는 다시 공장에 발을 들여놓으려 하는 중이다. 실업 상태에서 난데없이 눈앞에 나타난 '직원 모집'은 틀림없이 그 공장의 구인광고였고, 반신반의하며 보낸 이력서는 지금 고토의 손안에 있다.

"야, 너."

생활비를 주지 않아도 괜찮다고 했지만, 오빠는 내심 내가 취직하기를 바랐던 모양이다. 손에 헬로워크Hello Works(구인·구직을 무료로 지원하는 공공직업안정소. 행정기관으로 각 지방공공단체나 대학 등의 교육 기관에서도 무료로 직업 소개 사업을 시행하고 있다. -옮긴이 주)에서 출력해온 듯한 구인표를 가지고 있었다.

"이거 한번 봐봐. 공장에서 정규직을 모집한대. 약 천 명. 대졸 이상."

고토에게 이전의 다섯 군데 직장에서 퇴사한 직접적인 이유를 밝혀야 했다. 전부 그럴싸하게 둘러대긴 했지만 결국은 비슷한 사정이다. 잘못은 나에게도 있다. 물론 상대방에게도 적잖은 잘못이 있었다. 고토는 "그렇죠. 맞아요."를 연발하면서 맞장구를 쳐주었다.

"고토 씨, 3번 내선으로 고문님 전화입니다."

접수대의 직원이 아닌 다른 사람이다. 이 살찐 중년 여성의 입술에서 립스틱이 반짝거렸다. 고토에게 전화를 연결했다. 흔히 면접은 이렇게 중간에 끊기는 경우를 방지하기 위해 다른 직원이 없는 별실에서 진행하지 않나 생각했지만 고토는 양해를 구하고 자리에서 일어나더니 나갔다.

"잠시 기다려주세요."

고문이란 꽤나 높은 직책이므로 연락을 전달받으면 별도리가 없다.

"그런데, 우시야마 씨, 계약사원은 어떠세요?"

전화를 받고 돌아온 고토가 자리에 앉으며 물었다.

"지금 보고 온 구인광고는 정규직이었지요? 기다려 주세요. 인쇄해올게요."

나는 내심 놀랐지만 수에 넘어갔다고 해야 할까, 그럼 그렇지 하는 기분에 조금 안도했다. 그렇게 이야기가 잘 풀릴 리가 없다. 대학을 나왔다고 해서 공장의 정사원이 될 수 있다면 얼마나 좋겠는가. 자신이 경력직으로 채용될 만큼 매력적인 인재가 아니라는 사실은 뻔하고, 무엇보다 지금까지 고토는 아주 친절했다. 면접관이 친절할 때에는 대체로 채용이 안 되거나 속 사정이 있다고 취업 필독서에 쓰여 있었다. 이를테면, 갑자기 구인 내용을 정규직에서 비정규직으로 바꾸는 것이다. 바로 그 내용 대로였다.

"근무지는 정규직을 모집했을 때와 같은 인쇄과 분실입니다. 그런데 팀이 다른 실무보좌팀이고, 현재 계약사원을 모집하고 있습니다. 실무 보좌 업무입니다. 근무 시간도 융통성이 있고 업무도 어렵지 않습니다. 우시야마 씨는 과거에 여러 번 전직하셨더군요. 짧은 기간에 여러 번 이직을 하셨으니 일이 바뀌어도 금방 적응하실 수 있다는 점을 고려했습니다. 이야기를 나누어보니 적성에도 맞으실 듯합니다. 우선 계약사원으로 이쪽에서 일해 주시면 좋지 않을까 하는 게 저희 쪽 생각입니다. 2층의 가장 안쪽에 있으니 잠시 후에 안내해드리겠습니다."

가장 안쪽이라는 말을 듣자마자 불길한 기운이 느껴졌다. 한직이 아닐까? 고토가 가지고 온 종이에는 정규직과 같은 내용의 란도 있고 다른 내용도 있었다. 정규직은 대졸 이상이었지만 계약직은 학력 불문이었다. 정규직은 월급이, 계약사원에게는 시급이 쓰여 있었다. 근무 시간도 정규직은 월요일부터 금요일까지 아홉시부터 다섯시 삼십분(탄력 근무 가능)이고, 계약직은 아홉시부터 다섯시 삼십분까지의 시간 중에서 세 시간부터 일곱 시간 삼십 분(월요일부터 금요일까지 주 2일 이상)이다. 이 시급에 이 근무 시간이라면 월급이 얼마일지 얼른 계산할 수는 없지만, 계약직 쪽이 정규직보다 높지 않다는 건 분명하다. 평가 절하된 듯한 느낌도 있었지만 적어도 어떤 형태로든 채용된다는 점에서 평가를 하고 있다는 생각이 들었다. 지금 처한 상황이 정규직 채용 면접이라는 확실하고 구체적인 것에서, 계약직 채용 설명이라는 잡박한 것으로 변했다. 나와 고토가 내야 할 결론이 처음보다 훨씬 가까워졌다는 뜻이다. 내가 공장에서 일할지 아닐지는 분명 이 장소에서 결정될 것이다. 내가 정규직 채용을 고집한 채 오늘 인사를 하고 일단 돌아간다면, 고토는 내 이력서를 놓고 회사의 다른 누군가와 협의를 하고 다음날 나에게 연락을 해서 합격, 불합격, 혹은 다음 면접과 시험 날짜를 통지할 것이다. 그러나 구인광고 모집 요강이 응시 자격 불문에, 거의 아르바이트나 다름없이 좋은 근무 시간이 제시되고, 더군다나 업무 내용 란에는 '서서 하는 일 있음'이라고 명기되어 있는 이 계약직 채용에 몇 날 며칠씩 매달려 심사숙고할 필요가 없다. 나는 이 조건을 감수할지 거절할지 결단을 내릴 일만 남았다. 그렇다고 감지덕지할 일일까? 지금 시대에서 설령 정규직이 아닌 시간제 아르바이트라 할지라도, 때에 따라서는 전혀 경험 없는 육체노동이라 할지라도, 다름 아닌 공장에서 내게 취업을 제안했다는 사실을 감안하면 나쁘기보다는 은혜와 같은 것이 아닐까.

"구체적으로 무슨 일을 하나요?"

"인쇄 보조입니다."

나는 용지를 상자에서 꺼내어 가지런히 하거나 다 쓴 토너를 교체하는 등의 작업을 상상했다.

나에게 주어진 일은 문서절단기로 서류를 파쇄하는 작업이었다. 지하층 후미진 곳에 문서절단기가 나란히 놓여 있는 통칭 문서파쇄실에서 통칭 문서절단기반의 일원으로 온종일 문서를 파쇄한다. 원하면 일곱 시간 반 근무가 가능하다.

검은 새가 있어서 스와까마귀(나가노현 스와 지역의

까마귀. -옮긴이 주)인 줄 알았는데 가마우지 같았다. 다리 위에서 보면 새가 있는 물가는 멀었지만 몇 마리의 새가 모두 바다 반대쪽인 공장을 바라보고 있다는 사실을 알았다. 가느다란 목을 움켜쥐면 검은 잉크가 묻어날 듯이 깃털이 젖어 있어 윤기가 느껴졌다. 거기서 바로 코 앞이 바다이고, 강폭이 갑자기 넓어지는 곳 주변이 기수(바닷물과 민물이 섞여 염분이 적은 물. 강어귀에 있는 바닷물. -옮긴이 주) 지역이 아닐까 싶은데, 그런 데서 가마우지가 살 수 있을까? 바다가마우지일까, 민물가마우지일까? 나는 땀을 훔쳤다.

　신입사원 연수와 친목 도모를 겸하여 공장 주변 워크 랠리에 나선 한 무리가 있었다. 그들은 여기저기 들르다가 첫날은 저녁 무렵에야 공장 남측, 바다 쪽으로 돌출된 지구에 당도해 북쪽 지구와 남쪽 지구를 가르는 큰 강에 걸린 거대한 다리를 건너고 있었다. 다리 위로는 편도 2차선 도로와 폭 5미터가 족히 넘는 인도가 놓여 있었다. 워크랠리 집단이 다리에 진입해서 다 건널 때까지 버스가 다섯 대, 목을 구부린 기린 형태의 굴삭기를 실은 트럭이 세 대, 레미콘 한 대, 무엇인지 모르는 중장비를 실은 차가 다섯 대, 그리고 나서 승용차 수십 대가 앞질러 갔다. 헤아려보려 했지만 승용차는 너무 많아서 다 셀 수 없었다. 승용차의 절반 정도는 똑같이 회색 공장의 로고마크가 붙은 업무용 차량이었다. 지프차도 있었다.

"다리가 굉장히 튼튼하군요. 버스가 달리거나 바람이 불어도 전혀 흔들리지 않으니 말입니다."

옆에 나란히 걷는 젊은 남자는 들어가기가 바늘구멍만큼 힘들다는 공장에 신규 졸업자로 떡하니 입사할 만큼 유능하고 커뮤니케이션 능력이 뛰어났다. 시원시원하고 넉살이 좋아 가만히 있는 나에게까지 가끔 이처럼 말을 걸어왔다. 그러나 본래 그가 속한 곳은 반대쪽의 남자 둘, 여자 셋이 있는 그룹으로, 거기에서도 이미 리더의 위치에 있었다. 음울하거나 얌전한 사람들도 빠짐없이 목표를 달성하기 위해 이야기를 나누는 것이 그룹 토론이고, 브레인스토밍(자유로운 토론으로 창조적인 아이디어를 끌어내는 일. 기업의 기획 회의에서 아이디어 개발 방식의 하나로 사용. –옮긴이 주)일 것이다. 우수한 사람이다. 그러나 이쪽이 자신들보다 열 살이나 연상의 아저씨들임을 염두에 둘 리가 없다. 처음 회사원이 되는 것은 똑같지만, 노동과 취직활동으로 시달리지 않는 만큼 자신이 어리게 보인다는 점은 자각하고 있다. 그건 그렇다 치더라도 나 스스로도 여기에서 이렇게 공장에 놓인 큰 다리를 건너고 있다는 사실이 지금도 믿을 수 없다. 전혀 원치 않았다. 음모가 아닐까 하는 생각도 들었지만 음모라 하더라도 이득을 보는 사람이 아무도 없으니 불가사의하다. 불가사의하면서도 이렇게 걸어가고 있다.

"후루후에古笛 씨는 이 지역 분이시죠? 이 주변에 추천할 만한 가게가 있나요? 오늘 이 워크랠리가 끝나면 다같이 밥이라도 먹자고 이야기하는 중인데 함께 가시겠습니까."

이렇게 말하는 이유는 그가 이곳 출신이 아니기 때문이다. 공장에서 일하고 싶어 하는 우수한 인재가 일본 각지에서 모여드는 모양이지만 무엇이 그렇게 매력적인지 모르겠다. 연구비가 많이 나오는 것일까? 일류 기업이라면 변변치 않은 대학의 연구실보다도 당연히 자금이 풍족할 테지만 그것이 자신이 하고 싶은 일이 아니라면 의미가 없지 않을까?

"죄송합니다. 대학이 이곳에서 멀리 떨어져 있어서 이 주변은 잘 모릅니다. 바다 쪽이 아니라 산 쪽에서 쭉 살아서요. 그리고 저는 오늘 선약이 있어서, 죄송합니다."

연구실 동문 중에서 비교적 이 근처에 살고 있는 몇명, 그러니까 어딘가에 무사히 취직한 정예 멤버들이 회식을 계획하고 있었다.

"후루후에, 별안간 제일 출세한 사람이 돼버렸어. 생물연구생에서 공장 사원이라니, 흔치 않은 일이야."

연구실 동문들은 그렇게 말했지만 공장에 취직한 사실만으로 가장 출세했다는 이야기는 듣기 거북했다. 운이 좋은 놈이라고 여기는 것이겠지만 나 스스로 그렇게 생각하지 않으니까 시샘 받을수록 손해다. 언제까지라도 대학에서 분류에 관한 일을 하고 싶었다.

"분류학은 앞으로 학문으로서는 아무래도 쇠퇴일로에 있으니까. 생물의 종류라 해도 유전자나 그 비슷한 종류라면 이야기는 다르지만 말이야. 하물며 이끼의 분류라니. 말하자면 좀 별난 학문이니까 우수한 후루후에 군을 이런 연구에 붙들어놓는 것은 우리 쪽에서도 바라지는 않는다네. 본의가 아니지. 언제까지고 부모님께 신세질 수도 없는 노릇이고. 아무리 아버지가 친아버지라 해도 그렇지, 학교에 남더라도 대학에서 자리를 약속받기는 어렵고."

교수는 갑자기 학교식당으로 나를 불러냈다. 연구실에 아침 열시에 나왔으므로 조식이라고 하기도 그렇고 점심이라 해도 어중간하다. 도리 없이 돼지고기 된장국이 아닌 작은 된장국만 사고 삼십 엔을 지불했다. 급수기에서 색이 옅은 호지차(녹차의 찻잎을 볶아서 만든 차. 일반적으로 엽차를 볶으며, 맛이 고소하다. 쓴맛이나 떫은 맛은 거의 없다. ─옮긴이 주)를 선택해서 버튼을 두번 눌렀다. 자리를 잡으러 가니 교수님은 멘치카쓰(민스커틀릿, 다진 고기에 다진 양파 등을 넣고 튀긴 요리. ─옮긴이 주)에 가지와 돼지 간을 넣은 중화된장볶음, 낫토에 특대 사이즈 밥을 올린 쟁반에 무료로 제공하는 매실 절임을 일곱 개 가지고 왔다.

"내가 다이어트 한 사실을 알고 있겠지? 점심을 거르

고 하루에 두 번 식사를 한다네. 밤에는 탄수화물을 제외한 식사를 해서 6개월 동안 10킬로그램을 뺐지."

교수님이 최근 한 달 동안 술을 마시거나 찻잎을 집어 먹거나 무언가를 입에 넣을 때마다 같은 말을 해서, 온 연구실 학생이 이 말을 외울 지경이었다. 밤에 쌀이나 면 종류를 먹는 모습을 본 적은 분명 없지만 맥주는 몇 잔씩 마시고 튀김은 빠지지 않고 주문한다. 매실 절임도 그렇게 먹으면 염분 섭취가 지나치다. 교수님은 덮밥에 들어간 특대 사이즈 밥에 가지와 간을 올려 먹으면서 공장 이야기를 꺼냈다.

"공장에서 대학 취업과에 구인 요청을 해왔다는군. 이끼 전문가를 찾고 있다고."

적임자가 없는지 물어봐서 후루후에를 추천했다고 했다. 쩝쩝 소리를 내며 가지와 간, 쌀밥을 입에 넣고 씹으면서 교수님은 자리에서 일어나 멘치카쓰에 곁들여진 양배추 채 위에 드레싱을 얹으러 갔다. 나는 멍하니 앉아 있었다. 공장이라? 사우전드아일랜드드레싱을 고른 교수님은 자리로 돌아와서 멘치카쓰를 덥석 베어 먹었다.

"나쁘지 않은 조건 같은데. 공장이라니까 한번 생각해 보게."

공장?

"공장에 이끼에 관한 업무가 있습니까?"

"잘 모르겠네. 옥상녹화사업 추진이라고 쓰여 있었던

것 같은데 자세한 내용은 취업과에 가서 구인정보를 보여달라고 하게."

분홍색 드레싱이 골고루 뿌려진 양배추도 쌀밥 위에 얹어 가지런히 해놓는다. 입가심으로 매실 절임을 입에 넣어 과육을 빨아먹고 나서 어금니로 씨를 깨물고는 매실의 배젖을 꺼내어 껍질을 접시 위에 뱉었다.

"옥상녹화사업이라고요? 그럼 업체를 부르면 될 텐데요. 요즘은 시트를 깔고 물만 뿌리면 되니까요."

나는 된장이 가라앉아 두 층으로 분리된 된장국을 손에 들었지만 입에 넣지는 않았다. 교수님은 낫토용 소스와 겨자를 넣고 그 위에 간장을 부었다. 휘저어 섞더니 거의 남아 있지 않은 쌀밥 위에 끼얹었다. 언젠가 교수님은 낫토에 마요네즈를 넣으면 맛있다고 했다. 학교식당에서 작게 포장된 마요네즈가 십 엔이라 돈을 아낀 거겠지. 감량은 무슨.

"나한테 그러면 내가 아나? 한번 고려해보게. 공장이라니까."

교수님의 입이 끈적끈적 실타래처럼 늘어진다. 공장 위치는 대강 알고 있다. 공장의 제품도 알고 있고, 몇 개쯤 사용하고 있다. 그런데 그 공장이 내 노동력을 필요로 한다고? 아무래도 믿기지 않는다.

"지금으로선 취직할 생각이 없습니다. 다른 사람 없을까요?"

"없다네."

교수님은 바로 딱 잘라 말하고 실처럼 늘어지는 낫토의 점액을 젓가락으로 잘라냈다.

"후루후에 군, 공장에서 이 대학에 일부러 구인 요청을 했다네. 어설픈 사람을 추천하면 앞으로 대학에서 공장으로 취직하는 데 영향이 있을 테니 우수한 인물을 소개해야겠지. 나는 후루후에 자네밖에 떠오르지 않더군. 하물며 이끼와 관련된 거라면."

다 먹은 덮밥 그릇에 호지차를 부어 젓가락으로 젓고 끈적끈적한 낫토를 쭉 소리를 내며 들이마셨다. 그리고 매실 절임을 입에 넣었다. 내 머릿속에는 연구실에 있는 나보다 연배가 높은 우수한 인물의 얼굴이 최소 두 명은 떠올랐다. 나 자신이 그들보다 실력이 부족하다고 생각하지는 않지만 나이나 사교성 등을 따져봤을 때 내가 취직에 유리하지는 않은 듯하다. 그 점에 대해 말하려고 입을 열었지만 교수님이 윗입술과 아랫입술로 낫토의 점액을 잡아당기며 천천히 말했다.

"생각이라도 해보게나. 공장이라네. 부모님도 기뻐하실 거야."

교수님이 먼저 이 말을 하는 바람에 더 말할 수는 없었다.

실제로 부모님은 기뻐했다. 반드시 연구자가 되어 돈을 벌지 못하더라도 좋아하는 학문에 일생을 바친다는 사실에 이의가 없으실 줄 알았다. 오히려 그런 점을 훌륭히 여기시는 부모님이라고 생각했었다. 하지만 그런 내 생각은 틀렸던 것 같다.

"남자에게는 자신이 벌어먹고 살아야 하는 사명이 있단다."

사명이라기엔 작은 규모라고 생각하지만 아버지는 저녁식사 자리에서 그렇게 선언하셨고 어머니는 눈물을 머금으셨다. 다음날 가족 세 명이 함께 정장을 사러 갔다.

"신규 채용이니까 서른 넘는 나이라도 지나치게 비싼 옷은 오히려 나쁜 인상을 줄 수 있어."

아버지가 고른 정장은 나에게 잘 어울렸다.

"너는 표준 체형이었구나."

나는 정장이 면접용 한 벌이면 족하다고 생각했다. 그런데 아버지는 결국 아들이 일한다는 만족과 기쁨에 넥타이와 셔츠를 각각 열 장, 정장은 짙은 회색과 옅은 회색 하나씩 해서 두벌과 감색 한 벌, 예복 겸용 검정색 한 벌까지 모두 혼자 골랐고, 어머니는 양말과 손수건을 열 개 씩 골랐다.

"여름용은 입사한 후에 사고, 당장은 이걸로 충분하겠지. 한창 더울 때 면접을 보지 않아서 다행이다. 요즘 젊은이들은 대학 3학년 여름에서 가을쯤 보통 구직 활동을 시작하더구나. 공장이라면 마지막 학년 4월에는 거의 결정되니 말이다. 구두는 나중에 고르자. 이 치수를 메모해두고."

아버지는 백발의 점원에게 말을 남기고 그다음에 간 구두가게에서 두 켤레를 샀다.

"너는 내향적이라고 할까, 사교성이 없어서 남들과 어울려 일하는 건 너 자신이 선택할 문제라고 생각했다만, 이번 면접은 두 번 다시 오지 않을 행운이야. 교수님에게 감사 표시를 해야 한다. 공장에도. 감사하는 마음을 잊지 말아라. 궂은일이 있어도 주위에는 말하지 말고 나에게 말하거라. 만약 그 궂은일이 불합리하고 이상하다면 내가 어떻게든 방안을 일러줄 테니, 너 혼자 판단해서 움직이지 말거라. 그건 그렇고 감사의 마음은 잊지 말아야 해."

누구에게 감사하라는 걸까. 나는 감사할 게 없는데 도대체 뭘 감사하라는 말인지.

"여러분, 오늘은 공장 주변 워크랠리에 참가해주셔서 감사합니다. 신입사원 연수와 친목을 겸한 프로그램으로서 이 워크랠리는 이제 십 년째를 맞이했습니다. 오늘과 내일 이틀 동안 안내자로 참가하는 공장 홍보기획팀에 소속된 고토라고 합니다. 워크랠리의 인솔을 맡은 건 올해가 처음입니다. 미숙한 점이 있더라도 아무쪼록 잘 부탁드립니다. 입사한 지 5년째로 여러분과는 의외로 나이도 비슷하니 오늘은 편하게 이야기했으면 좋겠습니다. 그리고 저와 같은 홍보기획팀의 젊은 사원 세 명이 오늘 진행요원으로 여러분과 동행하겠습니다. 자, 자기소개를 해주시지요."

젊은 남성 두 명과 여성 한 명이 웃는 얼굴로 머리를 숙였다.

"입사 3년 차인 사쿠라이桜井라고 합니다. 잘 부탁드립니다."

"같은 3년 차인 이치하시市橋입니다. 잘 부탁드립니다."

"입사 2년 차, 홋카이도北海道 출신의 아오야마 이즈미青山泉입니다. 잘 부탁드립니다."

고토는 가볍게 끄덕이고 목청을 돋우어 이야기했다.

"오늘은 참가자 쉰 명으로 점호를 하겠습니다. 부르는 순서가 참가표의 제출 순서나 소속 부서와 상관없이 뿔뿔이 흩어져 있을지도 모르니까 주의해서 들어주시고 호명된 분은 손을 들고 이쪽으로 오셔서 아오야마 씨 앞에 줄을 서주십시오. 그럼 시작하겠습니다. 후루후에 씨, 후루후에 요시오 씨."

갑자기 이름을 불러서 놀랐다.

"네."

예상과 달리 큰 소리가 나왔다. 당황해서 앞으로 나가 아오야마라는 여성에게로 갔다. 아오야마 씨는 생긋 웃으며 말했다.

"잘 부탁드립니다."

어째서 나를 첫 번째로 불렀을까? 워크랠리의 참가표를 제출한 시기도 기한이 되기 직전이었고 이름 순서도 물론 뒤쪽이었으며 소속 부서라면 더군다나 뒤쪽일 텐데. 아무튼 소속 부서는 환경정비과 옥상녹화추진실로, 나 혼자뿐인 부서라서 끝에 있었을 터였다.

면접을 위해 공장 본사에 가서 접수대에서 물어본 뒤에 안내받은 방으로 들어갔다. 회의 책상과 의자가 있었지만 서서 기다렸다. 딱히 꼭 합격하고 싶은 마음은 없었다. 오히려 합격하고 싶지 않은 면접이었지만 몸은 긴장하고 있었다. 방에 들어와 기다리고 있자니 바로 젊은 남자가 들어왔다.

"처음 뵙겠습니다. 오늘 감사합니다. 오시는 데 멀지 않으셨습니까? 저는 홍보기획의 고토라고 합니다. 잘 부탁드립니다."

고토는 그렇게 말하고 명함을 건네며 인사를 했다. 당연히 나는 명함을 가지고 있지 않았기에 그저 자기소개를 하고 인사를 했다.

"그럼, 갑작스럽겠지만 입사일이 새해 4월 1일이니 3개월 남았군요. 그동안에 필요한 기재라든가, 설비를 가능한 한 조달해 둘 테니 목록을 작성해서 조만간 제출해주시겠습니까?"

무엇을? 뭐라고?

"죄송합니다만 오늘은 면접만 보는 줄 알았는데요. 지금 말씀은 입사한 후에 하는 일 아닙니까?"

고토는 어리둥절한 표정이었다.

"면접이 아닙니다. 면접이라는 말은 듣지 못했고 저는 인사담당자가 아닙니다. 오늘은 회의라고 해야 할지. 4월부터 시작되는 업무 내용에 대한 확인과 기재에 대해서 말씀드릴 겁니다. 현미경이나…… 제조사라든지, 지정된 제품 번호가 있는지 확인하고요. 이끼용 현미경은 갖고 계십니까?"

현미경?

"현미경을 사용하는 일입니까? 저는 옥상녹화에 이끼 전문가가 필요하다는 정도로만 듣고 왔습니다만."

스스로 이끼 전문가라고 생각한 적은 한 번도 없었지만 일개 연구생으로, 자칭 전문가라 하기에는 아직 십 년은 빠르다.

"네, 옥상녹화입니다. 지금까지 공장 내의 환경 정비란 공장 안에 있는 별도 회사 즉, 자회사에서 담당해왔습니다. 예를 들면, 수목을 심거나 관리합니다. 그리고 화단을 만들기도 하고 그밖에는 도로포장, 가로등 설치 등이 있습니다. 그런 부분은 공장부지 내에 각각 자회사가 있어서 처리했는데 그중에서 옥상녹화 부분은 역량이 부족해서 이번에 본사에 만들게 되었습니다."

"부서를 새롭게 만드셨다는 말입니까?"

"그렇습니다. 그래서 이끼를 심어서 옥상녹화를 하려고 후루후에 씨의 대학에 구인 요청을 했습니다."

고토는 여기까지 말하고는 갑자기 뺨을 붉히고 웃음을 띠었다. 나는 당황해서 할 말을 짜 맞추었다.

"애초에 옥상녹화는 업자에게 맡기시면 좋았을 텐데요. 요즘은 시트 형태로 가공한 것을 깔고 물을 뿌리면 몇 주 만에 옥상 같은 곳을 녹지로 만들 수 있는 기술이 있습니다. 공장이 넓어서 모든 옥상에 녹화사업을 하려면 시간이 걸릴지도 모르지만요. 어쨌든 그런 전문 업체도 있습니다."

"역시 그렇군요. 그 점에 대해서는 걱정하지 않습니다. 외주를 주는 걸 생소하게 여기는 공장의 기풍이 있어서 말이지요. 대체로 공장 내의 그룹사가 실시하고 있습니다만, 어쨌든 그렇습니다. 앞으로 환경정비과 옥상녹화 추진실이 발전하면 회사로서도 독립적인 점도 있을 듯해서요. 아무쪼록 많이 애써주십시오. 그런데."

회사로서 독립?

"음, 오늘 입으신 정장 좋아 보입니다. 해외 브랜드입니까?"

모른다.

"저, 당면 프로젝트팀으로서 옥상녹화에만 주력하면 됩니까? 솔직히 말해서 업자에게 의뢰하지 않고 하나부터 열까지 직접 하면 효율도 좋지 않은데 무슨 장점이 있는지 도통 이해가 가지 않습니다. 불평을 하는 것 같아 죄송합니다만."

"아, 네, 맞는 말씀입니다. 시간에 관해서는 개의치 마세요. 후루후에 씨의 페이스대로 가능한 범위에서 진행하시기만 하면 됩니다. 몇 월 며칠까지, 어디 어디까지 완료하라는 말은 아무도 않을 것입니다."

공장은 느긋하다고 해야 하나, 그렇게 한가한 회사인가? 그것이 쓸데없는 일이라고 생각하지 않는 걸까?

"제가 지금까지 이끼 분류에 대해 전공한 건 맞습니다. 하지만 옥상녹화에는 이끼를 재배할 수 있는 노하우가 필요합니다. 저 말고 이 프로젝트 추진실에 배속될 이끼 전문가가 더 있습니까?"

"네, 그 점은 말이죠. 배속이 확정된 사람은 후루후에 씨뿐입니다."

고토는 웃으면서 말했지만 딱하다는 듯이 쳐다보는 얼굴이기도 해서 진심이 무엇인지 분간이 가지 않았다. 볼은 여전히 빨갛다.

"저 뿐이라고요?"

"그렇습니다."

"한 명입니까? 하나부터 열까지 직접 한다면서요. 왜 그런 겁니까?"

이상한 이야기다. 불합리하고 기묘하다. 대체 누구의 발상에서 이런 이야기가 진행되었단 말인가?

"음…… 네, 그러니까 말이죠. 혼자라는 말에 너무 부담을 느끼지는 마세요. 자신의 페이스대로 우선은 공장 부지 내에 이끼를 채집하거나 분류하시고 그러고 나서 차차 녹화사업에 착수하시면 됩니다. 그렇습니다. 일단은 분류를 해주세요. 이제 방향성이 보이는지요? 음, 그래서 말입니다만 오늘 후루후에 씨의 사원증을 가지고 왔는데 이 사원증은 공장 문을 드나들 때의 출입증 겸용이고 근무 중에는 목에 걸어주셨으면 합니다. 이렇게 끈은 은색인데요, 이 은색은 기본적으로 공장의 어느 곳이나 드나들 수 있다는 표시입니다. 물론 중추적인 곳, 설계나 임원실은 미리 약속을 하셔야 하지만 이끼가 깔려 있을 만한 야외라면 어디든 출입이 가능합니다. 우선 사진을 찍어서 붙여주세요. 나중에 코팅을 해서 4월 1일 입사하실 때 드리겠습니다. 다른 질문 있으신지요?"

"저 혼자, 아무 지침도 없이 어떻게 옥상녹화를 합니까? 어디서 연수라도 받을 수 있는 겁니까?"

"사회인 예절 교육이나 기본 매너, 전화와 이메일 등에 관한 교육이 신입사원에게 실시됩니다. 희망하시면 직무 관련 연수도 가능합니다. 후루후에 씨는 착실하고 외부와의 왕래도 적어 윗선에서는 생략하기를 바랍니다. 다음 프로그램으로 신입사원 친목과 연수를 겸한 워크랠리가 준비되어 있습니다."

워크랠리?

"아니, 그게 아니라 이끼 재배라든가 옥상녹화에 관한 연수는……."

"지금은 예전과 달라서요. 직무훈련적인 연수는 모두 오제이티OJT, on-the-job training(기업 내에서의 직원 교육 훈련 방법의 하나. 피교육자인 직원은 직무에 종사하면서 지도 교육을 받으므로 업무 수행이 중단되는 일이 없는 것이 특색. -옮긴이 주)라고 해서, 온 더 잡 트레이닝이라든가 뭐라든가 했던 것 같습니다. 이미 일을 하면서 배우는 셈이라 개별적인 연수는 부분 단위, 좀 더 말씀드리면 사원 단위로 선배 사원과 신입사원의 파트너 연수로 개별 업무에 관한 연수는 거의 없습니다."

"그렇다면 저는 어떻게 옥상녹화를 진행하면 좋을까요?"

"그러니까 그건 지금까지 공부해왔던 이끼에 대한 지식을 활용해서, 이렇게 말하면 좀 뭐랄까 여유롭군요. 계속 조사하면서 진행하시면 됩니다."

어안이 벙벙해서 고토를 쳐다보았다. 무슨 말을 하는지 이해도 안 가고 무엇보다 의도를 모르겠다. 동료는 고사하고 상사도 없다. 고토는 드디어 환하게 웃으며 말했다.

"뭐 다른 질문은 없으십니까?"

"그럼 나눠드린 지도를 보시면서 오늘 일정을 간단하게 설명하겠습니다. 지금 모여 있는 곳이 지도의 윗부분입니다. 본사 지구, 공장의 북쪽 지구지요. 여기에 본사 빌딩과 공장의 중추라고도 할 만한 기획과 설계 부서가 있는 빌딩이 늘어서 있습니다. 공장의 정문이 이 북쪽 출구이고 오늘은 여기에서 스타트합니다. 동쪽 건물을 몇 군데 소개한 뒤 매점에도 들렀다가 열두시쯤 이 부근에 있는 사원식당에서 점심 식사를 하겠습니다. 식당에는 특제 신입사원 정식이 준비되어 있습니다. 한시 이후에는 사원식당에서 일하시는 분이 정리를 끝내는데, 우리가 늦게 도착하면 폐를 끼치게 될 테니 식당까지 제시간에 맞춰가도록 하겠습니다. 참고로 사원식당은 공장 안에 백여 곳이 있습니다. 그 밖에도 레스토랑이 많이 있으니 지도에 표시를 하면서 다니시면 좋을 겁니다. 정식이 맛있는 곳과 그렇지 않은 곳이 있습니다. 자세한 사항은 아오야마 씨가 잘 알고 있으니 계속 질문해주세요. 그렇지요, 아오야마 씨? 하하하하. 자, 그러면 점심 식사 후에는 차차 남쪽, 지도의 아래쪽으로 향해 가는데요, 오늘의 목적지는 이 다리입니다. 남쪽 지역은 바다로 튀어나와 있고 바다로 흘러들어 가는 강이 이처럼 공장을 서남과 동북으로 나누는데, 나뉘는 지역 사이에 설치한 다리가 공장 대교입니다. 지도에서 볼 때보다 훨씬 인상적이어서 여러분들도 크게 놀라실 겁니다. 다리를 다 건넌 곳에서 해산하겠습니다. 남쪽 출구로 나가면 거기서 역으로 가는 노선버스가 다니고 시내 방향 버스도 다니니까 알아서 귀가하시면 됩니다. 공장 기숙사에 가시려면 사내 셔틀버스를 타시면 됩니다. 내일은 여기 남쪽 출구에서 모일 예정이니 모두 잘 부탁드립니다. 질문 있습니까?"

아무도 손을 들지 않았다. 지도라는 조감도로 다시 보니 공장은 넓다. 출입구가 동서남북 네 군데밖에 없는데 너무 적지 않나 싶다. 지도에서 도로변에는 파랑, 초록, 주황색 동그라미를 그려놓았는데 지도 밖 범례를 보면 버스정류장 표시다. 버스 노선 몇 개가 공장부지 안을 온종일 순환하는 모양이다. 눈에 띄는 큰 건물은 본사 건물과 견학을 위한 박물관, 창고로 세 개다. 그 외에는 크기가 어슷비슷해보이는 건물이 무수히 그려져 있다. 주거지역이라고 적힌 주택지도 몇 군데 있고 제품시험장이라는 거대한 공터처럼 보이는 지역도 그려져 있다.

"자 그럼, 지금 우리가 서 있는 이 북쪽 지구부터 설명하겠습니다. 이 북쪽 지구는 공장에 처음이거나 한 번만 오신 분, 거래처에서 오신 분이 많이 계십니다. 또 주요 간부사원도 대부분 본사 지구와 북쪽 지구에 계시므로 이곳은 중요한 현관의 역할을 하고 공장의 인상을 좌우하는 장소입니다. 본사 지구에서 근무하는 분도 그렇지 않은 분도 계실 줄로 압니다만 이 본사 지구에서는 자세를 바르게 하여 공장의 인상을 흐리는 일이 없도록 근무 태도에 신경 써주시기 바랍니다."

고토와 면접에 대해 몇 마디 주고받다가 중간에 화장

실에 들렀다. 변기 바로 앞에 창이 나 있었다. 잠금장치를 풀고 손잡이를 아래로 내려 앞으로 밀어서 여는 창이었다. 신선한 공기를 쐬고 싶은 마음에 무심코 손을 댔으나 색 바랜 종이가 붙어있는 걸 보고 그만두었다. '열지 마세요. 새가 들어옵니다.'

"먼저 무슨 일부터 할까요?"

첫 번째 일은 '이끼관찰회'였다.

"그게 뭔데요?"

"이끼를 관찰하는 일이지요."

눈을 뜨면서 깨달았다. 상당히 어려운 문장이라고 생각했는데 내가 잠들었던 모양이다. 졸린다고 생각할 새도 없이 잠들어버렸다. 꿈까지 꿨나 보다. 뭔가 검은 물체의 잔상이 언뜻언뜻 떠오른다. 당황해서 주변을 돌아보았지만 오늘 아침부터 출현한 칸막이 덕분에 아무에게도 들키지는 않은 듯하다. 바로 뒤에서 얼굴을 들이밀고 들여다보지 않는 이상 보일 리 만무하다. 그렇더라도 내심 뜨끔했다. 여태껏 업무 중에 조는 사람은 태만의 증거라고 여겨왔다. 일을 하면서 졸음이 오는 경우야 있었지만 얼른 화장실에라도 가서 입안을 헹구거나 손을 깨끗이 씻고 그래도 안 되면 세수를 하고 안약을 넣거나 하면 졸음이 가셨다. 잠이 오는 일 자체도 극히 드물었다. 그마저도 일이 몰려 있어서 전날 밤늦게까지 무리해서 깨어 있었던 경우에 한해서였다. 별로 바쁘지도 않은데 졸거나 졸음이 올 때 아무런 대처 없이 앉아서 그대로 조는 무리들은 모두 바보에다 게으름뱅이라고 여겼다. 지금 자신이 딱 그 짝이다. 어젯밤 평소대로 일찍 잠들었고 당연히 일도 바쁘지 않았다. 그저 잠이 온다는 느낌도 없이 잠들었고 잠이 깬 순간에야 졸았다는 걸 알아차렸을 뿐이다. 대체 언제부터 얼마나 오래 잠들었던 걸까. 분명히 글을 읽고 있었는데 어느새 반쯤 잠이 들었고 완전히 잠에 빠졌다가 깨어난 것이다. 맥이 탁 풀렸다. 이런 면에서는 제대로 하고 있다고 자신했건만. 다 저 칸막이 때문이다. 타인의 시선에 신경이 닿지 않자 오히려 긴장이 풀려버린 탓이겠지. 조금 땀이 났다. 앞에 놓인 출력물을 보니 손에 들고 있던 펜에 찍혀 빨간 선 몇 줄이 삐뚤삐뚤 달리고 있었다.

"이런!"

저도 모르게 가벼운 신음이 흘러나와 또다시 주위를 살폈지만 가스미 씨가 말을 걸어오려는 기색도 없고 사무실은 지극히 고요했다. 이리노이ㅅ野# 씨와 안경 쓴 사람도 묵묵히 일에 몰두하는 모습이다. 어쩌면 모두가 자고 있는지도 모르지만 그렇더라도 아무에게도 보이지 않는다. 칸막이 덕분에 이곳은 훌륭한 개인실이 되었다. 나는 다시 한 번 종이로 시선을 떨구고 일을 시작했다.

공장에는 까마귀인지 뉴트리아nutria(남아메리카 원산의 포유류. 쥐와 비슷하며 발가락에 물갈퀴가 있다. —옮긴이 주)인지 해로운 짐승들이 많다고 들었는데 좀처럼 눈에 띄지는 않는다. 어쨌든 매일 일할 곳이 생겨서 안심했다. 하지만 그 안도감이 곧 자신의 슬픔이기도 했다. 직장을 옮기고 채 익숙해지지도 않은 일에 대해 불안감도 없이 할 만하다, 괜찮다고 여기는 이유는 역시 그 일이 대단한 일이 아니기 때문이다. 정신을 차리자 뭔가 불확실한 상태였다. 파견사원. 얼마 전까지, 바로 이전까지만 해도 작은 회사이긴 하지만 시스템 엔지니어로 일했는데 우물쭈물하는 사이에 이런 꼴이 되고 말았다.

"그 말씀은 해고라는 뜻인가요?"

"그렇습니다. 미안하게 되었소."

애인이 파견 등록 회사에 근무하지 않았더라면 지금쯤 무직일지도 모른다. 서른이나 먹고 백수라니. 서른, 올해 서른한 살이 되는 남자가 파견사원이라는 사실도 오싹하고 지금까지 살아온 인생 전체가 무의미하다는 생각도 들지만 무직보다는 낫다. 당연하지. 무직은 안 된다. 그렇지만 파견사원. 애인의 소개로 파견된 곳이 공장의 자료과라는 부서인데 맡은 일은 빨간 펜을 들고 하는 교열이었다. 지금까지 거의 하루 종일 옆에 끼고 일하던 컴퓨터는 전혀 사용하지 않는다.

"자료과란 곳인데 지금 이미 한 사람 파견직이 들어가 있어. 그곳에 한 사람 더 파견하는 형식으로 소개하려고 해. 잘됐어. 접수처 같은 데라면 소개도 못하잖아. 시기가 잘 맞았어."

애인은 거의 죽을상을 하고 있는 나에게 필요 이상으로 밝게 말하며 머리를 좌우로 흔들거렸다. 몇 년 만에 짧게 자른 머리카락이 목덜미나 볼에 닿는 것이 기분 좋은 모양인지 계속해서 이렇게 머리를 흔들고 있다. 바보처럼. 하지만 이 바보 같은 애인은 파견 등록 회사의 정직원이며, 지금 내게 애인의 제안은 최후의 보루다.

"괜찮아. 내가 어떻게든 해줄게."

아침마다 봉투에서 종이를 꺼낸다. 틀린 곳을 찾아내어 수정 즉, 교정하는 일이 내게 부여된 업무다.

"기본적으로 모든 부분에 틀린 곳이 있다는 마음가짐으로 일해주시기 바랍니다. 실제로는 그렇지 않습니다만 틀린 곳이 발견되면 여백으로 선을 빼서 이렇게 기입해주세요. 기입하는 방법은 교정부호로 하는데 그건 이 책을 보고 적당한 기호를 찾아 그대로 기입해주십시오. 다만 이러한 기호가 사진식자기로 인쇄하던 시절의 것이라 지금은 당연히 컴퓨터로 처리를 하니 그 점을 적절히 감안하면서 부탁합니다. 대졸이시니까, 흐음, 국어 실력은 문제없겠죠?"

이곳 담당자의 말이다. 중년인 그는 출근 첫날 컴퓨터도 없는 책상으로 안내받아 낙담해 있는 나에게 회색 토시, 국어사전, 한자사전, 영어사전과 『편집자필수휴대·

교정』이란 책을 건네주었다. 그런 다음 지하층에 대해서 대략적으로 안내한 뒤 "자세한 건 주변 사람들한테 물어 보세요."라고 하고는 총총히 돌아갔다. 주변 사람들이란 교열 담당자 세 사람이다. 모두 파견사원이었다. 한 사람 은 애인이 일하는 파견회사에 같이 소속되어 있었고, 두 사람은 다른 파견회사에 등록된 직원이었다. 담당자가 소개도 뭣도 없이 가버렸으므로 별도리 없이 나는 전체 를 향해 "잘 부탁드립니다."라고 인사했다. 다른 파견회 사 직원 둘은 이쪽을 힐끗 한번 볼 뿐이었고 같은 회사 의 가스미 씨만이 잘 부탁합니다, 라며 인사를 받아주었 다. 목에 가타카나(일본어의 음절문자. 주로 외래어, 의 성어, 의태어를 표기할 때 사용. −옮긴이 주)로 적힌 이 름표를 걸고 있었다. 세 사람 모두 여성이다.

"파견회사 담당님 애인이시죠? 들었어요."

가스미 씨가 속삭였다. 복숭아 향기가 나고 입술이 반 짝거렸다. 눈가의 잔주름이 상냥해 보였다. 생각보다 나 이가 많은가.

"좋으시겠어요. 멋진 여자 친구가 있어서."

조용해서 다른 두 사람도 흘긋 이쪽을 보고는 히죽거 린 느낌이 들었다.

"아니요. 그렇지도 않아요. 제 애인이 직접 얘기하던가 요?"

"네에."

수다쟁이 여자로군. 공사 구분 못하는 걸 스스로 드러내면 어쩌자는 건지. 게다가 그런 말이 남자가 변변치 못해서 여자에게 기대고 있다는 인상을 준다는 생각은 왜 못할까. 이름이야 조금 알려져 있을지도 모르는 파견회사 정직원이라 해도 실상 머리가 좋은 편도 아니다. 노동자들을 알선해주는 일만 하므로 전문직도 아니다.

"자, 업무 요령을 알려드릴게요. 여기에 쌓여 있는 봉투 중에서 하나를 꺼내어 그 원고를 교열하는 거예요. 빨간 펜이라든지 필요한 물품은 저쪽 수납장에 있어요."

가스미 씨는 그렇게 말하고 자신의 책상 위에 놓인 봉투 속의 내용물을 보여주었다. 제본한 책처럼 묶인 것과 A3 종이가 몇십 장쯤 들어 있었다. 그런 봉투가 내 가슴 높이의 서랍형 캐비닛에 가득 들어 있었다. 봉투 겉면에는 날짜와 무슨 코드인지 알파벳과 숫자의 조합이, 담당자 란에는 도장이 찍혀 있거나 혹은 서명이 적혀 있다. 몇 개 손에 잡고 보니 날짜는 어언 십 년 전부터 오늘 날짜 것까지 전혀 규칙성이 없고 담당자 란에는 들어본 적도 없는 이름들만 적혀 있었다. 방금 만났던 담당자나 가스미 씨도 아니다. 가스미 씨 말로는 우리에게 맡겨진 작업은 이 봉투 안에 들어 있는 A4나 B4, A3 사이즈의 종이에 인쇄되어 있는 문자를 교정하는 일로 봉투 속에 책이나 손으로 쓴 원고용지, 신문기사의 사본이 동봉되어 있는 경우도 있고 없는 경우도 있다고 한다. 뭔가 들어 있는 경우에는 그것과 비교해서 단어 하나 문장 하나 전부 일치하는지 확인한다. 아무것도 들어 있지 않은 경우에는 사전을 찾고 『편집자 필수 휴대·교정』 책을 확인해 가며 올바른 단어나 문장으로 고친다.

"아, 그리고 봉투에 든 문서를 전부 교열하고 나면 저쪽 선반 위에 쌓아두세요. 하루에 한 번씩 담당자가 와서 가져가니까요."

"서명은 안 해도 됩니까?"

"서명이오?"

"교정 본 사람의 서명이라든지."

"헤헤. 필요 없어요. 필요 없어."

가스미 씨는 재미있다는 듯 손을 들어 얼굴 앞에서 흔들었다.

"우시야마 씨, 이제 보니 재미있는 분이시군요."

이번에는 파인애플 사탕 냄새가 났다. 목소리는 작았지만 이번에도 다른 두 명의 파견사원에게 들렸는지 또 얼굴을 돌려 이쪽을 흘끗거리고는 자기들끼리 눈을 맞추고 웃는 것 같았다. 한 사람은 갈색으로 염색한 파마머리의 중년 여성이고 또 한 사람은 파란색 안경을 썼으며 젊다. 둘 다 못생긴 얼굴은 아니지만 눈에 띄는 유형은 아니다. 인상도 좋지 않다. 가스미 씨는 약간 통통한 편이긴 하나 유치원 선생님 같은 상냥한 분위기를 풍겨 그중 제일 호감이 간다. 이 사람이 같은 파견회사 직원이라 다행이다. 문득 애인이 했던 말이 떠올랐다.

　"상냥한 아줌마가 같이 일하는 직장이야. 그분은 비교적 오래되었으니까."

　아무리 연상이라 하더라도 아줌마란 호칭은 실례다. 아줌마란 연령이 아니라 사고방식에 관한 문제이며 가스미 씨는 아줌마보다 누나라는 편이 적당하다.

　"서명이 필요 없다면 교정한 내용을 누가 책임집니까? 심각한 실수가 있었다면요."

　성실함은 당연한 일이다. 누구라도 자신의 실수로 다른 사람에게 피해를 주는 건 싫어한다. 가스미 씨는 여전히 웃는 얼굴로 대답했다.

　"중대한 실수 같은 건 없어요. 있을 수가 없어요."

　"없다고요?"

　"네. 작업을 조금 해보시면 아시겠지만 참 알 수 없는 작업이에요. 저희가 빨간색으로 교정을 하잖아요? 그리고 제출해요. 보내고 얼마 지나면 똑같은 내용의 원고가 전보다 교정할 부분이 훨씬 많아진 채로 다시 돌아오기도 해요. 그럼 전에 내가 교정 본 건 어떻게 했느냐 싶죠. 누군가 제가 수정한 내용을 확인하고 고치는 사람이 있을 텐데 어디의 누구인지는 모르고. 꼭 교정 볼 부분이 결국 있기는 해도 그걸로 내용이 바뀌어버리거나 하지는 않아요. 한자를 잘못 적었거나 단락의 시작에 들여쓰기를 안 했다거나 그런 것들이 더러 있을 뿐이에요. 애초

에 크게 잘못된 부분이 없으니 중대한 실수도 생길 리가
없죠."

"그렇지만……."

그때 나이가 지긋한 파견사원 한 명이 이쪽을 향해 소
리 내어 말했다. 큰 소리는 아니었지만 지금까지 이쪽은
들릴 듯 말 듯한 목소리로 소곤대고 있었기에 흠칫했다.

"그래도 제대로 실수 없이 일해야 해요. 서명이 있고
없고가 중요한 게 아니라 만에 하나라도 연대책임을 져
야 할 일이 생기지 않도록."

"그렇군요. 감사합니다. 주의하겠습니다."

가스미 씨는 고개를 끄덕여 대답하고는 이쪽을 보았
다.

"자, 그런 마음가짐으로 일해주시기 바랍니다. 무슨 일
있으면 저쪽에 전화가 있으니 과장님께 전화로 물어도
되고요. 괜찮으시면 이거 드세요."

빨간 포장지에 싸인 사탕 두 개를 주었다. 손톱이 흰색
과 분홍색으로 나눠져 칠해져 있다. 고맙다는 말을 전하
고 하나를 까서 입에 넣자 딱딱한 사탕 안에서 부드러운
초콜릿이 녹아 나왔다. 일단 봉투 하나를 꺼내 내용물을
빼냈다.

「정신 건강 · 케어 핸드북~당신도 나도 고민과 안
녕」이라는 거지 같은 제목 아래 웃는 얼굴 모양의 경단
같이 생긴 동그라미 두 개가 나란히 있고 그 위에 각각

무지개가 뻗어 있는 표지 그림의 얇은 책과 B4 용지의 출력물이 나왔다. 출력물의 첫 장에는 핸드북의 표지가 인쇄되어 있고 한 장을 넘기자 한 면에 목차와 본문의 쪽수가 좌우 양쪽으로 나뉘어 인쇄되어 있었다. 종이의 위아래 양옆으로 여백이 있고 뭔가 잘못이 발견되면 그 여백 쪽으로 선을 그어 표기를 하면 된다. 표지에는 문제가 없어 보여 안을 펼쳤다. 일단 목차의 쪽수 표기가 이상하다. 제2장 이후가 전부 17쪽이라고 표기되어 있다. 줄임말 기호의 배치도 이상했다. 빨간색 펜으로 비스듬하게 선을 그어 쪽 번호를 새로 적어넣었다. 이런 일은 설명만 잘 해주면 중학생이라도 할 수 있는 일이다. 이런 일 말고 좀 더 내 적성에 맞는 일이 하나쯤 없단 말인가. 요즘 세상에 컴퓨터를 사용하지 않다니, 이런 일도 드물 것이다. 그렇지만 파견사원이기는 해도 이런 불경기에 교열 담당 따위를 새로 고용할 정도면 공장에 아직 여유가 많다는 뜻인가. 어쨌든 아무리 적성에 맞지 않는 일이라 해도 새로 고용이 되었으니 감사할 일이다. 육체노동도 아니어서 더 바랄 게 없다. 편의점 직원도 이 일보다 훨씬 힘들다. 이 정도 수고로 십오만 엔이나 벌다니, 감지덕지할 일인지도 모른다. 하지만 언젠가 경기가 좋아지면 다른 일을 찾을 것이다. 애인에게 좀 더 지금까지의 경력을 살릴 만한 일자리 부탁을 하고 싶었지만 그래봐야 결국 또 파견사원이다. 정직원이 더 좋다는 건 당연하다. 당연하다기보다 정직원 말고는 없다. 언젠가는 누군 가와 결혼할 생각도 있고, 불안정한 계약직의 여동생도 있기 때문이다.

도대체 무슨 일을 하게 되었느냐는 말을 오빠한테 듣고 싶지 않았다. 다행히 취직은 했지만 그것이 계약직이라는 말을 듣고 더 이상 묻지 않았다.

"계약직이야? 구인광고에는 정직원이라고 적어놓고 막상 가 봤더니 계약직이나 파견직인 경우도 많다더라. 사실 그런 건 노동기준국勞働基準局(후생노동성의 내부기관으로서 노동기준, 노동조합 관련된 일을 담당. ─ 옮긴이 주)에 신고하는 게 맞는데 말이야."

이런 말을 하는 듯한 표정으로 오빠는 말이 없었다. 나는 차근차근 다음 주부터 주 5일제 근무로 일을 시작한다고 이야기했다.

"종일 근무는 맞는 거냐?"

오빠는 그 부분을 확인한 뒤 한 달에 얼마를 받는지 계산해두라고 했다.

"교통비는 별도로 나오고?"

교통비는 나오는 모양이었다.

면접이 끝나고 고토는 나를 문서파쇄실로 안내했다. 면접을 봤던 지하 1층의 제일 안쪽 구석이었다. 인쇄과 분실이 있는 지하층은 남쪽과 북쪽에 각각 문이 있고, 문

밖에 계단이 있다. 북쪽 문을 열면 바로 접수처가 보이고, 면접 장소였던 파티션으로 구분된 응접실이 있다. 응접실과 접수처 근처에 여섯 명의 책상을 붙여서 섬처럼 만든 모둠이 세 군데나 있어서 전화 소리와 말 소리가 끊임없이 들린다. 그 층의 나머지 부분은 인쇄실이다. 인쇄기, 복사기, 파쇄기, 지절지 등 크고 작은 기계들이 늘어서 있었다. 고토가 걸으면서 손으로 가리켜 간단히 설명해주었지만 그 기능이 그대로 겉으로 드러난 형태라서 굳이 설명이 필요 없는 것들이 많았다. 기계들 중앙에 커다란 작업대가 있다. 작업자인지 가벼운 옷차림에 회색 앞치마를 두른 남녀가 서서 일하고 있다. 기계 소리와 종이를 다루는 소리가 울리고 잉크나 기계기름 같은 화학적인 냄새가 났다. 끊임없이 들려오는 소음 탓에 때로는 지하층 전체가 조용하게 느껴졌다. 귀도 소음에 적응했나. 층의 긴 쪽 벽에는 크라프트지(시멘트나 밀가루 부대용의 튼튼한 종이. -옮긴이 주)에 싸인 종이 뭉치나 토너, 기계부품을 수북하게 쌓아놓은 수납장이 가득했고, 그 앞을 지나면 수납장에 이어 문서 파쇄를 하는 장소가 나타난다.

"이쪽이 실무보좌부서예요. 가족 같은 분위기죠. 편안하고. 지금 몇이나 있으려나. 인원이 적어서 안정된 느낌으로 일하는 곳이에요."

고토가 걸음을 멈추고 설명했다. 남쪽 문 옆의 벽이 움푹 패서 생긴 돌출부처럼 되어 있는 공간으로, 거기만 조금 어두웠다. 파쇄기가 열네 대, 앞치마를 두른 종업원 몇 명이 일을 하고 있었다. 일을 하는 듯도 하고 안 하는 듯도 하고 물속에 가라앉은 분위기여서 사람 수를 세어보고 싶었으나 한 사람 한 사람 눈으로 좇기가 주저되었다. 파쇄기는 벽과 나란히 두 줄로 일곱 대씩 놓여 있었다. 큰 기계가 네 대, 크지 않는 기계가 열 대였다. 고토는 내가 한동안 문서파쇄실을 이리저리 훑어보는 모습을 바라보았다.

"공장 차원에서는 제가 실무보좌부서의 담당자입니다. 다만 실무에 관해서는 부서 내에 장이 있고 그분이 직속 상관이 되실 겁니다. 그 리더가 근태 관리 등을 하실 텐데 지금 그분이 잠깐 입원 중이시라 얼마 뒤에 복귀하실 예정입니다. 다다음주 쯤. 어쨌든 월말이 되겠군요. 그때까지는 근태 관련이나 그 밖의 일들을 저와 상의해주시면 됩니다. 저쪽이 제 자리니까요. 근무 내용에 관해서는 저쪽에 계신 아, 이쓰미逸見 씨, 잠시만요."

고토가 부른 사람은 이상하리만치 검고 긴 머리카락을 묶어 등 뒤로 내린 키 작은 여자였다. 알이 커다란 안경을 쓰고 있다.

"이쓰미 씨, 이쪽은 우시야마 씨이고 다음 주부터 실무보좌부서에서 일할 예정입니다. 계약사원이지만 근무 시간은 아홉시부터 다섯시 반까지, 월요일부터 금요일까지 출근하길 원하십니다. 여러 가지 잘 가르쳐주세요."

이쓰미라고 불린 소녀가 입을 열었다. 놀랄 정도로 고음의 목소리였다.

"네, 알겠습니다. 리더가 안 계신 동안 제가 여러 가지 설명하겠습니다."

"앞치마나 출입증은 다음 주까지 준비해서 이쓰미 씨에게 맡겨놓을게요."

그렇게 말하면서 고토가 내 쪽을 보았다.

"다음 주부터 잘 부탁드립니다. 우시야마 요시코입니다."

나는 인사하고 이쓰미 씨에게 머리를 숙였다. 이쓰미 씨가 끄덕 고개를 숙였다. 검은 줄로 알았던 머리에 길고 흰 머리카락이 보였다.

"이쓰미예요. 잘 부탁해요."

금테의 안경다리에는 담쟁이덩굴 모양의 그림이 새겨져 있었다.

"첫날은 출입증이 없으니 들어오지 못하겠군요. 입구의 종합접수처에서 내선으로 저한테 연락을 하세요. 인쇄과 분실의 고토로."

오늘도 그 방법으로 들어와서 이미 알고 있다.

"그리고 다음부터 정장을 입고 올 필요는 없어요. 여기는 원칙적으로 거래처 사람이나 외부인이 들어오지 않는 곳이니까요. 이쓰미 씨처럼 활동하기 편한 옷으로 입고 오세요."

고토의 말을 듣고 이쓰미 씨가 한 바퀴 빙그르 돌며 복장을 보여주기에 조금 놀랐다. 이런 점이 가족처럼 편하다는 뜻인가. 회색 앞치마 속에는 폴로셔츠와 검은 줄무늬 바지를 입고 있었다.

"신발은 스니커즈를 신어도 상관없지만 찢어진 청바지나 반바지, 민소매 옷은 금지입니다."

면접날 내려왔던 계단은 건물의 북쪽이고 문서파쇄실은 남쪽에 있다. 남쪽에도 출입문과 계단이 있으므로 출퇴근 시에는 그 계단으로 다녀야겠다고 생각했는데 막상 출근해서 문을 찾으려고 하니 아무리 찾아도 지상에서는 문이 보이지 않았다. 그래서 결국은 북쪽 계단을 이용해 지하로 내려갔다. 접수처에 있는 살찐 중년 여성에게 "안녕하세요."라고 아침 인사를 했더니 여자는 깜짝 놀란 얼굴로 "안녕하세요."라며 고개를 숙였다. 직원들끼리 인사를 주고받는 습관이 돼 있지 않은 곳인가. 아니면 못 보던 얼굴이라서 그랬나. 계약사원은 정사원과 그다지 엮이지 않는 편이 정상일지도 모른다. 나도 별로 인사를 즐기지 않는 편이니 그날은 이쓰미 씨와 고토 이외의 사람과는 인사하지 않고 지켜보기로 했다. 문서파쇄실로 가니 벌써 남자 한 명이 출근해 있다. 이상하게 느껴질 만큼 키가 컸다. 2미터까지는 안 되겠지. 아니다. 어쩌면 그 정도일지도 모른다. 얼굴도 길고 종이를 잡고 있는 손도 솥뚜껑만 하다. 지금 여덟시 사십분이지만 모인 사람은 그와 나 둘뿐이다. 최종적으로 몇 명이 될지는 모르지만 둘은 너무 적지 않다. 인쇄과 쪽의 책상 섬 세 모둠은 대부분 출근해서 책상에 앉아 각자의 컴퓨터를 보고 있다. 인쇄실에도 작업자와 앞치마를 입은 사람들이 십여 명쯤 모여 있다. 삼삼오오 모여 담소를 주고받거나 이미 작업을 시작한 사람도 있다. 뚱뚱한 중년 남자 한 명이 다리를 끌듯이 걸으며 문서파쇄실로 출근을 해 나에게 인사를 했다. 자라목에다 두꺼운 안경을 썼는데 그 안경 너머의 눈이 아주 작고 동그랬다. 검은 구슬 같았다. 이쓰미 씨가 여덟시 오십분쯤 들어왔다. 작은 진분홍색 파카와 청바지를 입고 출입증을 목에 걸었다. 키도 작고 가냘퍼서 어쩌면 아동복 사이즈를 입는지도 모르겠다. 이쓰미 씨는 사람들과 스칠 때마다 작은 소리로 "좋은 아침입니다."라고 말을 걸었고 인사를 받은 사람도 "안녕하세요."라고 답을 했다. 이쓰미 씨는 정직원인지도 모른다. 나는 당연히 아직 누가 정직원이고 누가 아닌지 구별을 못한다. 책상 섬 쪽 사람들은 양복 차림이고, 인쇄실 사람들은 작업복 혹은 앞치마 차림, 문서파쇄실에 있는 사람들은 모두 앞치마를 입고 있으므로 그 무엇도 없는 나로서는 그 자리가 거북했다. 앉을 곳도 없다. 내 앞치마는 이쓰미 씨에게 있겠지.

"안녕하세요."

이쓰미 씨가 나를 보고 말을 걸었다. 이쓰미 씨는 소리 없이 입만 웃으며 나에게 손짓을 했다. 입가에 깊은 주름이 패였다.

"좋은 아침! 사물함은 여기 있어요. 앞치마 드릴게요."

남쪽 문을 열자 북쪽과 마찬가지로 계단이 있고 가늘고 긴 사물함이 몇 대 늘어서 있다.

"이 사물함은 열쇠가 없으니 귀중품이나 신발 등은 일단 자신의 주변에 두세요. 상의나 갈아입을 옷은 사물함에 넣고요. 사물함은 최대 세 사람이 함께 사용해요, 인원이 별로 없어서 한 사람이 한 칸씩 쓰고는 있지만 갈아입을 옷은 옷걸이 하나에 걸어주세요, 갈아 신을 신발이나 짐을 넣어도 되지만 혹시 넣을 자리가 없으면 사물함 위에 두시고요. 여긴 따로 가림막이 없으니 옷 갈아입을 때는 계단을 올라가면 위층 화장실이 있어요. 여기 앞치마 받으시고요. 이건 공장 대여품이라 집에 가져가시면 안 돼요. 세탁은 공장의 세탁소에서 한꺼번에 하니까 신경 쓰지 말고 놓고 가세요. 여기 번호가 자수로 새겨져 있어요."

이쓰미 씨는 앞치마 주머니를 보여주었다.

"이 번호가 우시야마 씨 번호예요. 기억해두세요. 인쇄과 분실의 앞치마는 한꺼번에 가져가서 한꺼번에 들어오니까 그때 자기 것을 챙겨 가세요. 보통은 자기 번호는 적어서 출입증 케이스 같은 데다 넣어둬요."

내 번호는 13458이었다.

"여기 출입증이고요. 공장에 들어올 때 수위 아저씨께
보여주세요. 얼굴 사진이 보이게 해서요."

내 사진이 인쇄된 카드가 빨간색 목줄의 카드 케이스
에 들어있었다. 사진을 언제 찍었을까 의아해했는데 자
세히 보니 이력서에 붙어 있던 사진이다. 복사나 스캔을
했겠지. 설마 이력서에서 뜯어다 붙이지는 않았을 테고.
사진 크기도 원래 사이즈보다 커졌다. 세로 5센티미터
정도다. 나는 항상 스스로도 자신의 사진을 못 알아볼 정
도로 사진이 잘 안 나오는 편이다. 볼이 너무 넓적하다.
게다가 익숙하지 않는 입술연지를 서투르게 바른 자신
의 얼굴을 매일 목에 거는 건 싫지만 달리 도리가 없다.
물론 이쓰미 씨의 가슴에도 마찬가지로 사진이 걸려 있
다. 줄은 감색이다. 이쓰미 씨는 사진과 실물이 별로 다
르지 않은 타입이었다.

"공장에 들어오면 항상 목에 걸고 있어야 해요. 그래
도 문서파쇄기에 걸리면 안 되니까 앞치마 안에 넣거나
줄을 짧게 해두는 편이 좋아요."

빠른 어조로 말하며 이쓰미 씨도 사물함에서 앞치마
를 꺼내 입었다. 고무 같기도 하고 나일론 같기도 한 공
업 소재 느낌의 앞치마를 나도 입었다. 표면은 매끈매끈
하고 반들거리는데 안쪽에는 솔기가 보였다. 단단한 합

성섬유 위에 고무를 덮어 만들었나. 세탁한 냄새가 났다. 이쓰미 씨가 사물함 앞을 떠나 문서파쇄실로 발길을 옮기려 하자 짧은 멜로디가 흘렀다.

"업무 시작 오분 전이에요. 아홉시에 한 번 더 울리고 다음은 점심시간 열두시, 그리고 점심 휴식이 끝나는 열두시 오십오분과 한시에 한 번씩. 그리고 업무 종료 때도 벨이 울리는데 그때는 정시에 한 번만 울려요."

이쓰미 씨는 벨이라고 말했지만 전자음의 알람이나 열차가 들어올 때 역사에서 들려오는 멜로디 같았다. 문을 열고 들어서자 책상 섬의 사람들 몇몇이 서 있는 모습이 멀리서 보였다. 인쇄실 사람들도 책상 섬을 둘러싸듯 모여 있다. 이쓰미 씨는 작은 목소리로 말했다.

"저쪽 방은 벨이 울리면 조회를 해요. 고토 씨가 말하고 있죠? 이 사무실에서는 제일 높으니까요. 인쇄과 분실에서는. 하하, 일단은."

문서파쇄실 사람들은 조회에 참가하지 않고 파쇄기에 넣을 서류를 천천히 근처로 옮기는 등의 일을 했다.

"여기는 저 사람 권한 밖이라 저쪽 조회랑 상관없어요."

고토가 뭐라고 조금 크게 외치자 다 함께 따라서 복창한 후 가볍게 인사를 했다. 조회가 끝난 모양이다. 드디어 문서파쇄실에는 다섯 사람이 모였다.

"작업 순서를 가르쳐드릴게요."

이쓰미 씨가 말했다. 나를 신입이라고 다른 사람들에게 소개할 줄 알았는데 틀린 생각이었다. 계약사원은 이름을 알아둘 필요가 없는 거겠지.

"우시야마 씨, 고생하셨어요. 좀 어때요?"

점심 휴식 시간이 되자 곧 고토가 들어왔다. 오늘은 묘하게 사이즈가 큰 양복을 입었다. 본인이 직접 맞춘 옷일까. 면접 때는 잘 몰랐는데 직위가 높은 데 비해 궁상스러운 느낌이 드는 남자다. 일은 이쓰미 씨가 여러모로 친절히 가르쳐주어서 문제없었다. 일 자체가 지극히 간단했다. 파쇄기에 종이를 넣고 파쇄기의 부스러기가 봉지에 가득 차면 버린다. 파쇄기에 넣을 서류는 남쪽 문으로 상자에 실려 들어온다. 한 남자가 운반용 수레에 열두 상자를 싣고 하루 두 번 찾아온다.

"이쪽 계단 뒤에 엘리베이터가 있지만 이런 운반용 수레나 짐을 운반할 때만 사용하는 거예요. 운수팀이라고 해서, 공장 안의 화물 운송 직원이 오는 시각은 보통 열시와 세시입니다."

들어오는 남자들은 등에 'UNYU'라고 적힌 점퍼를 입고 있다. 그들은 파쇄한 종이 부스러기가 들어 있는 봉투를 가져간다. 오늘 처음 본 'UNYU'는 근육질에 몸집이 작은 노인이었는데 땀을 비 오듯 흘리며 잰걸음을 쳤다.

"그리고 깜짝한 이야기가 있어서 말입니다."

고토가 목소리를 조금 낮추어 말했다. 뭘까.

"오늘부터 무슨 일을 하는지는 이미 이해하셨을 줄로 압니다. 그래서 말인데 당신이 이 공장에서 어떤 직무에 종사하고 있는지에 대해 함부로 외부에 발설하지 말아 주십시오. 당신이 공장에서 나온 서류를 파쇄한다는 사실이 알려지면 파쇄기에 들어가는 서류의 정보나 서류 자체를 노리는 사람이 접촉할 가능성이 있으니까요."

아하!

"물론 그런 요구를 받고 서류의 내용을 누설하거나 서류를 공장 밖으로 빼돌리게 되면 우시야마 씨는 엄벌을 받고 회사를 나가셔야 합니다. 손해배상청구까지 할 수도 있고요. 그런 일입니다. 이와 관련해서는 계약서라든가 여러 서류에 도장을 찍을 때 서약서를 작성합니다. 오늘 퇴근하기 전 다섯시쯤 제 자리로 와주세요. 절차를 밟겠습니다. 그리고 인감도장 갖고 오셨지요?"

갖고는 있지만 고토가 갖고 오라는 말을 하지는 않았다. 몇 번인가 직장을 옮기며 절차를 대강 알기에 갖고 왔다. 역시 고토는 일솜씨가 야무진 편은 아니다.

화장실은 지상 1층에 있다. 남쪽 문을 열고 계단을 올라간다. 1층에는 다른 과의 사무실이 있고 그곳에서는 인쇄과 분실과는 관계없는 업무를 하는지 작업복이나 앞치마를 입은 사람은 보이지 않았다. 점심 휴식 시간에 화장실에 가니 사무직이 입는 분홍색 유니폼 차림의 여자 두 명이 양치질을 하고 있었다. 그들은 회색 고무가 덮인 앞치마를 두른 나를 보고 이상하다는 표정을 지었지만 인사를 해주었다. 그들은 누가 누군지 분간이 가지 않는 목소리로 바비큐에 대해 얘기했다. 화장실은 예쁘고 청결하고 밝았다. 지하에는 수많은 형광등과 공기청정기가 있어서 그다지 어둡거나 숨막히는 느낌은 없지만 지상으로 올라오면 새삼스레 바깥 공기의 냄새가 나고 화장실의 젖빛 유리창 너머로는 햇살이 비쳐든다. 화장실에서 나오자 밖으로 통하는 문이 있었다. 남쪽에도 역시 출입구가 있었다. 바깥을 내다보니 그곳은 주차장이었다. 영업용 차량인지 공장 로고가 들어간 자동차가 몇 대 서 있었다. 그 옆에는 키 작은 수도꼭지가 있고 회색 호스와 플라스틱 물통이 놓여 있어서 별로 들어서고 싶지 않은 분위기였다. 역시 출퇴근은 북쪽 문을 이용하는 편이 낫겠다. 단층 또는 이삼 층 높이의 친근한 건물들이 몇 동 보였고, 그 옥상과 벽은 녹색이었다. 언뜻 보기에 공장은 회색 천지인 줄 알았는데 찬찬히 안에서 보니 여기저기 나무도 많고, 화단도 있으며 옥상과 벽에는 잔디와 담쟁이덩굴이 자란다. 지금까지 아무리 해도 익숙해지지 않는 업무를 하기도 했다. 모든 일을 첫날에 다 배워버리는 직장은 생각하기에 따라 굉장한 행운이다. 파쇄기에 종이가 물린다든지 너무 과열되어 정지하지 않는 한 평화로웠다. 설령 파쇄기가 멈춘다 해도 일단 전원을 끄고 옆에 있는 다른 파쇄기로 옮기면 그만이다. 파쇄실에는 파쇄기 대수보다 종업원이 많지는 않다고 이쓰미 씨가 말했었다.

"날마다 다르지만 대체로 다섯에서 열 명 정도. 반나절 일하고 돌아가는 사람이나 일주일에 하루만 출근하는 사람도 있거든요. 매일 아홉시에서 다섯시까지 근무하는 사람은 저하고 리더, 그리고 두 명이 더 있어요. 지금은 리더가 없고요."

다른 두 사람이란 리더가 복귀할 때까지 소개해주지 않은 자라목의 한자케 씨와 데카오었다.

"광고합시다! 한잔하러 갑시다."

내가 파쇄실에서 일하기 시작하고 일주일 후에 고토가 말한 대로 리더가 복귀했다. 예상과 달리 고령의 영감이었다. 주름투성이에다 어쩐지 당장이라도 모래가 되어버릴 것처럼 비쩍 말랐다. 지병은 아니었는지 얼굴이 검게 부어오르거나 수척해진 기색은 아니다.

"사무카와寒川 씨가 안 계신 동안에 실무보좌부서에 직원이 한 명 더 들어왔어요. 입원하시기 전에 이야기했던 건입니다. 여기서 결정해서 이미 일을 시작했지요."

"네, 들었소. 젊은 여성분이라고 들었어요."

"우시야마 씨예요. 우시야마 씨, 실무보좌부서 리더가 퇴원했으니 소개해드릴게요."

"사무카와라고 합니다. 잘 부탁해요."

"사무카와 씨, 우시야마 씨는 우수한 분이에요."

191

고토는 그렇게 말하면서 나의 어깨를 조금 토닥였다. 우수하다니, 뭘 알고 하는 말인가? 나는 비참한 기분이 들었지만 웃는 얼굴로 리더를 바라보았다. 인상이 너무 좋아서 오히려 간교한 늙은이처럼도 보였다.

"그럼 지금부터 근태 관리는 사무카와 씨가 담당할 거예요."

고토는 그렇게 말해두고 자리로 돌아갔다.

"어서 오세요, 리더! 안색 좋으신데요."

문서파쇄기를 쓰고 있던 이쓰미가 일시 정지 버튼을 누르고 다가왔다. 오후 업무가 시작된 지 얼마 안 된데다 'UNYU'가 오기까지는 아직 시간이 남아 있어서 문서파쇄기 작업장의 분위기는 약간 여유로웠다. 'UNYU'가 오기 전에 지금 있는 분량을 정리해두지 않으면 다음 분량의 컨테이너를 둔 장소가 길을 막아버린다.

"이쓰미 씨! 그동안 내가 없어서 많이 힘들었지? 이젠 아주 쌩쌩하다고. 적어도 십 년 전보다는 더 건강하다우."

"네, 정말 그래 보이세요. 우시야마 씨는 이제 한 일주일쯤 됐나? 얼마나 성실한지 몰라요. 하지만 아직 젊은 사람이 이런 데 있다니, 조금 이상하긴 해요."

"젊은 여자들이 많아지면 좋죠. 여자가 이쓰미 씨 혼자면 외롭잖아요."

"하여간 리더도. 우시야마 씨, 리더가 하는 말을 진심으로 받아들이면 안 돼요."

내가 이곳에서 일을 시작한 뒤로 문서파쇄기 작업장에서 이렇게 길고 화기애애하게 대화를 해본 적이 없다. 이쓰미는 질문을 받으면 사근사근하게 대답을 했지만 필요 없는 이야기나 잡담은 전혀 하지 않았다. 인쇄하는 곳이 그만큼 시끄러워서 다소 이야기해도 위에까지는 들리지도 않고, 제1인쇄소 사람들은 연신 큰 소리로 시시한 이야기나 떠들고 있으니 문서파쇄기 작업반만 조용히 할 필요는 없는데도 말이다. 그저 할 얘기가 없어서 그런가.

"평행봉 건강기구 사용하고 있어요?"

리더는 이쓰미에게 그렇게 묻고는 문서파쇄기 작업장 안쪽을 보았다.

"안 쓰는데요. 리더 혼자만 쓰셨잖아요."

이쓰미도 문서파쇄기 작업장 안쪽을 보았다. 그곳에 덜렁 놓여 있는 평행봉 건강기구가 보였다. 지금껏 있었는데 내가 미처 눈치채지 못했나? 그 기구에는 누군가의 작업복 상의가 걸쳐져 있었다.

"여벌의 윗옷이 역시 여기 있었군요. 집에 없었거든요. 여기에 걸쳐둔 채로 잊어버리고 집에 갔었나 봐요."

리더가 그렇게 말하고 안에 들어가서 윗옷을 챙기더니 간 김에 건강기구에 홀쩍 매달렸다. "우시야마 씨도 괜찮으면 한번 해봐요. 한번 쓰러져서 된통 혼나고 났더니 정신이 번쩍 들더군요."

"그런 걸 누가 해요? 리더랑 달라서 모두들 젊다고요. 그렇죠, 우시야마 씨?"

리더는 건강기구에서 내려와 문서파쇄기 작업장의 다른 사람들과 인사를 했다. 어깨를 두드리거나 악수를 했다. 모두 수줍어하면서도 기꺼이 인사를 받았다. 지금까지 목소리를 들은 적이 없는 사람도 농담을 하자 웃었다.

"요즘 광고는 하고 있습니까?" 리더는 이쓰미 씨를 뒤돌아보고 물었다. 광고? 이쓰미는 뒤로 땋은 머리를 흔들며 대답했다.

"아니요. 리더 빼고 하기도 그렇고. 안 그래요?"

이쓰미는 다시 한 번 기세 좋게 뒤로 땋은 머리를 흔들며 살찐 자라목의 중년 남성을 쳐다보았다. 그 중년 남성은 헤헤 웃으며 턱을 문질렀다.

"그럼요. 리더가 없으면 화룡점정을 못 찍잖아요."

리더는 남성과 다시 한 번 악수를 하면서 말했다.

"새로운 사람도 들어왔고 광고를 합시다. 회식도 하고요."

이쓰미는 다시 한 번 뒤로 땋은 머리를 획 흔들며 이번에는 키가 크고 몸집이 거대한 청년을 쳐다보았다. 청년은 헤벌쭉 웃었다.

"그럼 예약할게요. 항상 가던 모모정 괜찮으시죠, 리더? 우시야마 씨도 가실 거죠? 고기 좋아하세요?"

나 역시 기분이 들떠서 광고가 뭔지 모르겠지만 적어도 고기를 좋아하고 회식도 가고 싶어서 고개를 끄덕였다. 내 이름을 불러주고 친근하게 의견을 물어봐 준 것은 여기 와서 처음 있는 일이었다. 분명 문서파쇄기 작업장의 다른 사람들도 많이 올 거라고 생각했지만 실제로는 리더와 이쓰미 씨, 그리고 뚱뚱한 중년 남성과 신장이 2미터에 가까운 청년과 나만 모였다. 중년 남성의 별명은 '한자케'이고 청년은 '데카오'였다.

"왜 한자케라고 부르는가 하면." 리더가 공장을 나와서 가장 가까운 역으로 가는 길에 위치한 고깃집에 앉아 주문한 맥주를 기다리는 동안 말했다. "일본장수도롱뇽(일본에만 서식하는 대형 도롱뇽. 몸길이는 최대 1.5미터이며, 유사한 중국장수도롱뇽에 이어 두 번째로 큰 양서류. -옮긴이 주)을 의미해요. 알고 있었어요? 커다란 양서류죠."

물수건으로 얼굴을 닦고 있는 한자케 씨를 보니 확실히 일본장수도롱뇽과 닮았다. 넙데데한 얼굴에 커다란 입, 그리고 눈과 코는 오도카니 자리 잡고 있었다. 눈은 구슬처럼 반짝거렸다. 한자케는 말없이 물수건으로 닦으며 실실 웃었다. 지금까지는 움직임도 굼뜨고 왠지 기분 나쁜 사람이라는 생각이 들었는데 일본장수도롱뇽이라는 별명을 듣고 나니 그 움직임이 이해가 가고 오히려 귀엽게 느껴졌다.

"입이 옆으로 길쭉하다 못해 얼굴을 반으로 가를 정도라 한자케라고 합니다."

조금은 욕처럼 들리는 별명일지도 모른다.

"게다가 이 사람은 일본장수도롱뇽의 왕자입니다." 리더는 한자케의 뺨을 쿡 찔렀다. 한자케는 헤헤 웃고는 내게 말을 걸었다. 한자케와 처음으로 이야기를 나누었다. "옛날에 아직 지방에 살 때 여느 때처럼 강에 갔었어. 일본장수도롱뇽이라니. 우리 아버지가 너는 사실 강의 주인인 일본장수도롱뇽 왕에게서 데려온 일본장수도롱뇽의 왕자였다고 농담 삼아 이야기한 적이 있었는데 정말로 그럴지도 모르겠다고 생각했지. 인간 세상에 피치 못할 사정이 있어서 맡겨진 거야, 왕자님께서."

한자케는 눈을 깜빡거렸다.

"그게 말이야. 나는 아버지나 어머니하고는 전혀 안 닮았는데 일본장수도롱뇽이라고 하면 모두들 닮았다고 하거든. 나는 행여나 진짜 일본장수도롱뇽이라 해도 그 나름대로 괜찮지 않나 했어. 인간에게는 귀찮은 일이 많이 생기잖아. 내 다리만 해도 그렇고." 한자케는 왼쪽 뻗정다리를 어루만졌다.

"강바닥에서 헤엄치고 있으면 아무 문제없었을 테니까."

이쓰미 씨가 내게 말했다.

"한자케 씨는 말이야. 전에 조립 라인에 있었는데 큰

기중기 같은 기계에 다리를 다쳐서 한동안 걷지 못했어요."

나는 놀라서 한자케 씨의 다리를 보았다. 분명 움직임이 굼뜨고 다리를 질질 끌며 걷는다는 건 알았지만 류마티즘이나 그 비슷한 종류라고만 생각했다.

"한참 됐지?"

"아키오가 태어난 해니까 벌써 십 년 전인가? 아이가 태어나서 더 열심히 살아야지 했는데, 정말이지 눈앞이 캄캄해지더라고. 그래도 아직 공장 덕분에 이렇게 일을 하고 있지만."

"산재보험으로 처리했으니까."

"오래 기다리셨습니다." 식당 직원이 인원 수대로 생맥주를 가져와 테이블 위에 쿵 내려놓았다. 그것을 신호로 사람들은 일회용 종이 앞치마를 둘렀다. '고깃집 모모정'이라고 쓰여 있고 그 밑에 앞치마를 두르고 손에 나이프와 포크를 쥔, 혀를 내민 소 그림이 그려져 있었다. 나는 예전부터 고깃집에 나오는 이런 일회용 종이 앞치마가 질색이었으나 연장자도 웃으며 앞치마를 매는데 나만 빼기도 그랬다. 고깃집은 70퍼센트가 손님으로 차 있고 방금 대학생으로 보이는 무리가 새로 가게에 들어왔다. 이쓰미 씨가 생맥주 잔을 홱 집어 들고 모두를 둘러보았다. 리더가 허리를 곧게 펴고 생맥주 잔을 집었다.

"그럼 리더의 회복과 우시야마 씨가 우리의 동료가 된

것을 축하하면서 건배!"

"건배!"라고 외치며 서로 잔을 부딪쳤다. 건배를 하자 바로 고기 모듬이 담긴 큰 접시와 김치가 나왔다.

"우시야마 씨, 데카오가 왜 데카오인지는 알죠?"

이쓰미가 석쇠 위에 소 간과 돼지 간, 우설과 벌집, 양 부위, 내장을 올리며 물었다. 키가 커서 붙여졌겠지. 왜 내장만 주문한 걸까?

"그래요. 얘는 196센티미터나 된다니까요."

"맞습니다." 데카오는 끄덕이면서 흥미진진하게 나무 젓가락을 석쇠 위에 금방 올린 간 쪽으로 뻗어 뒤집으려 했는데 이쓰미에게 제지를 당했다.

"간에 닿았으니 그 젓가락은 고기 굽는 용으로 써요. 생피는 탈 나요."

"정말 탈이 날까요? 그의 몸집에 비해 간의 피는 새 발 의 피 수준인데."

리더가 말하자 데카오는 헤죽거렸다. 한자케도 웃었 다. 이쓰미는 말이 많고 리더도 줄곧 이야기했지만 한자 케와 데카오는 누군가가 말을 건네지 않으면 이야기할 게 없다는 표정으로 웃고 있었다.

"있잖아요. 우시야마 씨, 나 몇 살로 보여요?"

이쓰미는 구워진 우설을 모두에게 한 개씩 나눠 주며 말했다.

"데카오 씨, 우설은 소금 간 다 되어 있어요."

데카오가 우설에 딸려 나온 레몬을 짜서 뿌리려고 하자 이쓰미가 또 화를 냈다.

"그거 생고기에 붙어 있었잖아요. 그대로는 안 돼요. 석쇠에 올려서 살짝 구워요." 데카오는 시키는 대로 했다.

"나, 몇 살처럼 보이냐고요?" 이쓰미는 머리카락을 양 옆으로 흔들었다. 곧게 뻗은 머리카락이 아름다웠다. 처음에는 스무 살도 안 된 어린 소녀라고 생각했는데 말투나 일 처리 솜씨를 보니 그렇지는 않은 듯했다. 흰머리도 몇 가닥인가 있었다. 삼십 대? 그러나 짐작했던 것보다 젊게 말하는 게 예의다. 그러자 한자케와 데카오는 하하하, 하고 웃었다.

"이건 뭐 서비스는 좋은데. 과대광고입니다." 리더가 그러면서 잔을 들고 이쓰미의 생맥주잔에 부딪쳤다. 한자케와 데카오는 어깨를 일부러 부딪쳐가며 껄껄껄 웃었다.

"못됐네, 우시야마잇!"

우시야마잇?

"그럼요. 그럼 이쓰미 씨는 좋은 누님이죠."

"좋은 누님이죠."

"네네, 감사합니다. 하지만 리더가 입원해 있는 동안 폭삭 늙어버렸어요."

이쓰미는 가는 목을 쭉 빼고 맥주를 다 마시고는 한 잔

더 주문했다. 한자케랑 데카오도 빈 잔을 치켜들고 한 잔 더 주문했다.

"이젠 간도 다 익었고 다른 것들도 다 익었어요. 데카오 씨, 이제 레몬 다 되지 않았어요?"

"네."

데카오는 레몬을 기묘하게 길고 두꺼운 손가락으로 집어 올리려 했지만, 생각보다 뜨거웠는지 다시 젓가락으로 집었다.

"레몬 필요해요?"라고 물어왔지만 나는 고개를 저었다.

"나는 줘요. 간에 레몬 맛있을 거 같지 않아요?"

"별로요." 나는 내장을 먹고 맥주를 한 잔 더 시켰다.

결국 이쓰미 씨의 나이는 모른다. 모른 채 지나갔다.

이끼관찰회가 내일로 다가왔다. '이끼 박사와 함께 이끼를 찾아봅시다! 부모님과 아이들이 함께 하는 이끼관찰회'라는 전단지가 자녀가 있는 공장 직원들에게 배포되고 게시판에도 붙었다. 전단지에는 고토의 후배였던 아오야마 이즈미 씨가 그린 그림이 인쇄되어 있었다. 야구모자를 쓴 남자아이와 세일러 학생복을 입은 여자아이, 안경 쓴 아버지와 머리가 긴 어머니가 그려져 있었다. 내가 그림에 소질이 있었다면 돋보기를 손에 들고 땅에 엎드려 지면의 이끼를 관찰하고 있는 초등학생의 그림을 그렸을 텐데. 아니면 경고라도 할 겸 '엉덩이 까는 숲의 요정' 그림이라도.

　남쪽과 동쪽 창문에는 각각 연녹색의 블라인드가 쳐져 있는데 남쪽 블라인드는 위로 말려 올라가 있고, 동쪽 블라인드는 항상 내려져 있는 데다 창문도 열지 않는다. 왜냐하면 벽과 벽이 거의 맞붙어있을 정도로 가깝게 세탁공장이 있기 때문이다. 창문을 열지 않더라도 세탁기와 건조기가 돌아가는 소리와 다리미에서 증기를 내뿜는 소리가 희미하게 들려온다. 그런 곳의 창문을 열어봤자 바람 하나 들어오지 않는다. 세탁공장이 바로 옆에 있다는 소리를 처음 들었을 때는 동쪽 벽 전체가 다리미처럼 뜨거운 열기를 뿜어내어 숙숙 신음 소리를 내는 듯했지만 물론 그렇지는 않다. 소리가 조금 나기는 해도 익숙해지면 별로 신경 쓰이지 않게 된다. 오히려 아침저녁으로 세탁공장 앞을 지나갈 때 향긋한 세제 향기가 나는 것 같아서 나쁘지만은 않은 입지다. 공장 남쪽 지구에는 예를 들면, 폐기물 처리장이나 버스 차고가 있는데 그 바로 옆도 주택지다. 그곳과 비교하면 천국이나 다름없으리라.

　"연구실입니다."

　입사 예정일 2주일 전 고토가 불러서 공장에 가니 그는 나를 차에 태웠다. 공장 로고가 있고 새것으로 보이는 회색 차였다.

"후보지를 몇 군데 소개하고 그중에서 고르셨으면 좋겠는데요. 자신 있게 추천해드릴 만한 곳은 사실 딱 한 곳 밖에 없습니다. 본사 안에 과학 실험이 가능한 시설을 준비하면 좋겠다고 생각했습니다만 아무래도 주거 시설이 갖추어진 곳이 낫지 않을까 합니다. 솔직히 말씀드리면 평범한 단독주택에 사시면서 1층이나 2층을 연구실로 활용하시고 업무 보는 곳과 주거 공간을 구분해서 사시는 편이 좋을 듯합니다만."

"공장에서 산다고요?"

"네." 고토는 주차장에서 빠져나와 달리다가 교차점에서 정지신호에 걸려 잠시 정차했다.

"누가 보든 말든 공장 안에서는 교통규칙을 반드시 지켜야 합니다. 특히 자동차를 운전할 때는 더 철저히 지켜야 하지요." 그리고는 백미러 쪽으로 시선을 돌렸다.

"공장에서 산다는 이야기는 못 들으셨습니까?" 고토가 물었다.

"듣지 못했습니다만."이라고 대답하니 고토는 차를 운전하면서 말했다.

"위에서는 말씀드렸다고 하시던데 뭔가 착오가 있었던 모양입니다. 이제 곧 도착합니다. 이곳은 제한속도가 40킬로미터라서 속도를 못 내지만 아주 짧은 거리라 금방 도착합니다."

길가에는 속도제한 표식이 세워져 있었다.

"이 도로는 현縣에서 관리하는 도로입니다."

"현도라고요?"

"네. 곧 넓힌다고 하더군요. 공장 안을 통과해서 밖으로 연결된답니다."

"뭐든지 다 있네요. 이 공장 안에는……."

"웬만한 시설은 다 갖춰져 있습니다. 지금 가는 곳은 주택가인데 아파트도 있고 슈퍼마켓, 볼링장이라든지 노래방, 유료 낚시터, 유흥시설도 많고, 호텔 그리고 레스토랑도 여러 종류가 있습니다. 사원식당 외에도 메밀국수, 스테이크 하우스, 라면, 후라이드 치킨이나 햄버거 체인점도 있고요. 프랑스 요리라든가 이탈리아 요리와 초밥, 철판 볶음밥집도 호텔 안에 입점해 있습니다. 그리고 우체국이나 은행, 여행대리점, 서점, 안경점이라든가 이발소, 미용실, 전자제품 판매점, 주유소……."

고토가 노래하듯 열거하고는 잠시 차를 세웠다. 둘둘 만 검은 와이어를 어깨에 걸친 회색 정장 차림의 남자가 신호 없는 횡단보도를 건너가면서 고토에게 가볍게 고개 숙여 인사했다. 고토도 한쪽 손을 살짝 들어 보였다.

"미술관도 있습니다. 공장에 다니는 예술가분들과 직원들의 작품을 전시하고 있는데요, 작품들이 꽤 훌륭합니다. 물론 버스라든가 택시 관리 회사도 있지요."

"완전한 마을이군요."

"그렇죠. 보통 마을보다도 훨씬 큰 마을입니다. 산과

강과 바다도 있으니까요. 숲도 있고 신사도 있습니다. 신관神官도 살고 계십니다. 아아, 묘지는 없지만요. 절도 아마 없을 겁니다."

"그런데 제가 공장 안에서 살아야 한다는 얘기는 언제 결정난 겁니까?"

공장은 지금 살고 있는 본가보다도 트여 있는 도회지다. 본가는 옛날에는 별장지로, 즉 반은 시골과 인접한 지역에 있다. 대학도 외진 산지에서 다녀서 공장에서 산다면 생전 처음 도회지 생활을 하는 것이다. 그건 아무래도 상관없다. 다만 공장 안에서 사는 것이 좋고 싫고를 떠나 너무 성급하지 않은가. 본인의 의사는 중요하지 않다는 식이다.

"아마 대학교에 구인공고를 냈을 때 이미 공장에서 살면서 연구하기로 정해져 있었을 겁니다. 자, 도착했습니다."

이른바 뉴타운처럼 마을이 늘어선 거리였다. 너무 크지도 않고 세련된 외관의 서양식 이층집들이 즐비해 있었다. 주택과 주택의 간격은 뉴타운보다도 넓고 각 세대마다 차 한두 대씩 주차 가능한 공간과 정원이 갖춰져 있었다. 정원 안에 꽃이 흘러넘칠 듯이 흐드러지게 핀 집도 있었다. 도로는 깔끔하게 포장되어 있고 미국 산딸나무가 가로수로 심어져 있었다.

"개를 키우는 집도 있습니다. 수의사도 있고요."

고토는 어떤 집 차고에 차를 뒤로 주차하고 차에서 내렸다. 나도 내렸다. 이층집이 늘어선 가운데 여느 주택과는 달리 단층집으로 된 회색 건물이 한 채 서 있었다. 마을에서 운영하는 공장처럼 보였다. 기계 소리가 들렸지만 역한 기름 냄새가 나는 공장과는 다르게 부드럽고 달콤한 향기가 났다.

"이 집은 빈 지 얼마 되지 않아 망가진 곳이 별로 없습니다. 빈 집으로 오래 있으면 망가지기 쉽죠. 내부 수리도 검토했는데 군이 할 필요가 없다는 결정이 났습니다. 문제는……."

옆 건물을 손으로 가리켰다.

"옆이 약간 시끄러울지도 모르겠습니다."

"무슨 건물입니까?"

"세탁공장입니다."

"아!" 그렇다면 내가 세탁을 할 필요는 없어보였다.

"여러분에게 한 가지 당부드릴 말씀이 있습니다."

초등학생들이 서두를 늘어놓는 게 익숙하다는 표정으로 올려다보았다.

"지금부터 이끼를 찾으러 공장 안을 함께 돌아다닐 겁니다. 그때 나무가 많은 숲 근처에 갑니다."

거목이나 고목도 없고 울창하게 우거져 있지도 않고 지도에서 보이는 실제 넓이도 천 평방미터가 안 되지만 안에 들어가면 왠지 불안해지는 것이 마치 어두컴컴한 숲 같다.

"자유 시간에 숲에는 절대 들어가지 마세요. 낮에도 어두워서 길을 잃으면 위험합니다. 보호자분들도 조심하세요."

게다가 숲에는 엉덩이를 까는 숲의 요정이라는 성격 이상자까지 출몰한다고 한다. 아오야마는 그 사실을 참가자에게 언급하지 말라고 했다. 어른들도 들어봤자 기분 좋을 리 없기 때문이다.

"공장 사람이라면 이미 알고 있으니 굳이 말할 필요 없습니다. 그 대신 아무 일도 일어나지 않도록 신경 써주십시오. 필요하시면 홍보기획부의 젊은 남성을 몇 명 숲에 세워둘까요? 경비원에게도 부탁하고요."

"그렇게 하죠. 경비원에게 부탁해주세요."

아무 일 없겠지만 기분은 별로 좋지 않다. 중년은 족히 넘긴 한 남자가 숲에 출몰하며 상대가 여성이든 남성이든 바지와 팬티를 벗기려 한다는 것이다.

"숲의 요정이 대체 무엇입니까?"

"본인 스스로 그렇게 부른다고 합니다."

저항하거나 반격을 가하면 숲 안쪽으로 도망쳐버린다. 모든 직원들이 저항하거나 반격을 한 까닭에 결국 팬티가 전부 벗겨진 피해자는 없다.

"피해자가 젊은 여성이 많은 것도 아니고 남녀노소 가리지 않고 피해를 입었습니다. 다만 정장을 입고 있으면 괜찮다고 합니다."

아오야마는 자신이 입고 있는 그레이 베이지의 정장 옷깃을 잡아당겼다. 가느다란 골드 체인 끝에 1밀리미터도 채 되지 않은 작고 검은 스톤이 붙어 있는 목걸이가 함께 끌려와 꼬였다.

"그러니까 성범죄자는 아니겠거니 생각한답니다."

동성애자라든가 나이 든 사람을 좋아한다든가 정장 앞에 무능력하다든가, 취미나 기호가 가지각색이라 오로지 젊은 여성만을 노리지 않는다는 점만 보고 성범죄자가 아니라고 믿어버려선 안 된다. 애초에 스스로 숲의 요정이라고 부르는 자체가 변태 아닌가?

"경찰에 신고할 정도는 아니겠죠?"

"실제로 피해자라고 여길 만큼 심각한 피해를 입은 사람도 없고, 공장의 각 부서에서 주의하도록 당부하고 있으니까 경찰에 신고까지 해서 일을 크게 벌일 필요는 없겠죠."

공장의 보안 상황을 감안하면 공장 외부에서 침입했다고 보기는 어렵다. 결국 엉덩이를 까는 숲 속 요정은 공장 직원일 가능성이 농후하다. 경찰에게 통보했을 때 공장 내부자의 범행이라는 사실이 밝혀지면 공장의 수치라고 생각할 테니. 어쨌든 초등학생도 예외가 아니므로 주의해야만 한다. 아오야마는 올해 제작한 이끼관찰회의 안내 전단지를 내게 한 장 주었다.

"다른 분께 줄 전단지 더 필요하세요?"

"없습니다."

대체 누굴 준다고. 전해줘서 어쩌라고?

"그럼 경비원에게 의뢰할 테니 오늘 잘 부탁드립니다."

아오야마는 문을 열고 인사하고는 연구실을 나갔다. 주차장에 세워둔 공장 로고가 박힌 차에 올라타서 다시 가볍게 인사하더니 시동을 걸었다. 아오야마에게 대접한 컵을 씻어두고 어느 새인가 컴퓨터로 색칠된 전단지를 바라보았다. 이미 홍보기획의 관리직이 된 아오야마에게 이런 작업을 시키기가 미안했다. 무슨 이유인지는 모르겠지만 아오야마가 내 담당으로 고정된 듯했다. 제대로 이야기할 만한 상대는 아오야마뿐이라고 해도 과언이 아니다. 그 상대가 침착하고 아름다운 여성이라는 점은 나쁘지 않았다.

올해는 부모와 아이가 한 팀으로 구성된 총 열다섯 팀이 참가할 예정이었다. 모두 부모 중 한쪽 혹은 둘 다 공장에서 근무하는 직원들이다. 작년에 이어 올해에 참가한 팀도 두 팀이 있었다. 관찰회가 끝나고 아이들은 자발적으로 보고서를 작성하는데 그 보고서가 현에서 개최하는 어린이과학대회에서 거듭 입상하므로 수상을 노리는 고등학생이 많다. 여름 방학의 자유 연구에 맞춰서 관찰회 개최를 희망하는 부모님들도 많았는데, 이끼를 관찰하기에는 여름보다는 가을이 적합하다. 그리고 현의 어린이과학대회는 문화제를 의식한 탓에 개최월은 11월이 적절하므로 제10회 관찰회를 봄에 개최한 다음부터는 매년 가을에 고정으로 개최했다. 집합 장소인 공장 서쪽 문에는 부모와 아이 팀이 다섯 팀 모여 있었다. 남매 팀이 한 팀, 다른 한 팀은 어린이 한 명, 부모 한 명이었다. 집합 시간까지는 여유가 있어서 이미 와 있는 어린이들에게 잠시 서문 양쪽에 서 있는 플라타너스의 뿌리 근처를 살펴보라고 말했다.

"저것이 이끼입니다. 이끼는 어디에서나 잘 자랍니다."

이끼를 뽑아서 보여줬다. 때가 지지 않은 옷을 입고 플라타너스 뿌리 근처에 웅크려 앉아 있던 네 명의 아이들은 이끼와 나의 얼굴을 번갈아 쳐다보았다. 남아 있는 아이는 남매로 온 어린 동생과 남자아이였는데, 침까지 튀겨가면서, 지금은 집에 두고 와서 보여주지는 못하지만 자기가 가진 카드를 서로 교환하자는 약속을 하는 게 분명했다. 어느 쪽이 어느 쪽인지 분간하기 힘든 새된 목소리에 키와 몸집이 똑같은 두 명은, 처음 만났지만 취미가 같다는 사실을 알자 크게 흥분해서 자신의 카드와 상대의 카드가 지닌 가치를 서로 과장해서 떠벌이고 있었다. 교환하려는 물품의 항목이 방대해지니 혼란스러워질 것이 뻔해 한바탕 말썽을 일으킬 거라 생각한 남매의 엄마와 남자아이의 엄마는 어느새 먼저 서로 사과하고 있었다. 중학교 시험을 앞둔 듯 보이는 누이는 그런 동생을 째려보고는 이끼를 열심히 찾았다. 진녹색에 은색이 물든 이끼를 관찰하던 초등학생은 흥미가 있는 듯 보이기도 하고, 전혀 흥미가 없는 듯 보이기도 했다. 몇 년이나 이런 행사를 치렀는데도 아이들의 마음을 파악하지 못해 불안했다.

"고양이 같아."

여자아이가 이끼를 쓰다듬으며 말했다. 고양이 같으면 고양이를 쓰다듬으면 되지만 고양이와는 닮지 않았다.

나는 웃으면 말했다.

"이 이끼는 매우 튼튼하고 강하답니다. 도시의 아스팔트 위에도 자라고 화산 위에서는 물론 남극같이 추운 곳에서도 자랍니다.

누이가 물었다.

"얼음 위에서도 자란다고요?"

질문을 해주면 고맙다.

"남극에는 땅으로 된 곳이 많습니다. 너무 추워서 얼어버리는 경우도 종종 있는데 이끼는 생각보다 매우 강하답니다. 얼거나 건조해서 언뜻 보기엔 시들시들하지만, 수분과 일정한 온도가 유지되면 녹색으로 다시 살아납니다. 이 얘기는 모두 다 모이면 다시 하겠습니다."

얼마 후 시간이 다 되어 전원 집합을 확인했다. 동생과 남자아이는 엄마들이 다그치자 카드 이야기를 잠깐 중단했다. 남매 팀을 제외하고는 각 팀에 어린이는 한 명씩이다. 초등학생 열여섯 명에 따라온 사람이 열일곱 명으로 부부가 함께 온 팀도 두 팀 있었다. 부모가 따라오지 않고 할아버지가 따라온 남자아이도 한 명 있었다. 작년에도 참가했던 남자아이와 여자아이는 과학대회에서 입상한 보고서와 일 년 만에 모은 이끼 표본을 들고 왔다.

"오늘 공장 안을 안내할 후루후라고 합니다. 잘 부탁드립니다."

공장에는 수많은 이끼가 자라고 있다. 오늘 하루 즐겁기를 바라며 채집한 이끼를 넣을 만한 접은 수예종이와 작은 돋보기를 초등학생들에게 나눠 줬다.

"후루후에 씨, 후루후에 씨, 선생님."

1층을 연구실로, 2층을 주거 공간으로 사용하고 있던 주택에는 인터폰이 달려 있지만 그 남자는 육성으로 불렀다. 위를 반쯤 열어놓은 현관 옆의 창문에 입을 바짝 대고 부르니 밖에서 들려오는 소리라고 생각되지 않을 정도로 크게 들렸다. 컴퓨터로 아오야마에게 제출할 이끼관찰회 보고서를 작성하고 있던 나는 깜짝 놀라 긴장한 채 창문을 보았다. 어디선가 본 적이 있는 남자였다. 이끼관찰회에 손자를 데리고 온 노인이었다. 사체를 발견한 남자아이의 할아버지이다. 어떻게 여길 알았을까?

문을 열어줘야 하나 망설이던 차에 창 너머로 눈이 마주쳤다. 상대는 연장자다. 이름은 바로 떠오르지 않지만 손자의 얼굴까지 정확히 기억한다. 정어리처럼 생긴 작은 눈에, 이마가 튀어나온 남자 아이다. 할아버지가 더 활기차 보일 정도로 손자는 음침했지만 이끼 하나는 기가 막히게 찾아냈다. 온종일 아이와 함께 지낸 할아버지를 모른 척하는 것은 부끄러운 행동이다. 문을 열자 노인은 손자도 함께 데리고 와 있었다. 키가 작아서 창문으로 볼 때는 보이지 않았다. 손자는 암녹색 바탕에 빨간색과 노란색 선으로 된 격자무늬 셔츠 차림이어서 마치 가을 전령 같았다. 학교는 어떻게 했을까? 할아버지는 회색의 공장 로고가 박힌 작업복을 입고 있었다. 아무리 봐도 익숙해지지 않는 옷이다.

"무슨 일이십니까?"

노인은 머리를 숙이고 싱글싱글 웃었다.

"불쑥 찾아와서 죄송합니다. 요전에는 감사했습니다. 매우 유익한 시간이었습니다. 손자도 꽤나 좋아하고 그 뒤로도 학교에서 이끼를 채집하고 있습니다."

그 말을 들은 손자는 부끄러운지 정어리같이 작은 눈이 더 쏙 들어간 얼굴로 나를 보았다.

"저야말로 참가해주셔서 감사했습니다. 손주분 눈이 아주 좋더군요. 부디 이끼 관찰을 계속해주셨으면 합니다."

"아이고, 황송합니다."

노인은 타월 조직으로 된 수건을 작업복 호주머니에서 꺼내서 목덜미를 닦았지만 땀이 흐를 리는 없다. 주름투성이의 피부에 땀샘은 이미 죽지 않았을까?

"오늘은 무슨 일이신지요?"

노인은 고개를 쑥 빼서 현관 안을 들여다보는 시늉을 했다.

"정말 염치없는 부탁입니다만 잠시 안으로 들어가도 될까요?"

손주의 손에는 두터운 서류철이 들려 있었는데, 아이는 갑자기 그 서류철이 몹시 처치 곤란하다는 듯한 표정을 지었다.

"한참 일하던 중이라 집안이 어지럽습니다. 무슨 용건이신지요."

노인은 싱글싱글 웃으면 손자에게서 바인더를 받았다.

"예의가 아닌 줄은 알지만 정말 죄송합니다. 선생님댁은 다른 직원들에게 물어서 알았습니다. 저도 예전에 이 근처에 살았던 적이 있어서 회사에서 버스를 타고 내려서 걸어왔습니다. 먼저 전화를 드릴까 했습니다만 죄송하게도 전화번호는 몰라서요. 온라인 전화부에 나와 있을 거라고 생각했는데 아무리 해도 알 방법이 없었습니다. 문자메시지도 모르겠고요."

"온라인 전화부에는 보통 직원들과는 다르게 비밀번호를 입력하고 들어가야 하는 곳에 게재되어 있습니다. 저와 용무가 있는 분은 한정적이고 이곳이 개인 주거 공간이기도 해서요. 오늘은 무슨 일이신지요?"

손주가 쓴 보고서를 봐달라는 부탁을 하려나? 바인더에 가득 쓰인 초등학생 남자아이의 문장을 읽는 것은 썩 내키지는 않지만 뭐 읽어보는 것쯤은 괜찮다. 옥상녹화니 이끼 분류니 하는 작업은 지지부진하니 직원 가족을 위해 보고서를 읽어주는 정도의 봉사는 해주지. 공장을 위해 자신이 할 수 있는 일이 거의 없다는 사실을 이미 알고 있다.

"밖에서 말씀드리기가 좀 그렇습니다. 부탁드립니다."

노인은 일부러 노인 특유의 점잖은 말투를 쓰는 것일까. 세탁공장에 집하된 오염된 의류를 실은 경트럭이 와서 세탁공장의 입구가 열렸다. 착각일지도 모르지만 세제의 달콤한 향이 휙 끼쳤다. 앞치마를 두른 중년의 여자 직원이 이송과의 남자 직원에게 말을 걸었다. 두 사람은 크게 웃음을 터뜨리며 컨테이너를 함께 세탁공장의 운반용 손수레에 싣고 안으로 운반하고 있었다.

"그럼 들어오세요. 지저분합니다만."

"아이고, 별말씀을요, 선생님. 실례하겠습니다."

"이건 잿빛가리이끼라고 하는데 보세요. 앞쪽에 작고 불룩한 것이 붙어 있죠."

"봉오리요?" 누이인 여자아이가 재빨리 자신만만하게 소리를 질렀는데 이끼는 꽃이 피지 않으므로 당연히 봉오리는 달리지 않는다.

"봉오리도 아니고 열매도 아닙니다. 아까 설명했던 것처럼 이끼는 다른 풀꽃처럼 꽃이 피어서 수분受粉(종자식물에서 수술의 화분花粉이 암술 머리에 옮겨붙는 일. 바람, 곤충, 새, 또는 사람의 손에 의해 이루어진다. -옮긴이 주)하고 열매를 맺지 않습니다."

아오야마 씨가 이끼의 일생에 대해 컴퓨터로 특징을 강조해서 그린 다음 그것을 확대해서 스티로폼에 그림판을 붙여 준비했다. 이끼의 생식은 전에도 설명한 적이 있지만 아무래도 그 정도 수준을 아이들이 금방 이해하기는 어렵다. 고등학생들은 생물 수업시간에 배워도 성장하면서 송이가 두 겹이 되는 이끼류나 양치류의 생활환경에 대해서는 간단하게 이해하기 힘들지도 모른다. 저학년 아이들은 그렇구나, 하는 얼굴로 바로 고개를 끄덕이긴 하지만 이해의 수준이 고학년과는 전혀 다르기 때문이다. 그저 우체통에 연하장을 넣어두면 할머니에게 도착한다는 정도의 이해력일 것이다. 그들은 지금 이끼의 일생을 제대로 이해해서 테스트를 치러야겠다는 생각도 없으므로 모르고 넘어가도 괜찮다.

"이것은 포자낭이라는 것으로 안에 포자가 가득 차 있습니다. 이 포자가 날아가서 조건이 알맞은 장소에 닿으면 그곳에서 성장하죠."

"민들레의 솜털과 같구나."

한 어머니가 딸에게 말했다. 뭐라고 말하려다가 그냥
됐다. 결국 엉덩이 까는 숲의 요정은 나타나지 않았다.
하지만 그 대신 노인의 손자가 자유 시간에 동물의 똥이
나 사체 위에 자라는 지장보살이끼를 발견해 왔다. 그 아
이가 이끼를 채집한 숲 입구에 가보니 큰 뉴트리아가 죽
어 있었다. 복부에 지장보살이끼가 밀집해서 자라고 있고
포자낭 무늬가 여기저기 길게 자라서 끄트머리에 빨갛고
둥근 포자낭을 달고 늘어져 있었다. 뉴트리아는 2미터 정
도 크기였다. 너무 크지 않은가. 기분 탓일지도 모른다.

"공장 지하 수로에도 뉴트리아가 번식하고 있던 모양
이던데 괜찮아?"

몇 년 전엔가 연구실에서 함께 지냈던 나이 많은 후배
로, 지금도 대학에 남아 있는 남성이 올해의 선태류(이
끼류) 학회에 대해서 알려주었던 메일에 쓰여 있었다.

"괜찮습니다. 낮에는 잠자는 듯합니다. 돌아다니다가
우연히 맞닥뜨려도 오히려 뉴트리아가 저를 무시합니
다." 이렇게 답장을 썼다.

"그것보다 오히려 검은 새(가마우지처럼 생각했지만
종류가 불분명)가 걱정입니다. 큰 강의 둑에 굉장히 많
이 있습니다. 해마다 개체 수가 늘어 최근에는 배로 증가
했다고 봐도 좋을 정도입니다. 인간에게 익숙해져서 옆

을 지나가도 꿈쩍도 안 해요."

공장 부지에 원래부터 생육하고 있는 옥상녹화에 적합한 종류의 이끼를 찾아서 공장 안을 돌아다니다 둑으로 내려간 적이 있다. 아직 옥상녹화를 포기하지 않았던 때였다. 수변에 이끼가 있을 거라 생각했다. 강변과 강 사이에는 워크랠리에서 본 검은 새가 있었다.

"공장 안에서는 단순히 강이나 큰 강으로 불리는 강입니다."

큰 강에 놓인 다리에는 강에 내려갈 수 있는 금속제 사다리가 여러 개 놓여 있지만 다리 정비를 하는 직원만 내려가도록 열쇠가 채워져 있었다. 다리를 건너면서 멀리 아래쪽에 보이는 강둑으로 가려면 일단 다리를 건넌 다음 남쪽 지구로 가서 해안을 따라 슬슬 걸어가는 방법밖에 없다. 가마우지 같은 검은 새는 몸 전체가 온통 새카맣게 빛나고, 둑에 앉아 있거나 몸의 절반은 물에 담근 상태로 서서 공장을 보고 있다. 가까이 다가가면 날아가 버리는 새도 있고, 멀리 날아가지 않고 수 미터 날아가다가 다시 지상에 내려앉는 새도 있다. 흡사 역 광장에 있는 비둘기 같다. 어느 시간대든 마찬가지였다. 기수 지역을 건너서 바다에서 강폭이 좁아지니 공장 안의 용수로에서 물이 흘러오는 배수구 몇 개가 열려 있고 그곳에서 강에 배수가 흘러나온다. 뽀얗게 흐린 물과 잿빛으로 거품이 이는 물도 있지만 대부분은 투명해서 한눈에 봐도 깨끗한 물이다. 배수구 직경에 비해 흐르는 물의 양이 적어서 상부에 공간이 비어 있다. 곳곳에서 뉴트리아가 가끔씩 얼굴을 내민다. 온수인지 물에서 수증기가 피어오르는 경우도 있는데 뉴트리아는 그곳에서 코를 벌렁거리거나 입을 움직였다. 처음 봤을 때는 놀랐지만 도망가지도 않고 물론 다가오지도 않는지라 서로 무시하게 되었다.

"참, 남쪽 지구를 설명하느라 깜박했는데 지금 지나온 다리 밑 강둑에서 최근 뉴트리아라는 커다란 쥐 같은 동물이 나타난다고 해 화제입니다. 신입사원 여러분 중에 보신 분 계십니까? 안 계시죠? 아오야마 씨, 보셨습니까?"

"아마도요. 아, 지금은 아니고 전에 봤습니다."

"아! 뉴트리아는 쥐의 일종으로 요즘 공장을 비롯해 일본 전역에 번식한다고 해서 약간의 화제를 일으키고 있는 동물입니다. 이유는 모릅니다만 예전에 수입한 것이 야생화되었다고도 합니다. 원산지는 어디일까요? 적어도 일본에는 원래 없었던 동물이죠. 공장에서는 거의 강 주변에서만 목격되고 있습니다. 제가 입사하기 오 년 정도 전부터라고 기억하는데요, 해마다 늘고 있다는 보고도 있습니다. 하수구를 정비하는 직원이 하수구 안에서 우연히 봤다는 소문도 들었습니다. 사진으로 보면 꽤 귀여운 동물입니다만 먹이는 주지 마세요. 저도 무엇을 먹는지 몰라서 먹이를 주고 싶어도 못 준답니다. 어쨌든 잔반 등을 밖에 두지 마세요."

뉴트리아는 초식동물일 법도 하다. 그도 그럴 것이 물가에는 육류는 없고 새를 사냥하기에는 둔해 보였다.

처음 목격되었을 때에는 배수구 안에만 있었는데 요즘은 배수구 밖에서 웅크리고 있기도 하니까 개체 수가 늘고 있는지도 모르겠다. 그런데 어떻게 숲 입구에 죽어 있는 걸까. 숲은 큰 강과 멀리 떨어져 있다.

"도망쳐 왔겠지요."

"그렇군요. 사체를 만지거나 하지는 않았나요?"

"네."

"선생님, 이걸 어떻게 만져요?"

"점심 도시락은 가지고 오셨나요?"

가스미 씨가 물었다.

정신보건 관련 소책자를 교정하려면 한 시간 정도 걸리는데 의외로 빨리 마쳤다. 이어서 A3 크기 세 장짜리의 출력물 작업을 시작했다. 의미를 잘 이해할 수 없는 기계 도면으로, 도면에는 영어 문장과 단어들이 찍혀 있다. 부품명이나 작업 순서를 표시한 것으로 보였다. 봉투 안에는 스테이플러로 묶은 일본어 매뉴얼과 함께 '일본어·영어 대조 일람표' 한 장이 들어 있었다. 스테이플러로 묶은 매뉴얼의 한 페이지에는 출력물과 동일한 도면

이 그려져 있고, 일본어로 부품명과 순서가 함께 적혀 있었다. 이 페이지를 '일본어·영어 대조 일람표'에 맞춰보면서 출력물 도면에 찍힌 영어가 일본어로 정확하게 옮겨졌는지 확인하라는 뜻인 듯했다. 일본어 매뉴얼 표지에는 'EO-1987POGI 안내서 제16판'이라고 쓰여 있다. 표지에 지구본 사진을 싣고 있지만, 그렇다고 지구본과 관계 있는 매뉴얼은 아니다. 결국 안에는 읽어도 뭔지 알기 힘든 기계에 대해 쓰여 있을 뿐이었다. 단면이 둥글고 내부에 전선은 와이어가 지나는 기계라는 사실만 알 수 있었다.

"점심이요? 아뇨, 안 가지고 왔어요."

가스미 씨는 고개를 갸웃거리며 물었다.

"그럼 어떻게 하시려고요?"

여자 친구가 공장 안에는 식당이나 레스토랑, 편의점이 얼마든지 많으니까 식사에 어려움은 없을 거라 일러주었던 터다.

"괜찮아요. 밖에서 사 먹죠 뭐."

가스미 씨는 눈을 동그랗게 뜨고 미소 지으며 답했다.

"저런, 어쩌죠? 가게가 여기서 멀어요. 근처에 도시락 이동 판매가 오기는 하는데, 모두들 열시나 열한시쯤 작업하다가 몰래 빠져나가서 사 와요. 점심시간에 가면 줄이 쭉 늘어서서 차례가 오기 전에 다 팔려버리거든요. 제일 가까운 가게도 점심시간에는 붐비고 가더라도 여기서 십오 분은 걸려요. 식당도 멀고." 그녀는 미소를 지은 게 아니라 난처한 표정을 지었던 것이다.

"죄송해요. 미리 말씀드렸어야 했는데. 틀림없이 여자 친구분한테 들으셨을 거라고 생각했어요. 점심 식사를 어떻게 해결할지 알 리가 없는데……."

가스미는 사과하며 뺨에 손을 살짝 대었다.

"아뇨. 제 부주의입니다. 십오 분 걸려도 괜찮으니까 가게까지 다녀올게요. 먹는 건 금방이니까요. 가게가 어디에 있는지 알려주시겠어요?"

"가는 길은 쉬워요. 오늘 오셨던 길을 거꾸로 올라가면 삼거리가 나와요. 거기서 오른쪽으로 꺾으시면 돼요. 아마 사람들이 많을 거예요."

차임벨이 울렸다. 맞은편 두 명이 자리에서 일어났다. 그중에서 중년으로 보이는 여자가 허리를 새우등 젖히듯이 젖혀 기지개를 켰다.

"아, 오늘도 한가하구만."

"그래요? 난 비교적 힘들었어요."

중년 여성이 내 쪽을 바라보며 말했다.

"우리는 도시락을 챙겨 왔거든. 당신도 그렇게 해요. 절약되니까. 아직 미혼?"

"네."

"밥은 전날 밤에 지어놓고, 요즘은 냉동식품도 종류가 많으니까 그걸 데워서 담으면 간편하지. 사 먹는 건 너무

어리석은 일이야. 아무리 싸더라도 사백 엔은 하잖아."

"네. 생각해볼게요. 우선 오늘은 밖에서 사 오겠습니다."

"얼른 서둘러야 먹을 만한 게 남아 있을 거예요."

중년 여자가 말한 대로 도시락 매점은 모두 매진이었다. 밀치락달치락하는 사람들을 따라 제일 가까워 보이는 가게에 도착하니 열두시 삼십분. 결국 그렇게 해서 사 온 것이 칼로리바였다. 페트병에 담긴 녹차와 칼로리바 두 개를 사서 돌아오니 가스미 씨는 몹시 미안한 표정을 지으며 귤 하나를 통째로 건넸다.

"드세요. 비타민이니까."

"고맙습니다."

칼로리바를 먹으며 아까 보던 도면을 바라보았다.

"우시야마 씨, 미간에 주름 생겨요. 점심시간에라도 눈을 쉬지 않으면 오후에 힘들어요."

가스미 씨가 말을 걸며 아까도 주었던 초코크림이 들어간 사탕을 다시 건넸다. 아까 남은 것과 합하니 두 개가 되었다.

"저기, 이 표는 뭐죠? 일본어가 좀 이상한데 괜찮나요? 글자가 깨진 것 같기도 해요."

"괜찮아요."

치주 질환이 있는지 이 썩는 냄새가 났다.

"괜찮다고요?"

"우시야마 씨, 성실하시네요."

가스미 씨가 얼굴을 움찔하며 일그러뜨리자, 입안에 온통 초콜릿 범벅을 한 채로 내실에서 나온 여자 친구가 웃었다.

내가 어어! 하고 소리 지르며 눈을 깜빡거렸다.

"저 양치하고 올게요."

가스미 씨는 손에 오렌지색 치약 튜브와 분홍색 칫솔을 들고 자리를 떴다. 가스미 씨가 문을 열고 나가자, 중년 여성이 술 취한 듯한 걸걸한 목소리로 크게 말했다. 그녀의 사원증에는 이리노이ㅈ野#라고 적혀 있었다.

"나도 먹이를 줘서 길들이지 않으면 가스미 씨한테 뺏기겠어. 혹시 단 것을 좋아하나? 이봐요, 단 거 좋아하우?"

중년 여성은 국화 모양의 모나카를 건넸다. 모나카 비닐 포장 겉면에 '밤이 들어간 모나카 · 팥 앙금. 고향의 그리움'이라고 인쇄되어 있었다.

"그럼 나도 줘야겠네."

안경 낀 젊은 여성이 드롭사탕 모양의, 끝에 가늘고 긴 종이가 삐져나오고 은박지로 포장된 것을 주었다. 이 여성의 사원증은 보이지 않았다.

"허쉬 초콜릿이에요. 미국 초콜릿 괜찮아요? 가끔 싫어하는 사람도 있으니까."

"네 아마도 괜찮을 거예요."

초콜릿 정도면 문제없겠지.

"잘 먹을게요. 감사합니다."

"여기에 젊은 사람이 오다니 별일이네. 언제까지 다니려나. 다른 일자리 찾으면 여기는 그만둘 거죠. 그렇죠?"

같은 파견회사 사람이라면 또 몰라도 다른 회사 소속 사원에게 경솔하게 내뱉을 필요가 없다.

수긍하듯 고개를 끄덕이며 맞장구를 쳐주었다.

"그래. 그래야지. 사람이 배포가 있어야지. 안 돼. 이런 곳에서 오래 머물면 안 되고 말고. 그런데 애당초 이런 데는 어떻게 왔어요?"

"아까 가스미 씨가 그랬잖아요. 파견회사에 제 여자 친구가 있다고요."

"여자 친구가 있다고 해도 꼭 그 회사에서 파견하란 법은 없잖아. 정리해고? 구조조정?"

이렇게 물어보면 차라리 마음이 가벼워진다.

"맞아요. 정리해고당했어요. 정규직이었지만요."

얼떨결에 웃으면서 솔직히 털어놓고 말았다. 앞으로의 일은 몰라도 과거라면 살짝 말해도 괜찮겠지.

"시스템 엔지니어였는데 갑자기 해고당했어요."

"저런."

젊은 안경잡이가 탄식을 하며 손으로 입을 막았다.

"너무하네요."

"요즘 세태가 그러니까요. 저만 그런 것도 아니고."

시계를 보니 바늘이 한시 부근을 가리키고 있었다.

"그럼, 자기 능력을 발휘할 만한 다른 일자리가 생기면 반드시 전직하겠군. 엔지니어 쪽이라면 난 잘 모르지만 아예 전문 분야가 다르지 않아?"

"뭐, 분야는 다르지만 모처럼 이렇게 인연이 닿아 일을 하게 되었으니 최선을 다할 겁니다."

말을 마칠까 고민하던 차에 차임벨이 울리고 가스미 씨가 돌아왔다. 오십오분에 차임벨이 한 번 울리는 듯하다. 이리노이와 젊은 안경잡이는 각자 탁자 위에 있던 병에서 껌을 꺼내 씹기 시작했다.

"자, 앞으로 네 시간 반이다."

"이리노이 씨, 카운트다운 하기에는 너무 이르잖아요."

가스미 씨가 책상 위에 놓인 모나카와 허쉬 초콜릿을 발견하고는 재빨리 웃으며 말했다.

"어머나! 간식이 언제 이렇게 많아졌어요?"

한시가 되어 A3 출력물 작업을 시작했다. 가만히 문자들을 보고 있자니 일본어도 알파벳도 점점 흩어지기 시작했다. 문자들이란 의미를 가진 단어의 연결이 아니라 무의미한 선과 점의 조합이라는 사실을 깨달았다. 기호와 모양들이 무수하게 나열되어 있다. 언어나 문자는 어쩐지 불안한 존재다.

어느 날 아침, 파견지로 출근하니 책상과 책상 사이에

벽이 생겨 있었다. 지난주 주말까지 없던 칸막이였다. 지금까지는 둘씩 마주 보게 놓은 책상 네 개가 한 반이 되는 구조였다. 창문 쪽과 문 쪽에 각 반이 있었는데 두 개의 각 반에는 두 명이 옆자리를 비워두고 대각선으로 앉아 있었다. 그런데 각 책상을 포위하듯이 두꺼운 칸막이가 출현했다. 토요일과 일요일은 비정규직 사원은 출근하지 않는다. 지난 주말에 칸막이 설치 작업을 했을 것이다. 책상에는 여러 가지 개인 물품을 올려둔다. 칸막이를 세울 때 그 물건들을 건드렸을 텐데. 결국 제멋대로 책상에 손댄 것이다. 아무리 파견사원이라고 해도 신경이 쓰인다. 두 반에서 창문에 가까운 쪽이 내가 속한 반이다. 먼저 출근한 이리노이 씨에게 인사를 하고 자리에 앉았다. 마치 딱 한 사람 크기에 맞는 독방에 들어온 느낌이 들었다. 작업하기에 지장이 없는 넓이지만 압박감은 상당했다. 칸막이는 금속인데 표면에 카펫과 같은 소재의 천이 붙어 있어서 압정을 꽂을 수 있다. 높이가 대략 150센티미터로 일어서면 맞은편 사람이 보이지만 앉아 있으면 칸막이만 보인다. 키가 작은 가스미 씨라면 일어서도 정면은 거의 보이지 않으리라. 공장은 대체 무슨 의도로 칸막이를 갑자기 세웠을까. 설치 비용도 꽤 들었을 텐데. 최소한 당사자에게는 미리 설명해야 마땅하다. 무엇 때문에 이런 단단한 칸막이가 필요하단 말인가.

"우와! 이거 어떻게 된 일이에요?"

가스미 씨가 출근해서 작은 구두를 책상에 놓으며 물었다. 가스미 씨와는 대각선으로 마주 앉는데, 대화할 때 서로 일어서지 않으면 부자연스럽다. 나는 일어서며 물었다.

"오셨어요? 아침에 와 보니 이렇게 되어 있었어요. 이야기 못 들으셨나요?"

"아뇨. 전혀 들은 바 없어요. 깜짝 놀랐는걸요. 어찌 된 일일까요?"

가스미 씨는 고개를 저으며 입고 온 윗옷을 벗었다. 서로 앉을 타이밍을 재다가 결국 얼떨결에 동시에 자리에 앉았다. 생각하기에 따라서는 이 칸막이가 작업 능률을 향상시킬 수 있을지 모른다. 시야가 완전히 가려져 있으니 말이다. 가령 이리노이 씨와 안경을 낀 젊은 여성─어찌된 일인지 아직 이름을 모른다. 이리노이 씨가 '마이미'인지 '마미미'라고 부르지만 성은 모른다. 사원증도 보이는 곳에 차지 않는다.─두 사람이 소곤소곤 뭔가 속삭이다 키득키득 웃는다거나 가스미 씨가 한 시간에 네다섯 번 정도 사탕이나 초콜릿을 입에 넣는 모습을 보고 주의가 산만해지는 일은 없다. 내가 하품이나 재채기를 해도 서로 눈이 마주쳐 생긋 웃어주는 일도 없다. 집중하기에는 최적이다. 공장이 직원의 작업 능률을 향상시키기 위해 도입한 개인 칸막이일지도 모른다. 나는 아홉시가 되기 전에 배치가 바뀐 책상 위의 물건들을 원상태로 돌려

227

놓고, 교정 중이었던 서류를 봉투에서 꺼냈다. 이 서류에 잘못된 곳은 거의 없었다. 분명히 같은 데이터를 사용해 출력해 고쳤겠지. 수정할 곳이 없는 서류 교정은 편하지만 가장 힘들다는 사실을 깨달았다. 손을 움직여 붉은 표시를 할 부분이 없으니 눈과 머리가 피곤해지고 '이렇게 아무 문제없을 리가 없어', '어딘가 있을 실수를 놓치지는 않았는지' 불안해진다. 그런 마음가짐으로 교정을 끝내고 다시 한 번 살펴보면 역시나 놓쳤던, 하지만 놓치기에는 제법 큰 실수를 발견하게 돼 스스로의 교정능력에 대한 의심을 낳게 된다. 교정자 양성 강좌와 같은 통신 강좌의 신문광고가 있으면 나도 모르게 눈길이 간다. 이대로 멍하게 아무 생각 없이 계속 교정만 보다가는 성장하지 못한다. 누군가 교정이 끝난 서류를 확인하는 사람도 없는 듯하다. 그저 교정이 완료된 서류를 봉투에 담아 선반에 올려놓으면 봉투를 어디론가 가져가기는 하지만 어디의 누구한테로 전달되는지 모른다. 교정 방법이 맞는지 틀리는지도 잘 모르니까 이대로는 발전하기 어렵다. 가스미 씨나 다른 파견사원들에게 무엇을 물어도 소용없다. 어떻게든 스스로 나아가는 길밖에 없다. 아홉시 오분 전 차임벨이 울려, 페이지를 넘기기 시작했다. 여느 때처럼 마이미인지 마미미인지가 아슬아슬 지각하기 직전에 도착했다.

"으악. 어째서 이런 칸막이로 사람들을 따돌리는 거

죠? 대체 이게 무슨 일이람?"

그녀는 칸막이 때문에 독방처럼 느껴지는 책상을 보며 귀에서 설탕과자 모양을 한 이어폰을 뺐다.

파견사원이면 성실하게 더 빨리 오기나 하지.

이어 초등학생 같은 털모자를 벗고 말했다.

"그것보다 이리노이 씨, 내 말 좀 들어봐요. 동생이 또 시험에 떨어졌어요."

"아! 미용사라고 했던가?"

"뭐 일종의 스타일리스트예요. 바보라니까요. 그건 그렇고 또 엄마가 디브이디를 박스째 샀어요. 한류 말이에요."

아홉시 차임벨이 울리고 두 사람 목소리는 점점 작아졌으나 여전히 자기네 가족 이야기를 하고 있었다. 칸막이에 아랑곳하지 않고.

애용해주시는 모든 분들에게 폐를 끼치고 고객님과 국민 여러분의 신뢰를 저버리게 되어 마음 깊이 사죄드립니다. 대상이 되는 고객님은 번거로우시겠지만 구입하신 상점이나 가장 가까운 판매회사, 공장으로 신속히 연락하여 점검 또는 수리를 받으시길 바랍니다. 해당하는 본사 제품은 제품번호 끝이 'B44'에서 'B67하' 사이의 제품들 중 제조년도는 2007년에서 2008년까지입니다. 특히 표면이 주황색, 엷은 청색, 분홍색인 제품 중 안쪽이 흰색인 정제는 보관에 주의해주십시오. 습기가 있는

장소에 보관할 경우 표면이 하얗게 변하는 경우가 있습니다. 확인하신 후, 위에 해당하는 제품을 사용할 경우는 신속하게 점검·수리를 받으시기 바랍니다. 점검과 수리에 드는 비용은 본사가 부담하며, 교환이 필요한 경우는 본사가 지정하는 신제품에 한해 무료로 교환받으실 수 있습니다. 또한 위에 해당하지 않는 제품을 사용한 경우에도 특이점(연기가 나온다. 가동 시 소리가 난다. 맛이 이상하다. 여러 개가 붙어서 떨어지지 않는 현상 등)이 있으면, 부디 지체하지 마시고 가장 가까운 본사 판매소로 연락주시기 바랍니다. 리콜 대상 이외의 제품도 점검 및 수리를 해드립니다. 이번 사태로 폐를 끼친 점 거듭 사과드립니다. 신임 사장을 비롯한 저희 임직원 일동은 새로운 각오로 다시 시작하겠습니다. 아무쪼록 앞으로도 저희 회사를 성원해주시기 바랍니다. 부디 건강하시길, 건강하십니까? 오른쪽 도표에 있는 일본제북 헌법 문제는 선진국의 생산활동과 소비활동 등의 축 위를 황산산성으로 하여, 과망간d의 파일 교환 소프트를 이연형의 어미인 '……지만'과, 괄호 안에는 교토京都의 정서는 2005년에 발효되었다. 지금은 혼자입니다. 제 동생도 미용학원을 졸gj 재식농업에서는 다수의 흑…….

리더와 이쓰미 씨는 소주로 바꾸고 나는 레몬사와(레몬증류주. -옮긴이 주)를 마시고 있었다. 오랜만에 밖에서 마시는 술이라 조금씩 술기운이 도는 느낌이 들었지만 석쇠 위에서 숯에 그을린 내장구이를 소스에 찍어 먹으니 맛있었다. 맛은 있지만 이미 속이 울렁거려서 수다를 떨며 입으로 숨을 내쉬어야만 했다. 나는 내가 얼마나 고생했는지 쉬지 않고 떠들었다. 무슨 말을 하고 있는지 스스로도 잘 모르겠다. 내가 말할 차례인지 개의치도 않고 입이 계속 움직인다. 이쓰미 씨가 고기용 젓가락을 쉴 새 없이 흔들며 말했다.

"옆에 있는 것도 다 익었어요."

"내가 먹어야지."

나는 언제나 악의에 노출된 삶을 살아왔다. 여기가 그렇다는 건 아니지만, 지금까지 늘 그래왔다.

"김치 더 시켜도 되지?"

"슬슬 냉면도 먹고 싶은데."

"난 비빔밥이 좋아. 돌솥 말고."

"김, 김치 냉면."

"나 한잔 더 마시고 싶어. 김치랑, 그래, 냉면 주문해도 될까."

"우시야마 씨는 뭘로 할래?"

나는 식사로 냉면을 고르고 레몬사와를 좀 더 마시기로 했다.

"여기요. 주문할게요."

주문을 받으러 온 점원이 냉면은 조금 시간이 걸린다

기에, 금방 나오는 생간과 김치, 술을 주문했다.

"우시야마 씨, 이 회사 어떻게 생각해?"

이쓰미 씨와 리더는 술이 매우 센 듯하다.

"우시야마 씨, 술 마셔도 별로 안 변하네."

그렇지 않다. 어느 때보다 후끈거리고 말을 가장 많이 하고 있다. 이쓰미 씨는 입꼬리가 올라가 웃는 상이지만 안경 속 검은 눈동자가 작아서 나이 들어 보였다. 나는 말을 하려 했지만 입안이 끈적거렸다. 다 마신 레몬사와 컵에서 얼음을 하나 꺼내 입속으로 넣었다가 바로 빼냈다. 이가 시렸다. 지금 하고 있는 일에 대해 어떻게 생각하는가. 일은 금방 익힐 수 있었다. 오자다운 오자도 없고, 앞으로도 없을 것이다. 모두 골고루 친절하다. 머리 쓸 일이 하나도 없어서 일도 편하다. 이쓰미 씨가 왠지 강한 어조로 말해서 발끈하며 응수했으나, 잘 모르겠다. 막 도착한 생간을 곧바로 입에 넣으니 찬 기운이 느껴졌다.

"그런데 거기에서는 어떤 일을 하는 거야?"

오빠의 여자 친구가 물었다. 고토는 내가 무슨 일을 하는지 외부에 말하지 말고 신신당부했지만, 실제로 빼돌려서 돈이 될 만한 서류 따위는 하나도 없었다. 진짜 기밀문서는 문서파쇄실로 오기도 전에 각 부서에서 처리할 테니까. 당연하다고 하면 당연한 일이다. 그러니 이 정도는 얘기해도 문제없겠지. 인쇄 보조, 문서파쇄실에서 종이를 분쇄한다고 답했다.

"어머, 하루 종일 서서 일하세요?" 몸을 뒤로 젖히며 묻는다.

의자가 있기는 하다. 짬이 있을 때마다 주로 앉아 있다. 꽤 낡아서 어느 부서에서 필요 없어진 듯한 바퀴 달린 사무용 의자다. 천 부분이 조금 찢어져서 속에 있는 노란 우레탄이 보인다. 심지어 그 노란 우레탄도 삭아서 부석거리고 흑갈색으로 변하여 부스러지기 시작했다. 높이 조절용 다이얼이 있지만 최대한 높이 올려도 바로 맨 밑으로 툭 떨어진다. 결국 종이 투입구에 종이를 넣을 때 편한 자세가 아니라서 팔이 아파온다. 그렇다고 온종일 서서 일하기도 힘들다.

아침에 계단을 내려가 지하 1층 문을 연다. 먼저 로커로 가려면 인쇄과 분실이 있는 통로를 지나가야 한다. 인쇄과 사람들은 고토를 비롯해 여럿이 자리에 앉아 컴퓨터를 보거나, 인쇄기의 먼지를 떨어내거나, 잡담을 하고 있다. 문서파쇄실에는 대개 한자케 씨가 와 있다. 리더가 돌아오고 함께 고깃집에서 회식을 한 이후로 한자케 씨는 내게 인사를 해준다.

"왔어?"

"안녕하세요."

일단 문서파쇄실을 지나쳐 문을 열고 로커 쪽으로 들어간다. 상의를 입었을 때는 상의를 벗고 작업용 앞치마를 꺼내 두른다. 문서파쇄기에 말려들어가지 않도록 앞치마에 출입증을 넣어두고 허리끈을 단단히 조여 맨다. 문서파쇄실로 돌아가 자기가 담당하고 있는 파쇄기 앞의자에 앉는다. 'UNYU'가 컨테이너를 가지고 올 때까지, 전날 맡아 두었던 종이를 파쇄기에 넣으면 되니까 출근하자마자 바로 작업에 들어갈 수는 있다. 하지만 솔직히 그렇게까지 서두를 필요는 없다. 실제로 다른 사람들은 서둘러 출근하지 않는다. 나는 성격상 여덟시 삼십분에 출근하지 않으면 께름칙하다. 그래도 나는 늘 한자케 씨에 이어 두 번째다. 가끔 데카오가 일찍 출근해 나와 거의 동시에 도착하는 날도 있다. 나는 의자에 앉아 챙겨온 문고본 책을 읽는다. 인쇄과 사람들은 종이를 출력하기도 하고, 전날 밤에 있었던 일을 얘기하고, 선물을 나눠주며 점점 시끌벅적해진다. 사무 구역에서 의자에 앉아 있는 사람들은 대체로 조용하지만, 골프 이야기를 하면서 웃는 소리가 들리기도 한다. 이쓰미 씨는 언제나 오십분이 되어도 출근하지 않는다. 예비종이 울리고 나서 겨우 도착하는 경우도 종종 있었다. 리더는 일주일에 한 번은 오후에 출근했다.

"리더는 중역 출근(점심시간이 다 되어서야 회사에 나타나는 간부급 사원을 빗대어 하는 말. -옮긴이 주)이에요?"

"애인이 간호사거든."

"리더, 잘 나가네요."

예비종이 울리자 인쇄과에서는 아침 조회가 시작되었다. 나는 책을 덮고 작업을 시작했다. 파쇄기의 종이 투입구는 폭이 약 3센티미터이고 길이는 B4 사이즈 종이의 긴 변과 같았다. A0 사이즈가 들어가는 파쇄기도 있지만 보통 아무도 쓰지 않는다. 난 그것이 너무 커서 파쇄기인지도 몰랐다. 어느 날 인쇄과 사람이 길게 둘둘 말린 거대한 종이를 들고 와, 그 카약처럼 생긴 기계의 스위치를 누르고 분쇄하는 것을 보고서야 파쇄기란 사실을 알았다. 이외에도 인쇄과 직원이 덜컥 파쇄실로 들어와 파쇄기를 사용하는 경우도 있으나, 인쇄과에도 보통 사이즈의 파쇄기가 한 대 있어서 자주 오지는 않는다. 파쇄기에 주 전원을 넣고 어제 남은 컨테이너에서 종이를 꺼냈다. 그리고 40리터짜리 쓰레기봉투를 준비했다. 쓰레기봉투는 오전에 두 번, 점심시간을 포함한 오후에 세 번 가득 찬다. 파쇄할 서류는 거의 A4 사이즈인데, 그것을 옆으로 뉘어 긴 변 쪽을 투입구에 집어넣는다. 오른손이 종이를 파쇄기에 넣는 동안 왼손은 다음 종이를 집는다. 끊임없이 서류를 넣는다. 종이를 쥔 손이 잡아당겨지며 마치 악수를 하는 듯한 느낌이 든다. 첫날에는 재미있었다. 종이를 집어넣으면, 살짝 내 쪽으로 잡아당기게 되어 종이가 팽팽해진다. 종이가 파쇄기의 칼날 부분에서 구겨지는 것을 막기 위해서다. 종이가 구겨지면 종이의 두께가 파쇄기 규정치를 초과하여 종이가 물리는 이상한 소리가 나고 작업이 중단된다. 종이가 너무 많아도 막히니까 오히려 한 번에 넣는 양을 최소화하여 작업이 끊이지 않도록 해야 한다. 계속해서 파쇄기를 사용하면 기계가 과열되어 멈추는 경우도 있다. 그럴 때에는 옆에 있는 파쇄기로 이동한다. 앞서 말한 대로 문서파쇄실에는 파쇄반 직원 수가 파쇄기 수보다 적다. 따라서 한 사람이 두세 대의 파쇄기를 써도 괜찮다. 오히려 파쇄기가 멈추면 바로 단념하고 전원을 끈 다음 옆에 있는 파쇄기로 옮길 때 스스로가 왠지 제대로 된 직장인으로 작업 파트너를 고르고 있다는 기분이 든다. 물론 금세 공허해지기도 한다. 일을 시작한 지 이틀째 되는 날에는 업무에 완전히 익숙해져서 어지간히 심각한 물림이 아닌 한 뇌세포를 전혀 쓸 필요가 없었다.

오빠가 여자 친구를 집에 데리고 온다고 해서 내 근무 시간에 오면 괜찮겠다 싶었다. 하지만 오빠와 나, 그녀 모두 한날에 쉬어서 그렇게 하기는 어렵다. 결국 하는 수 없이 편의점으로라도 피신해야겠다고 마음먹고 있었는데 예정보다 반나절이나 일찍 오빠의 여자 친구가 도착했다. 결국 나, 오빠, 오빠 여자 친구 셋이 함께 차를 마시고, 집 근처 돈가스집에서 밥을 먹어야 했다. 오빠가 데려온 젊은 여자는 다섯 개 들이 밤 파이를 선물로 들고 왔다. 얼굴 크기에 비해 오밀조밀한 이목구비로, 입만큼은 가로로 길고 커서 웃거나 말을 할 때 굵은 주름이 잡혔다. 그런 얼굴을 친근하게 여기는 사람도 있을 것이다. 입술의 세로 주름을 메우려는 듯 입술색에 가까운 오렌지베이지색의 립글로스를 발랐다. 화장을 잘 모르는 남자라면 민낯이라고 생각할지도 모른다. 하지만 눈가에는 음영을 강조하듯 짙은 갈색 라인을 그렸고, 눈에는 자연스러운 인조 속눈썹을 붙이고 마스카라를 덧칠했다. 몸매가 아주 늘씬했다. 두 번 다시 보기 어려울 만큼 뛰어난 외모는 아니지만 이국적인 느낌이다. 동양적이지만 일본인과는 거리가 먼 얼굴이었다. 오빠는 일부러 찡그린 얼굴을 하며 눈썹을 위아래로 씰룩거렸다. 오빠의 여자 친구는 오빠보다 한 학년 아래지만 동갑이다. 파견 회사 정직원으로 영업과 파견사원의 코디네이션을 하고 있다.

"공장에도 파견직이 많죠. 얼핏 봐서는 모르지만 절반 정도는 비정규직이니까. 요즘 큰 기업은 다 그래. 동생도 파견사원이라고 했지?"

여자 친구가 오빠를 보며 물었다.

"계약사원."

오빠는 대답하며 엽차를 마셨다.

"돈가스 오랜만이다. 난 매실자소잎말이돈가스랑 새우튀김 세트로 할래. 동생은?"

"난 특등심돈가스로 하지."

난 안심돈가스를 주문했다. 오빠의 여자 친구는 파견 사원으로 등록된 여자들의 이야기를 들려주었다.

"정말 우수해서 왜 이런 사람이 파견직을 할까 싶은 사람이랑 하나부터 열까지, 심지어 '안녕하세요'라는 인사말까지 가르쳐줘야 하는 사람들로 나눠져."

"사실 일일이 다 가르쳐줘야 하는 사람들 쪽이 더 많잖아?"

오빠는 엽차를 마셨다. 주방에서 돈가스를 기름에 튀기는 소리가 기세 좋게 들려왔다. 가게는 절반 정도 손님으로 차 있었다. 대부분은 가족 동반이었다.

"의외로 반반이야. 그건 결국 절반은 상품 가치가 없다는 뜻인데, 그래도 회사에서는 인재라는 상품을 제공하니까."

안심돈가스가 제일 먼저 나왔다.

"식기 전에 드세요."

먼저 젓가락을 들었다. 내가 먹기 시작하자 오빠가 시킨 특등심돈가스도 바로 나왔지만, 매실자소잎말이돈가스는 좀처럼 나오지 않았다. 오빠의 여자친구는 엽차 찻잔 가장자리를 손가락으로 어루만지며 말을 이었다.

"요즘은 어느 기업이나 인건비를 절감하려고 파견직을 써. 그렇지만 결국 자기네 회사에서 육성한 인재가 아니니까 뜻대로 되지 않고, 생각대로 안 되면 다시 채용하거든. 그런 발상은 당연히 바람직하지 않다고 생각해. 내가 왈가왈부할 입장은 아니지만, 거기에 파견 등록하는 사람도 조금만 맘에 안 들면 금방 그만두고, 최선을 다해서 일할 마음도 없어. 그런 식으로 계속 살아도 일은 할 수 있다고 생각하니까. 젊었을 때는 어떻게든 되겠지 싶겠지만 막상 부모님이 늙고 자신도 가족이 생길 때를 대비해서 어느 정도 기반을 닦아놔야지. 파견이라도 괜찮아. 제대로 마음먹고 착실히 노력하면 길은 열려."

오빠는 제대로 씹지도 않고 두툼한 특등심돈가스를 먹었다. 무한 리필인 밥을 점원에게 부탁하더니 여자 친구에게 물었다.

"진심으로 그렇게 생각해?"

여자 친구가 길쭉한 입을 옆으로 쫙 벌려 씩 웃어서 치아가 보였다.

"꿈과 희망이라도 말해야지."

"오래 기다리시게 해 죄송합니다. 매실자소잎말이돈가스와 새우튀김 레이디스 세트입니다."

레이디스 세트에는 계란찜에 오렌지 반 개와 포도 두 알이 포함되어 있었다.

"동생은 어느 부서라고 했지?"

매실자소잎말이돈가스에는 무즙이 들어간 폰스소스가 나온다. 여자 친구는 젓가락으로 타르타르소스를 떠다가 새우튀김에 바르면서 물었다. 인쇄과라는 공장 안에서 인쇄물을 인쇄하는 부서이지만, 분과란 사실은 귀

찾아서 말하지 않았다. 애초에 나는 본과도 몰랐다.

"팸플릿이나 매뉴얼 같은 거요?"

인쇄과 분실에서는 판매용 인쇄물이 아니라 사내용 인쇄물만 찍어낸다. 작은 오류는 보고도 그냥 지나치는 듯하고 중요한 내용을 인쇄하는 부서는 아니다. 인쇄과에 대한 이야기를 듣다 보면 얼마나 방만한 부서인지 짐작이 간다. 최근에는 '공장의 여러 지역에 들개와 들고양이, 까마귀, 뉴트리아가 번식하고 있으니 주의하라'는 공고문을 인쇄하면서 직원들이 시끌벅적했다.

"이 뉴트리아라는 게 뭐지?"

"나 본 적 있어."

"큰일이네. 무섭다."

"그렇지 않아요. 무서운 생물은 아니에요. 커다란 기니피그 같아요."

"커다란 기니피그, 무섭지 않아?"

"옛날에는 그런 거 없었는데 말이야."

"아냐. 입사한 직후에 소문으로 들은 적 있어. 거짓말이라고 생각했지."

내가 뉴트리아 이야기를 하자 오빠가 끼어들었다.

"뉴스에 나왔어. 각지에서 뉴트리아가 이상 번식해서 문제라고."

여자 친구가 새우튀김에서 긁어낸 타르타르소스를 양배추 샐러드 위에 묻히고 있다. 여자 친구는 아직 한입도 먹지 않았지만, 오빠는 거의 다 먹었다. 조금 이따가 무한 리필인 양배추를 틀림없이 추가 주문하겠지. 여자 친구는 모를 테지만 난 안다. 오빠는 내 몫의 가지절임을 말없이 가져갔다. 내가 절임 반찬을 좋아하지 않아서다.

아작아작 소리를 내며 오빠가 이어 말했다.

"쥐목目에 속하는 포유류로, 2차 세계대전이 나기 전에 모피용으로 수입한 것이 야생화된 거야. 일본에서 번식하고 있지. 아, 여기요. 양배추 반 정도만 더 주세요."

"어쩜 그렇게 잘 알아? 요시코 짱은 뉴트리아 본 적 있어?"

오빠 여자 친구가 갑자기 이름을 부르며 친한 척을 하자 반사적으로 내장에 이구아나라도 들어온 듯 불쾌했다. 지금까지 동생이라 부르다가 갑자기 왜 이름을 부르는 걸까. 나는 나를 요시코 짱이나 요 짱이라 부르는 것이 제일 싫다. 친척 아주머니 같은 사람이 적당한 호칭이 없어서 그러면 몰라도 대체 왜 초면인 오빠 여자 친구에게 요시코 짱이라 불리며 만만한 취급을 받아야 한단 말인가. 친밀감의 표현인지는 몰라도 그렇게 친한 사이도 아니다. 지금껏 참아왔던 여자 친구에 대한 증오가 용솟음쳤다. 나는 누가 요시코 짱이라고 부르는 걸 싫어한다. 그 사실을 뻔히 아는 오빠가 별말 없이 먹고만 있다. 오빠 딴에도 좌불안석이겠지. 나는 어처구니가 없었지만 이 불쾌함을 침묵으로 넘기고자 했다. 오빠의 여자 친구는 태평하게 웃는 얼굴로, 이번에는 새우튀김이 아닌 매실자소잎말이돈가스를 폰스소스에 찍어 한입 먹더니 돈가스소스를 묻혀 한 번 더 먹었다. 돈가스 안에 매실 절임이 들어 있을 텐데 말이다.

"폰스소스보다는 돈가스소스를 더 좋아하나 봐."

오빠는 어째서 이런 못생긴 변태와 사귄단 말인가.

"어쨌든 뉴트리아는 커다란 쥐 같은 동물이야."

"안녕하세요."

"안녕."

오늘은 비가 내렸다. 하지만 지하로 내려오면 날씨는 아무 상관이 없다. 늘 같은 습도와 온도. 인공적으로 뿌옇고 탁한 공기다. 내 옷과 머리카락에서 비 냄새가 났지만 이내 주변으로 확산되어 사라졌다.

"오늘 비가 엄청 오네요."

"싫어, 종이가 눅눅해지니까."

다소 전문가다운 대화가 인쇄과에서 들려온다. 우리 파쇄반에서는 알 수 없는 미묘한 종이의 습도를 그들은 느끼는 걸까. 비가 오거나 폭설이 내려도 파쇄반은 늘 한결같다. 'UNYU'도 연중 동일한 작업복을 입고 땀을 흘린다. 이쓰미 씨는 손자가 생겼다며 머리카락이 헝클어진 채로 출근했다.

"내가 못 살아. 우리 딸 아직 스무살이라고. 막둥이야. 내년에 태어날 예정이래. 대학은 어쩌려는지."

손자? 인쇄과의 자그마한 여성이 날개를 펼친 검은 새를, 머리가 붙어 있는 그 새를 양쪽 날개 죽지 밑으로 손을 넣어 붙잡고 있어서 깜짝 놀랐다. 하지만 자세히 보니 인쇄기의 토너였다. 한쪽 무릎을 세우고 토너를 갈고 있었다. 새로운 토너를 넣고, 낡은 토너를 새로운 토너가 들어 있던 상자에 담았다. 그 상자는 'UNYU'가 어디론가 가져갔다.

엉덩이를 까는 숲의 요정은 그 이름에 어울리는 의상을 입고 있다. 목 부분은 뉴트리아 털로 만든 깃, 이제 아무도 입지 않는 구식 디자인의 공장 작업복, 색은 물론 회색으로 크기가 맞지 않아 헐렁거리는 아랫단을 검은 고무장화에 집어넣었다. 노화로 체격이 쪼그라든 것이다.

"그러니까 지난 번 말씀드린 대로 맨 먼저 공장 부지를 돌아보시고 살아 있는 이끼를 찾아보시면 어떻습니까? 전 문외한이라 잘 모르지만요."

그것은 언제 끝날지 모르는 작업이었다. 워크랠리가 끝나고 제1회 봄맞이 이끼관찰회가 끝나자 그때부터는 시간이 남아돌았다. 대학 연구실에 있을 때는 어김없이 반복되는 봄 여름 가을 겨울이 지극히 자연스러웠고, 기쁨으로 가득 찬 듯이 느껴졌는데. 공장에서 눈을 뜨고, 아침을 먹고, 공장을 걷고, 가끔 버스를 타고 가서 사원식당에서 점심을 먹고, 다시 공장을 걷고, 가끔 방에 틀어박혀 표본을 만들거나 분류하기도 하고 데이터를 컴퓨터에 입력하고, 저녁 식사를 하고, 목욕을 하고 자는 일상이 반복되었다. 대체 언제까지 이런 생활을 반복해야 할까. 세탁공장 옆에 위치한 작업장 겸 거주지에는 주방도 있고 욕실도 있다. 가장 가까운 사원식당은 걸어서 오 분 거리로 주택지에서 가까워서 직원이 아니더라도 이용한다. 가족 동반이나 부부도 흔히 볼 수 있는 대중식당 같은 분위기다.

"여러분, 이 사원식당은 본사에서 떨어져 있는 편이라 작업장이 여기서 가까운 분은 별로 없으실 텐데요, 여러분이 기억해주셔서 적자는 면하고 있습니다. 맛있기로는 정식 종류가 각별한데요, 특히 고로케, 뭐였더라? 금화고로케? 고로케 정식이 맛있습니다. 아오야마 씨, 그게 뭐였죠?"

"짚신이요."

"짚신고로케?"

"짚신고로케 정식이요. 안에 다진 고기의 달고 짭짤한 맛이 나고요, 큼직하고 넓적해서 아주 맛있어요."

"우리가 가장 주력으로 홍보 기획하고 있습니다. 일부러 버스 타고 먹으러 오기도 해요."

짚신고로케에 들어가는 재료는 다진 고기가 아니라 소의 힘줄을 달짝지근하게 삶은 것으로 소스를 뿌리지 않고 먹는다. 또 오전 일곱시 반부터 아홉시 반까지 아침 정식이 있고, 한 달 치 계약을 하면 매일 조금씩 다른 조식을 맛볼 수 있다. 일식과 양식이 섞여 있다. 생선구이 종류에 쌀밥, 된장국 아니면 얇은 토스트에 오믈렛 등이 나온다. 한 달에 오천 엔이다. 공장 휴일에는 쉬기 때문에 하루 약 이백오십 엔. 식자재를 마련해서 아침에 주방에서 일일이 음식을 만드는 수고를 생각하면 매우 저렴하다. 점심 식사나 저녁 식사도 이 사원식당에서 해결하는 경우가 많은데, 이끼 채집을 할 때는 일부러 근처 사원식당이나 음식점에서 먹었다. 밥이 질어서 죽 같은 덮밥, 소금기가 없는 라면 등 맛 없는 가게도 있고, 일반적인 거리라면 줄 서서 먹을 법한 점심 노점이나 프랑스식 소금맛 크레이프, 야채탕면, 일인용 화로구이 고기집도 있었다. 배달을 해주는 뱀장어 집도 있어서 숲 속에서 장어덮밥을 먹어본 적도 있다. 대학식당과 집, 술집 체인이 전부였던 연구생 시절부터 골고루 잘 챙겨 먹는 편은 아니었다. 하지만 좋은 밥 먹고 살찌려고 공장에 온 것이 아니다. 그리고 살찐 부위의 지방을 태우려고 걷는 것이 아니다. 그럼 무엇을 위해서일까.

"전화주셔서 감사합니다. 공장홍보기획 이리노이입니다."

이리노이?

"환경정비과 옥상녹화추진실의 후루후에라고 합니다

만."

"아, 안녕하세요."

"안녕하세요. 수고가 많으십니다. 고토 씨 부탁합니다."

"죄송하지만 성함을 다시 한 번 말씀해주시겠습니까?"

"후루후에입니다."

"저기, 업체명이⋯⋯."

"환경정비과 옥상녹화추진실입니다."

"실례했습니다. 환경정비부 옥상녹화추진실의 후루후에 씨이시군요. 고토 씨요? 잠시만 기다려 주세요."

수화기 너머로 통화대기음이 흘러나왔다. 공장 사가社歌의 오르골 버전이다.

입사식에서 이 사가를 듣고 저 고매한 기업 이념에 진저리를 쳤던 기억이 떠올라서 기분이 언짢았다. 그 후로는 지금 대기음으로 흘러나오는 오르골 버전을 들은 게 전부이고, 가사는 잊은 지 오래였다. 이삼 분이 흐른 뒤에 고토의 목소리가 들렸다. "여보세요? 제가 고토입니다. 많이 기다리셨죠? 죄송합니다. 저희 직원이 전화응대 요령이 서툴러서요."

이리노이 씨가 듣는다면 서운해하지는 않을지 걱정스러울 만큼 큰 소리로 통화했다. 공장 안이 시끄러워서 그런가.

"괜찮습니다. 친절하게 응대해주시던데요. 그런데 지금 전화로 말씀 좀 드려도 될까요?"

"네, 말씀하시죠."

"그게, 옥상녹화 건 때문인데요. 전혀 진전이 없어서요. 죄송하지만 그쪽 본사에 옥상녹화 건을 결제해주신 분이 계실 텐데, 그분과 직접 상의했으면 합니다만."

"구체적으로 어떤 일을 상의한다는 말씀이신가요?"

"그러니까 그게, 작업이 좀처럼 진행되지를 않으니 공장 쪽과 앞으로의 방침을 정하지 않으면 저희 쪽에서도 함부로 움직이기가 곤란해서요."

"괜찮습니다. 후루후에 씨가 다 알아서 하십시오. 몇 달, 몇 년이 걸리든 전혀 상관없습니다."

"정말 몇 년이 걸리든 상관없습니까? 이대로는 옥상이고 벽면이고 콘크리트가 노출된 채로 남을 텐데요."

고토가 무언가를 한 모금 입에 물었는지 물 넘기는 소리가 났다. 금속 물체가 수화기에 부딪힌 듯 통 하고 울렸다. 캔 커피로군. 그런 음료수를 자꾸 마시면 진짜로 당뇨병에 걸린다던데.

"그리 쉽게 진척되리라고는 생각하지 않으니까요. 안심하세요."

"하지만 이 상태로 따박따박 월급만 받기도 애매합니다. 한두 해 안에 끝나면 괜찮겠지만 몇 년이 걸릴지도 모를 일을 혼자서 하자니, 참."

"정 뭣하시면 옥상 일은 잊으셔도 돼요. 정말입니다. 신제품 개발도 프로젝트 팀을 짜서 몇십 년씩 걸려 겨우 상품화한 적이 있거든요. 흔히 있는 일이에요. 성과주의라는 건 사실 일본인에게는 맞지 않아요. 괜찮으니까 안심하시고 이끼 분류 작업을 해주세요. 공장이 굉장히 넓죠? 워크랠리에서 미처 소개하지 못한 장소도 많고요. 이끼는 어디에서나 자란다고 요전에 이끼관찰회에서 그러더군요. 아오야마 씨한테서 들었어요. 공장 안을 돌면서 이끼를 찾으려면 시간이 걸리기도 하고, 매년 매월 같은 이끼가 같은 장소에 난다는 보장도 없잖아요? 이끼 지도를 만들면 어떨까요? 공장의 이끼를 총망라하는 작업이긴 한데, 어쩌면 평생이 걸릴지도 모르고. 옥상이나 녹화사업 같은 건 나중에 하죠 뭐."

고토가 무슨 말을 하는지 이해가 가지 않았다. 나중에? 이끼 지도? 이끼 지도는 내가 이끼관찰회에서 초등학생들에게 했던 말이다.

"뜰이나 통학로, 학교의 이끼 지도를 만들어 보면 재미있을 겁니다. 종류를 모르는 이끼는 조금만 채집해서 표본으로 만들어 붙이거나 학교 선생님께 부탁해서 종류를 조사해보세요. 저도 만약 도울 일이 있으면 도와줄게요."

옥상 녹화가 나중 일이라면 나는 왜 옥상녹화추진실 따위를 혼자서 운영하고 있단 말인가?

"정말 열정이 대단하세요. 이거 참 든든한데요! 아무튼 초조해하지 마시고 느긋하게 즐기면서 하세요. 괜찮으시면 다음에 술 한잔하러 가시죠."

고토는 그렇게 말하고 캔 커피로 손을 뻗으면서 전화를 끊으려는 눈치였다.

"그럼 이만 끊겠습니다."

내가 할 수 있는 말은 고작 그뿐이었다. 그러자 거의 동시에 "네, 들어가세요."라고 대답하는 고토의 목소리가 들리고는 전화가 끊겼다.

"드시죠."

티백 홍차를 냈다.

"고맙소. 그래, 선생께서는 큰 강 하구에 있는 검은 새를 보신 적이 있으시오?"

노인은 홍차가 든 찻잔을 앞에 두고 그렇게 물었다. 검은 새?

"검은 새라면 저도 알고 있습니다. 개체 수가 크게 늘었지요. 게다가 사람들과도 익숙해졌어요. 전 가끔씩 강변에 내려가서 아주 근거리까지 다가가곤 하는데 놈들은 대부분 도망도 안 가죠."

입사 직후 처음 보았을 때부터 궁금했던 새에 대해서 노인이 이야기를 꺼내니 조금 흥분되었다. 사실 공장 직원들은 그 새에 대해 아무 관심도 없는 듯했다. 그러나 요 몇 년 사이 검은 새의 수는 실제로 증가했다. 강물이 바다로 흘러들어가는 하굿둑 바로 앞, 그 지점만 해도 입추의 여지가 없을 만큼 검은 새들이 밀집해 있다. 추워서인지 습성인지 수백 마리가 넘는 검은 새들이 서로 밀착한 상태로 붙어 뭉쳐져라 공장을 쳐다보고 있는 모습은 왠지 오싹했다.

"선생은 저 새가 무슨 종류인지 아시오?"

나는 잘 모르지만 일단 가마우지는 아니다. 바다가마우지도 아니고 민물가마우지도 아니다. 흰색이나 회색이 조금도 섞이지 않은 검은 날개에, 목이 길고 윤기가난다. 가마우지라면 얼굴이나 목은 희고 부리는 노란색이어야 한다. 제대로 조사하려면 사진을 찍어서 전문가에게 보내 확인해야 맞지만 그렇게까지는 하지 않았다. 무엇보다 나는 이끼를 조사하러 왔지, 새를 조사하러 온게 아니다. 무슨 일을 하러 여기서 이러고 있는지 알지않는가. 이끼만 해도 그렇다. 공장의 모든 이끼를 다 파악하지도 못했다. 언젠가 알게 되리란 생각도 하지 않는다. 하물며 이끼 재배라니.

"모릅니다. 가마우지 같은 종류가 아닐까 싶습니다만."

"선생, 눈썰미가 좋으시군요. 저건 가마우지의 일종이외다. 하지만 공장의 고유종이지요. 전 세계에서 저 강말고는 서식하는 데가 없소."

"공장의 고유종이라고요?"

"그렇소. 선생, 황거皇居에 해자垓子가 있소만, 몇백 년이나 외부와 격리되어 다른 물과 섞이지 않은 도랑이오. 그래서 학술 목적이라 해도 무턱대고 그물이나 카메라를 들이대가며 연구하기 불가능하지 않소?"

"맞습니다."

그럴지도 모른다.

"그래서 말인데, 만약 그 해자 안을 철저히 조사한다면 말이오, 아마 멸종했다고 생각했던 생물이나 신종 생물, 독특하게 진화한 생물이 우르르 쏟아져 나올지도 모른다는 설이 있소. 도쿄에서, 그것도 바로 옆에 국회가 있는 대도시에서 말이오, 선생. 외부 세계와 격리되었다는 말은 물리학적인 거리를 뜻하는 게 아니오. 그런 의미에서 저 새는 공장 고유종이다 이거지요."

"황거는 사실 벽이나 칸막이로 격리되어 있지만 여기는 다릅니다. 바로 앞이 바다고, 그러니 전 세계로 열려 있는 셈인 데다 하늘로 날아가면 얼마든지 외부로 갈 수 있지 않습니까? 공장 밖에도 바다로 흘러들어 가는 큰 강은 한둘이 아닙니다. 저렇게 많은 개체가 한 군데에 모여 있으니 경쟁이 붙을 텐데, 그것까지 감수하면서 경쟁률이 센 장소를 고수하다니, 믿기지가 않는군요."

"하늘은 날지 못하오. 짧은 거리는 가능할지 몰라도 멀리까지는 힘들 거요."

"하늘을 날지 못합니까?"

"그건 그러니까, 이거 참! 선생이 너무 자세히 파고드는 바람에 이야기가 옆으로 샜구먼."

노인은 말없이 홍차를 마시고 있던 손자를 쳐다보았다. 손자는 눈을 반짝이며 물끄러미 후루후에를 쳐다보았다.

"이 아이가 저 새를 관찰하고 보고서를 썼다오. 새뿐만 아니라 다른 여러 가지 공장 안의 생물에 대한 내용도 있소. 도마뱀 같은 그런 생물이오. 선생이 한번 읽어주시겠소?"

"부탁드립니다."

손자가 작은 입을 열고 말했다. 손자의 목소리는 처음 들어본 듯했다. 저 아이는 이끼관찰회에서도 거의 한 마디도 하지 않았던가.

"제가 그 보고서를 쓰는 데 1년 걸렸어요."

"이 아이가 4학년 때부터 쓴 것이라오."

그 말을 듣자 무심코 고개를 끄덕였고 대답은 나중에 나왔다.

"예, 읽어보는 거야 괜찮습니다만."

정말 괜찮을까? 사실 새에 대한 흥미가 있기는 했다. 홍차를 한 모금 마신 다음 보고서철을 집어 들었다. 딱딱한 연갈색 종이 표지를 열어 보니 7밀리미터 간격의 유선 속지가 든 파일이었다. 맨 먼저 '공장 안의 생물 연구, 하이타니灰谷 초등학교 5학년 1반, 사무카와 히카루寒川光'라고 쓰여 있었다. 초등학생 남자아이 글씨치고는 한자도 정연한 해서체였다. 알아보기 쉽다고 생각하며 한 장을 넘기자 그다음부터는 컴퓨터로 입력한 명조체였다. 노인은 안주머니에서 얇은 은테로 된 작은 돋보기를 꺼내어 코에 걸치고 보고서철을 같이 들여다보았다.

"이 아이가 자기 아버지의 컴퓨터를 빌려서 친 겁니다."

컴퓨터로 출력한 종이를 7밀리미터 간격의 유선 속지에 맞게 잘라서 정성껏 풀로 붙여놓았다. 맨 첫 장은 목차였다. '회색뉴트리아', '세탁기도마뱀', '공장가마우지' 등 세 장으로 구성되어 있었다. 세탁기?

"선생, 컴퓨터로 입력하면 모르는 한자도 버튼만 누르면 나오니까 편리하긴 한데, 초등학생답지는 않지요."

노인이 돋보기를 양손으로 벗어서 안주머니에 도로 넣더니 휴 하고 숨을 내쉬었다. 그런 다음 홍차를 다 마시고 찻잔을 내려놓았다.

"파일을 두고 갈 테니 시간 나실 때 읽어봐 주시오. 부탁하오. 선생은 이끼 전문가 아니오, 분야가 조금 다를지도 모르겠소만. 역시 학식이 있는 분이 읽어봐 주시면 더없이 기쁘겠소. 나는 이런 데 있으니 다 읽으셨거나 질문이 있으면 이쪽으로 연락 부탁드리외다."라고 하면서 명함을 내밀었다. 형식적이었지만 머리까지 숙여서 당황스러웠다.

"죄송합니다. 전 명함이 다 떨어져서……. 주신 명함은 잘 받겠습니다."

요 몇 년간 명함 없이 지내왔다. 아오야마 씨에게 부탁하면 바로 새 명함을 찍어 가져다 줄 테지만 나눠 줄 사람도 없는데다 식당 사람 말고 달리 이야기할 기회도 거의 없다. 이끼관찰회의 초등학생들에게 나눠 줘봐야 소용없는 일이다. 명함을 받으면서 미안하다고 하니 노인은 "명함은 됐습니다. 선생에 대해서는 잘 알고 있소. 무슨 일이 있으면 내가 다시 찾아뵙겠소."라고 하면서 웃었다.

두 사람이 가고 남겨진 홍차 찻잔을 씻었다. 공장가마우지라고? 노인과 손자의 흰소리인지 망상에 장단을 맞춰줘야 하는 꼴이 되고 말았다. 이러다가 두통이 생길 것 같다. 좀처럼 남이 드나드는 일 없는 이 집에 두 사람이 남기고 간 기이한 분위기가 감돌았다. 그 분위기는 밖으로 빠져나갈 것 같지 않았다. 밖으로 나가서 검은 새를 보러 강으로 가야겠다고 생각했다. 디지털카메라를 갖고 가기로 했다. 한번 내 손으로 직접 사진을 찍어볼 작정이었다. 지금까지 새를 촬영한 적은 한 번도 없었다. 이끼 사진도 최근에는 찍지 않았다. 카메라에는 연구실 선배와 후배 결혼식의 피로연에서 찍은 사진밖에 없었다. 웨딩케이크를 찍으려고 했으나 케이크 높이가 너무 낮아서 결국 무엇을 찍었는지 모르는 사진만 남았다. 틀림없이 신부가 어릴 때부터 연주해온 바이올린 모양의 초코케이크였다. 나도 참 별걸 다 기억하는군. 사진을 지웠다.

칸막이에도 익숙해져서 오히려 점심시간에는 제대로 쉬는 듯한 기분이 들었다. 무슨 책을 읽느냐느니, 자기도 세븐일레븐의 돼지고기샤브파스타샐러드를 좋아한 다느니 하는 이야기를 듣지 않아서 좋고, 이리노이 씨와 안경잡이의 시시한 잡담도 매번 들리지 않는 척할 필요가 없다. 아주 살 것 같다. 점심을 먹으면서 책을 읽든 잠깐 낮잠을 자든 눈치 볼 일이 없다. 다만 일하는 중에 가끔씩 깜박 조는 것이 문제다. 독한 민트 껌이나 구강 스프레이를 써보고 블랙커피를 마셔보고 안약을 넣어봐도 부질없었다. 효과가 없다고 해야 할지, 졸았다고 느낄 새도 없이 졸다가 눈이 떠져야 비로소 깨달으니 예방책을 써봐야 무용지물이었다. 연신 커피를 마시고 줄기차게 껌을 씹어봤지만 효과는 없고, 많을 때는 하루에 두 번이나 화들짝 놀라 눈을 뜨는 일도 있었다. 요즘은 아예 체념해서 잠깐 조는 정도는 어쩔 도리가 없다는 생각도 든다. 전날 아무리 일찍 잠자리에 들거나 몸 상태가 좋아도 졸기 마련이어서 이제는 포기했다. 약국에 갈 때마다 졸음 방지에 좋은 약이 없는지 물색한다. 어떤 신제품이 효과가 있어 어느 하루 한 번도 졸지 않은 날이 있었다 해도 그 효과는 이틀 이상 못 갔다. 정제된 카페인 알약까지 구입해 먹었으나 효과가 없었다. 뜨거운 음식을 먹으면 잠이 온다는 말을 들어서 낮에는 차가운 음식만 먹었으나 그것도 마찬가지였다. 무슨 체질인지, 만성피로로 인한 증상이리라. 지금까지는 매일같이 잔업에 일만 하며 살았다. 그러다가 날마다 정시 출퇴근에 딱히 보람 있는 일도 아니고 중대하게 책임질 것도 없으니 몸이 쉬고 싶은 모양이다. 조는 모습을 만약 가스미 씨나 다른 파견 사원이 본다면 한소리 하겠지 생각했는데 아무 말도 하지 않는 것으로 보아 아직 들키지는 않았나 보다. 최대한 노력해보고 필요 이상으로 자책하지는 말자고 생각했다. 나도 모르는 사이에 수마가 소리도 없이 몰려오면 읽고 있던 출력물의 내용도 머리에 들어오지 않는다. 몇 번씩 반복해서 읽어보려 애써보아도 소용없는 일이다. 내용도 모르면서 붉은색으로 체크하려고 고민하다 보면 퍼뜩 눈이 떠진다. 잠이 깨어 있어도 애초에 의미가 불분명한 문장이 여기저기서 튀어나온다. 내가 졸아서 이상하게 보이는지, 원래 이상한 문장인지 판단력이 사라진다. 나는 왜 졸음과 싸워가며 이런 일을 하고 있을까. 기업의 개요 따위부터 어린이 대상의 무언가와 기계 설명서, 사내통보, 요리법, 화학이나 역사…… 날마다 교정하는 이런 문장은 누가 누구를 위해 쓰고, 교열해야 할까. 이 모두가 공장의 문서라면 공장은 대체 무엇을 만들

공장

고 무엇을 하는 걸까. 공장이 무엇을 만드는지는 응당 모르는 바 아니지만 막상 공장 안에서 일을 하자니 모르는 것 투성이다. 대체 무슨 공장일까.

새로운 봉투를 들고 내용물을 꺼내자 한 권의 종이 파일이 들어 있었다. 그게 전부였다. 함께 들어 있어야 할 원본도 출력지도 없다. 그냥 읽어보고 오식은 없는지 찾으면 되는 일인가 보다. 지금은 졸리지도 않으니 알기 쉬운 내용이면 좋겠다고 생각하면서 파일을 넘기기 시작했다.

제1장 회색뉴트리아
• 회색뉴트리아란?
종류: 설치류. 쥐와 같은 종입니다.

크기: 머리에서 몸통이 40에서 70센티미터, 꼬리는 30센티미터 정도입니다. 체중은 10킬로그램 전후인데 큰 것은 30킬로그램 정도입니다.

색과 형태: 몸에는 털이 나 있고 등 한가운데에는 회갈색의 긴 털이 나 있으며 배 쪽 털은 회백색으로 방수 기능이 뛰어납니다. 코 끝의 털은 옅은 회색이고, 앞니가 큽니다. 몸길이에 비해 머리가 크고 눈이 아주 작습니다. 다리에는 짧고 거친 털이 나 있고, 앞발과 뒷발에는 발가락이 다섯 개씩 있습니다. 발가락에는 물갈퀴가 있습니다.

특징: 강에 살기 때문에 몸은 하천에 적응되어 있지만

보통의 뉴트리아에 비하면 수영은 잘 못합니다. 뒷발에는 물갈퀴가 있지만 발 자체가 작고 다리도 짧아서 수영을 오래 하지 못합니다. 발에는 날카로운 발톱이 나 있습니다. 이 발톱으로 수초를 자르거나 집을 만들기 위해 나뭇가지를 쪼개거나 합니다. 야행성으로 낮에는 집에서 가만히 있는 경우가 많습니다. 얼굴 전체에 긴 털이 나 있고, 얼굴 생김은 비버와도 비슷합니다. 비버도 설치류입니다. 코 주변에 긴 수염이 나 있어서 헤엄칠 때는 위로 뻗칩니다. 보통의 뉴트리아보다도 눈이 작고 특히 헤엄칠 때는 거의 감고 있는 듯이 보입니다.

- 회색뉴트리아의 먹이

보통의 뉴트리아와 마찬가지로 기본적으로는 초식동물입니다. 하지만 식물 이외의 먹이도 먹기 때문에 잡식성이라고도 할 수 있습니다. 주요 서식지인 하천의 풀을 먹습니다. 구체적으로는 물옥잠, 갈대, 양미역취 등의 잎사귀, 줄기, 꽃, 뿌리, 땅속줄기를 먹습니다. 회색뉴트리아는 그것 말고도 작은 쥐나 물고기, 사람이 버린 잔반 등도 먹습니다. 움직임이 둔해서 살아 있는 먹이는 몸이 쇠약하거나 죽은 것만 먹습니다. 사냥은 못 합니다. 강 근처에는 식당이 많아서 어쩔 수 없이 잔반이 나오기 마련인데, 그것을 먹어서 점점 잡식성으로 변하는 듯합니다. 잔반처럼 부드러운 먹이만 먹어서 앞니가 닳지 않고 점점 길어져서 딱딱한 콘크리트 제방과 교각을 갉는 행위도 관찰되었습니다. 잔반은 식물에 비하면 열량이 높아서 뉴트리아는 해마다 비대해지는 경향이 있습니다. 그중에는 몸길이가 2미터도 넘게 큰 것이 있습니다. 하지만 살아 있는 뉴트리아를 본 적은 없습니다.

• 회색뉴트리아의 서식 장소

공장 근처 강에 많이 삽니다.

원래 뉴트리아는 남미 브라질에서 아르헨티나에 걸쳐 사는 동물로, 일본에는 1930년대에 모피를 얻기 위해 수입되었습니다. 식용으로 이용 가능해서 그 후 사육 숫자는 늘었지만 제2차 세계대전이 끝난 뒤 군복에 사용하는 모피 수요가 줄어 사육이 중지되었고, 남겨진 뉴트리아가 야생으로 변하여 오늘날 일본 각지의 하천에서 살고 있습니다. 일본과 마찬가지로 수입된 뉴트리아가 야생으로 변한 경우는 미국과 유럽 등에 많습니다. 공장에는 비교적 오래전에 침입한 것으로 보이며, 몸 색깔이 회색이고 눈이 작으며 잡식성인 회색뉴트리아가 되었습니다. 지금의 형태로 강이 정비되고 다리가 놓이기 전부터 서식하고 있었다고 합니다.

공장의 기슭막이 콘크리트 제방에는 공장 폐수가 흘러들어가는 배수구가 많아서 그 속에 풀을 쌓아놓고 삽니다. 집을 만드는 나뭇가지나 풀이 폐수의 흐름을 막아서 공장 직원들이 정기적으로 청소하고 있습니다. 공장의 방침으로 포획해서 몰아내는 것 같지는 않습니다. 또

한 배수구를 이용하지 않고 식물의 잎이나 줄기를 쌓아 올려 집을 만드는 경우도 있지만 그 수가 많지는 않습니다. 공장에서 내보내는 물은 삼십 도에서 사십 도의 온수가 흐를 때도 있는데 그런 배수구를 유독 좋아하는 듯합니다. 김이 나는 배출수에 몸을 반쯤 잠그고 코를 벌름거리는 회색뉴트리아는 겨울 아침의 볼거리입니다.

• 회색뉴트리아의 일생

회색뉴트리아는 봄에 태어납니다. 벚꽃이 필 무렵인 대개 3월부터 4월입니다. 회색뉴트리아의 발정기는 가을입니다. 수컷이 암컷의 집 주변을 배회하면 암컷이 그에 응하여 수컷을 집에 들여 교미를 합니다. 교미가 끝나면 수컷은 바로 암컷의 집에서 쫓겨나고, 암컷은 출산을 위하여 집 안에서 높은 위치, 배출수로 젖지 않는 곳에 특별한 보금자리를 만들기 시작합니다. 특별한 보금자리는 부드러운 풀이나 줄기를 발톱으로 가늘게 찢어서 더 부드럽게 만든 재료로 짓습니다. 임신 중인 암컷은 1월 즈음, 임신해서 백삼십 일 정도 지나면 예민해집니다. 수컷은 물론 다른 암컷이 다가오는 것도 싫어하는데, 공격적으로 변할 때는 이빨을 드러내거나 발톱을 세우는 경우도 있습니다. 암컷은 약 이백 일의 임신 기간을 거쳐 특별한 보금자리 안에서 출산합니다. 한 번 출산할 때마다 대략 한 마리에서 세 마리, 많을 때는 다섯 마리 이상을 낳는 경우도 있습니다. 갓 태어난 새끼는 약 50그램에서 400그램까지 다양합니다. 태어날 때 이미 몸 전체에 털이 나 있는데, 눈도 뜨지 못하고 걷거나 헤엄을 치지도 못합니다. 눈을 뜰 때까지 꼬박 일주일 동안 특별한 보금자리 속에서 잠만 잡니다. 잠든 채로 어미의 젖을 먹습니다. 약 일주일이 지나면 눈을 뜨지만 다 성장해도 눈은 매우 작습니다. 새끼일 때는 거의 바늘구멍만 한 수준이어서 보지도 못합니다. 초점이 또렷하지 않고 반짝거리기만 합니다. 새끼들은 삼 주 정도 어미의 젖을 먹고 그 후에는 어미와 똑같은 먹이를 먹습니다. 새끼일수록 식물보다 잔반을 좋아하는 듯합니다. 태어난 새끼는 약 일 년 만에 다 성장합니다. 봄에 태어난 암컷은 가을에는 임신해서 이듬해 봄에는 새끼를 낳습니다.

회색뉴트리아는 아침이나 저녁에 먹이를 찾아 돌아다니고, 공장 쪽으로 강을 거슬러 오르거나 제방을 기어다니거나 올라가기도 합니다. 바다 근처까지 가는 경우도 있지만 소금물은 싫어하는지 바닷물에 몸을 적시는 일은 없습니다. 해가 떠 있는 낮 동안에는 기본적으로 배수구 안에서 잠을 자며 지냅니다. 때로는 일광욕이라도 하듯이 자기 집 밖에 나와 있을 때도 있습니다. 해가 지면 밖으로 나와서 먹이를 찾습니다. 필요 이상으로 돌아다니지 않고 먹이를 충분히 모으면 다시 집으로 돌아가서 잠을 잡니다. 밤에 손전등을 비추면 작은 눈이 빨갛게 빛납니다. 배수구 하나에 암컷을 중심으로 새끼들이 일가족을 이루고 살아갑니다. 하지만 회색뉴트리아끼리 의사소통을 하는 경우는 별로 없습니다. 서로 배려하려고 차라리 무시하는 듯합니다. 암컷은 특별히 집을 정해서 지냅니다. 한 집에 모녀 관계의 어미들이 여러 마리 같이 살며 같이 새끼를 낳는 일도 있습니다. 그러나 앞서 기록한 대로 임신한 암컷의 공격성 때문에 좀 더 젊은 암컷은 먹이를 찾기가 불편한 배수구 안쪽으로 물러나야 합니다. 그래도 가끔씩 싸움이 벌어지기 때문에 발정이 나면 도리 없이 집을 나오는 경우도 많습니다. 수컷은 암컷이 임신 중일 때 말고는 그 집에서 암컷과 함께 지내는 경우도 있지만, 암컷의 임신 기간이 이백 일로 아주 길기 때문에 다른 암컷이 사용하지 않는 다른 배수구를 집으로 삼거나 강변에 풀로 집을 지어 살거나 하는 경우도 많습니다. 비어 있는 배수구 구멍은 굉장히 많고, 또 자꾸자꾸 늘고 있어서 회색뉴트리아가 집 없는 신세가 될 일은 없습니다.

회색뉴트리아의 수명은 십 년에서 사십 년 사이입니다. 나이를 먹으면 털 색깔이 부분적으로 옅어지고 얼룩덜룩하게 회색으로 변합니다. 여기저기 털이 빠지고 머리가 조금 벗겨지는 경우도 있습니다. 제방에는 언제 빠져나갔는지 모르지만 몽땅 빠진 회색의 털 뭉치만 떨어져 있을 때가 있는데, 그것은 늙은 회색뉴트리아에게서 빠진 털입니다. 작은 눈이 훨씬 더 작아집니다. 새끼 때와 마찬가지로 눈은 흐릿해서 거의 보이지 않게 되고, 배수구 안에서 지내는 시간이 길어집니다. 회색뉴트리아는 대체로 겨울이 끝날 무렵부터 이른 봄에 걸쳐 죽는 경우가 많습니다. 몸집이 커서 직원들이 제방에서 작업을 하다가 그 사체를 발견하고는 깜짝 놀라기 일쑤입니다. 뉴트리아의 집이었던 배수구에 사체가 쌓여 있는 일도 있어서 겨울부터 봄에 걸쳐서는 배수구를 다시 여러 번 점검합니다. 표면상으로는 회색뉴트리아의 사체 제거를 위해 하는 점검이라고 되어 있지 않습니다.

이렇듯 회색뉴트리아는 공장 직원과 밀접한 관계를 맺고 있어서 직원이 옆에서 작업을 해도 꿈쩍도 안 합니다. 낮에는 집에만 틀어박혀 있고, 밖에 있어도 햇볕을 쬐며 꾸벅꾸벅 졸기만 하니 아마 직원이 있는지도 모를 겁니다. 혹시 밤에 회색뉴트리아와 마주친다 해도 달아나기만 할 뿐 공격을 하지는 않을 겁니다. 임신 중인 암컷도 이쪽에서 특별히 다가가지 않으면 공격성을 보이지 않습니다. 회색뉴트리아는 공장 직원과 공생하고 있습니다.

제2장 세탁기도마뱀
• 세탁기도마뱀이란?
종류: 파충류에 속하며, 도마뱀의 일종입니다. 비늘이 있는 유린목有鱗目에 속합니다.

크기: 5센티미터에서 10센티미터 전후입니다. 꼬리가 1센티미터에서 3센티미터 정도이고, 도마뱀 무리치고는 짧은 편입니다. 몸무게는 20그램 정도입니다.

색과 형태: 몸 색깔은 도마뱀이 사는 세탁기에 따라 다릅니다. 대체로 회색이고, 갓 태어난 새끼는 연분홍색이었다가 크면서 짙은 갈색으로 변합니다. 건드리면 작은 비늘 때문에 조금 까슬까슬합니다. 비늘에 모양은 없습니다.

특징: 손바닥과 발바닥에는 가느다란 털이 나 있어서 세탁기의 수직면을 기어오를 수 있습니다. 집을 만들 때나 산란할 때는 엉덩이에서 점액을 분비합니다. 그때 방해가 되지 않도록 꼬리가 짧아지는 듯합니다. 혀는 길고 실밥 따위가 달라붙기 쉽게 되어 있습니다. 실밥은 도마뱀이 집을 만드는 재료나 먹이가 됩니다.

• 세탁기도마뱀의 먹이

세탁기도마뱀은 세탁공장에 사는 날벌레나 갑충甲蟲, 세탁기에 남은 세제 찌꺼기나 단백질이 포함된 때, 실밥 따위를 먹습니다. 세탁공장에서 일하는 사람이 과자나 빵 부스러기를 떨어뜨리는 일이 있는데, 그런 것도 먹습니다. 물은 세탁기 밑에 고인 물을 마시고, 다 자란 도마뱀은 세탁기 위로 올라가서 머리를 들이밀고 온수를 마실 수도 있습니다. 새끼 도마뱀이 세탁기 위로 올라가서 물을 마시면 머리가 닿지 않아 떨어져 죽는 경우도 있습니다. 세탁기도마뱀이 무사히 성장하기란 힘든 일입니다. 이 문제는 뒤에서 자세히 쓰겠습니다.

• 세탁기도마뱀의 서식처

공장 안에 있는 두 곳의 세탁공장에서 삽니다. 세탁기 밑이나 뒤편(세탁기와 벽 사이), 세탁기와 세탁기 사이에 집을 짓고 한 마리씩 삽니다. 도마뱀 엉덩이에서 분비하는 점액과 섬유 조각을 뭉쳐서 집을 짓습니다. 직경 10센티미터 정도입니다. 집을 짓기 위한 실밥 따위의 재료를 모으는 일은 힘든 작업이라 혼자서 집을 짓는 경우에는 지름이 아주 작기도 합니다. 대개는 주인이 없는 오래된 집을 발견해 그것을 크게 늘려가며 집으로 사용합니다. 도마뱀은 파충류이고 변온동물이라 세탁공장에 있는 창에서 들어오는 햇빛과 세탁기가 가동될 때 나오는 열을 찾아다니기도 하고, 피하기도 하면서 하루 종일 조금씩 이동합니다. 집에서 너무 멀어지면 다른 세탁기 도마뱀에게 집을 빼앗기기도 해서 자기 집에서 멀리 가는 경우는 흔치 않습니다. 기온이 낮고 햇빛이 적은 겨울철은 세탁기도마뱀에게 힘든 시기입니다. 밤이 되고, 세탁기가 가동을 멈추면 집으로 돌아가서 잠을 잡니다.

• 세탁기도마뱀의 일생

세탁기도마뱀은 세탁기와 함께 일생을 보냅니다. 공장 안의 세탁공장이 도마뱀의 서식지로, 세탁공장 안에 있는 세탁기 뒤편에 산란용 집을 짓고 거기서 알을 낳습니다. 어미 세탁기도마뱀은 봄 또는 가을에 약 8밀리미터 크기의 하얀 알을 낳습니다. 그 수는 세 개에서 다섯 개 정도이고, 때로는 열 개 이상 낳을 때도 있습니다. 알의 개수는 어미 세탁기도마뱀의 영양 상태와 주거 환경의 질에 따라 달라집니다. 어미 세탁기도마뱀은 알을 낳으면 곧장 먹이를 잡으러 나가거나 다른 집으로 가버리고는 알을 돌보지 않습니다. 세탁기도마뱀의 집은 산란기를 위한 임시 거처와 생활하기 위한 튼튼한 주거용으로 나뉘는데 산란을 마치면 주거용 집으로 돌아갑니다. 아침 아홉시부터 저녁 다섯시 반까지 쉬지 않고 돌아가는 세탁기와 벽 사이에 지어진 산란용 집은 하루 여덟 시간 반 동안 세탁기의 진동에 맞추어 계속 흔들립니다. 그 진동으로 알이 깨지는데, 깨지는 순간이 알 속에 든 새끼가 다 자란 시기와 일치했을 경우 세탁기도마뱀 새끼가 태어납니다. 집은 어미가 산란할 때 분비한 점액과 풍부한 거품으로 만들어져 있습니다. 알껍데기는 부드럽고, 처음에는 끈적끈적한 점액과 거품이 건조되는 것을 막아줍니다. 부드러운 껍질을 통해서 알 속의 새끼는 거품 속에 포함된 공기로 호흡을 합니다. 그러나 점액과 거품은 시간이 지남에 따라 사라지고 알도 점점 말라갑니다. 일주일 정도 지나면 알이 거의 다 드러나고 집에는 가는 거미줄 같은 점액의 잔해만이 세탁기와 벽 사이에 늘어져 있을 뿐입니다. 그렇게 되면 알껍데기는 완전히 말라 있습니다. 그러나 원래 껍질 자체가 부드러워서 새알처럼 딱딱하지 않습니다. 산란 뒤 열흘에서 2주 정도 사이에 새끼는 부화합니다. 부화한 새끼는 점액의 잔해만 남은 집에서 세탁기나 벽으로 나와 그곳을 아기작아기작 기어 땅 위로 내려옵니다. 어미가 낳은 알 가운데 절반은 무사히 부화하고, 나머지 절반은 새끼로 태어날 만큼 성장하기도 전에 껍데기가 마르거나 몸집이 커졌는데도 껍질이 깨지지 않아 죽어버립니다. 따라서 몸집이 크고 강한 세탁기도마뱀 암컷은 진동의 크기와 간격, 세탁기와 벽의 위치를 고려해서 알의 부화에 가장 알맞은 조건인 세탁기 뒤편에 집을 짓고, 많은 새끼를 부화시킵니다. 반대로 힘이 없는 암컷은 낡아서 거의 사용되지 않는 세탁기 쪽에 알을 낳거나, 집을 지을 곳이 진동이 센 세탁기 뒤편 밖에 없어서 결국 새끼를 제대로 부화시키지 못합니다. 태어난 새끼 도마뱀은 작기는 해도 어미와 똑같은 형태를 갖고 있고 색은 옅은 연분홍색입니다. 갓 태어난 도마뱀은 표면이 부드럽고 촉촉하지만 태어나서 하루가 지나면 조금 말라서 가슬가슬합니다. 등이나 머리는 말라서 거칠지만 배나 손바닥, 발바닥 쪽은 가는 털이 나 있고 축축해서 세탁기나 벽에 달라붙어 능숙하게 기어오릅니다. 세탁기도마뱀은 새끼든 어미든 작동하고 있는 세탁기 위에 올라가서 꼼짝도 하지 않은 채 그 진동을 즐기는 듯이 보입니다.

태어난 지 얼마 안 된 세탁기도마뱀은 세탁기에 달려 있는 먼지 거름망에 모인 때를 잘못 먹어서 죽기도 합니다. 어미 세탁기도마뱀이 죽는 경우는 별로 없습니다. 위가 크기 때문입니다. 그 밖에도 세탁공장에 있는 거미에게 잡아먹히거나 어미 도마뱀에게 쫓겨나서 굶어 죽거나 하여 많은 새끼들이 죽습니다. 물을 마시려고 세탁기위에 올라가서 실수로 세탁기 속에 떨어져 익사하는 경우도 있습니다. 어미는 어느 정도 수영을 할 수 있지만 새끼는 수영을 못 하는데다 세탁기가 작동하고 있기라도 하면 그것으로 끝입니다. 물의 소용돌이에 휘말려 세탁기에 빠지고 맙니다. 세탁공장이라는 협소하기 짝이 없는 공간을 서로 나누어 가지려면 어쩔 도리 없이 경쟁이 치열해집니다. 운이 좋은 새끼만이 영양가 있는 세제 찌꺼기나 물이나 옷깃의 때, 곤충 따위를 먹을 기회를 얻고, 다 자라서 자손을 남기게 됩니다.

새끼는 6개월에 걸쳐 자랍니다. 몸이 8센티미터가 되고, 번식기를 맞이합니다. 수컷의 몸 색깔은 이때 가장 붉어져서 다갈색으로 변합니다. 수컷은 암컷을 발견하면 꼬리를 세우고 휘감는 듯한 행동을 하며, 암컷은 수컷의 유혹이 싫을 때는 이내 어딘가로 도망칩니다. 암컷이 도망가지 않고 수컷의 행동에 응하면 교미를 합니다. 교미 후에 암컷은 알을 낳을 세탁기를 찾습니다. 조건이 좋은 세탁기를 발견하면 그 뒤편에 알을 낳습니다. 알을 다

낳으면 암컷은 곧장 자기 집으로 돌아가서 평소처럼 생활합니다. 한 마리의 암컷이 평생 동안 많게는 다섯 번, 적게는 세 번, 겨울을 피해서 알을 낳습니다. 한 번에 낳는 알의 개수는 세 개에서 다섯 개입니다. 많게는 열 개에서 열다섯 개의 알을 낳습니다. 그러나 이것은 계산상의 이야기고 실제로는 훨씬 적은 경우가 대부분입니다.

세탁기도마뱀의 수명은 3년입니다. 물론 3년을 다 채우는 경우는 매우 축복받은 도마뱀뿐입니다. 8센티미터였던 몸길이는 7센티미터에서 6센티미터 정도로 줄어들고 세탁기 뒤편과 벽과 지면 사이, 아니면 먼지 거름망에 숨어들어 가 숨을 거둡니다. 세탁공장을 청소하면 마른 세탁기도마뱀이 많이 발견됩니다. 세탁공장이 창립된 이후 사용하지 않는 세탁기 밑에는 아마도 엄청난 수의 세탁기도마뱀이 죽어 있을 겁니다. 이번에는 거기까지 관찰하지는 못했습니다.

제3장 공장가마우지
• 공장가마우지란?
무리 : 가마우지의 무리입니다. 가마우지는 사다새목 가마우지과입니다.
크기 : 몸통은 80센티미터에서 90센티미터. 가마우지 치고는 큰 편입니다.
색과 형태 : 목이 길고 머리끝에는 거꾸로 자란 듯 왕

관 털이 나 있습니다. 특징 중의 하나는 몸통의 색깔입니다. 깃털은 물론, 부리와 눈, 다리까지 모두 검은색입니다. 심지어 털을 뽑아 보면 살갗도 검습니다. 눈의 흰자위만 빼고 모두 검습니다.

특징 : 공장가마우지에게는 일반적인 새처럼 날개가 있지만 장거리를 나는 모습은 본 적이 없습니다. 수 미터, 길어야 20미터 정도, 강 가까이에서 낮게 나는 일은 있습니다. 또 물새라서 발에는 갈퀴가 붙어 있어 헤엄칠 수도 있고 잠수해서 물고기를 잡습니다. 다만 강어귀 근처에 살기는 하지만 바다까지 헤엄쳐 가는 일은 없습니다. 또 바다에 깊이 잠수하는 모습도 관찰된 바 없습니다.

• 공장가마우지의 먹이

공장가마우지는 물고기나 사람이 남긴 밥을 먹습니다. 해수와 담수가 섞인 곳에 서식하므로 거기에 사는 물고기를 먹습니다. 전통 낚시 법인 가마우지 낚시를 할 때 장인이 길들인 가마우지가 물고기를 잡는 모습에서 보이듯 가마우지는 물고기를 통째로 삼키기 때문에 혀가 작고 퇴화하였습니다. 그 점은 공장가마우지도 마찬가지여서 입을 열어 보아도, 혀가 전혀 보이지 않습니다, 입속은 검지 않고 분홍색입니다. 공장의 직원들이 잔반을 던지거나 하수를 따라 음식 쓰레기가 흘러오는 일이 있습니다. 그런 쌀이나 야채 찌꺼기, 조리한 식품도 먹습니다. 그대로 삼키기 때문에 크기나 형태가 알맞아야 합니다.

- 공장가마우지의 서식

가마우지는 여기저기 무리를 지어 생활하는데 공장가마우지도 수십 마리가 함께 살고 있습니다. 공장가마우지는 공장 안을 흐르는 큰 강이 바다로 흘러들어 가는 곳에만 살 수 있어서 하나의 무리밖에 없습니다. 공장가마우지는 여기 말고는 없습니다. 공장가마우지는 한데 모여 강의 기슭이나 강의 중간에 선 채로 자고, 그대로 잠수하거나 머리를 물에 넣어서 먹이를 잡습니다. 하루종일 물에 잠겨 있어도 괜찮습니다. 그들이 사는 공장의 큰 강은 바다로 흘러들어 가는 곳이기 때문에 흐름이 완만합니다. 태양이 떠올라 햇볕이 강렬하게 내리쬐면 무심한 듯 날개를 펴고 일광욕을 하거나 날개를 말리는 것처럼 보입니다. 하지만 해가 뜨지 않는 날에 몸 전체가 젖어 있어도 아무렇지 않아 보입니다. 가마우지 종류 중에는 강에 사는 강가마우지와 바다에 사는 바다가마우지가 있는데 공장가마우지는 이 둘과 다릅니다. 닮은 점(집단으로 생활하기, 먹이를 통째로 집어삼키기)도 있지만 다른 점도 많습니다.

다른 점 중의 하나가 둥지인데 공장가마우지는 둥지를 만들지 않습니다. 보통의 가마우지는 나무 위(강가마우지)나 벼랑(바다가마우지, 쇠가마우지)에 둥지를 만드는데 공장가마우지는 둥지를 만들지 않습니다. 만드는 방법을 모를 가능성도 있습니다. 선 채로 물속에서 하루하루를 지냅니다. 공장가마우지는 산란, 육아도 하지 않기에 그것이 가능하다는 설도 있습니다. 공장가마우지는 무리 지어 생활하기도 하지만 짝짓기는 하지 않습니다. 단지 무리를 지어서 서로 부대끼며 살아갈 뿐입니다.

• 공장가마우지의 일생

몇 해 동안 관찰했지만 공장가마우지의 새끼를 본 적이 없습니다. 공장가마우지의 알도 보지 못했습니다. 예를 들면 강가마우지의 경우 겨울이 되면 나무 위에 만든 둥지 속에 세 개 내지 네 개의 알이 있습니다. 알에서 부화한 새끼는 털이 나지 않고 벌거숭이인데 점점 검은 털이 나옵니다. 새끼일 때는 어미 새가 물어다 주는 물고기를 입으로 받아먹습니다.

공장가마우지도 가마우지의 일종이므로 어쩌면 겨울에 어딘가에서 알을 까고 있을지도 모릅니다. 그러나 지금까지 관찰을 해오면서 열심히 찾아보았지만 겨울철에도 알을 발견한 적이 한 번도 없습니다. 새끼 가마우지도 물론 보지 못했습니다. 같은 이유로 공장가마우지 무리 속에는 어른 크기의 새들밖에 없고, 새들끼리 소통하는 일도 없이 부대끼며 지냅니다. 또 공장가마우지의 사체를 본 적이 없습니다.

• 공장가마우지는 어디에서 왔고 어디로 가는가?

공장가마우지가 어디에서 왔는지는 모르지만 공장 직원이 공장가마우지를 포획하는 일도 있습니다. 왜 그러는지는 모릅니다. 얼마 후에 직원은 뼈만 남은 공장가마우지를 바다에 버립니다. 버려진 공장가마우지는 그대로 헤엄쳐서 무리에게 가거나 바다에 빠져 죽는 듯합니다. 바다에 빠져 죽은 경우에는 확인이 안 되고, 시커먼 공장가마우지는 각각의 개체를 식별할 수가 없어서 단언하기 어렵지만 버려진 공장가마우지 모두가 무리로 돌아가지는 않을 테니 그렇게 짐작할 뿐입니다. 돌아온 공장가마우지는 지방기가 없이 야위었으므로 금방 알 수 있습니다. 무리로 돌아가서 조금 지나면 원래 모습을 회복하는 듯합니다. 무리 속에는 언제나 몇 마리에서 몇십 마리의 버려진 가마우지가 섞여 있습니다.

"뭔가 마음에 안 들어. 뭐랄까, 말투가 어둡달까? 그렇지 않아? 어둡달까, 꽉 막혔달까."

"그건 그렇지. 밝고 명랑한 성격이면 스물여섯 살밖에 안 됐는데 공장에서 계약직이나 하고 있지는 않겠지?"

"요즘 같은 세상에 젊은 아가씨가 비정규직이라 해도 별로 놀랄 일은 아니야. 밝고 괜찮은 사람도 많아. 단지 물리적인 정원의 문제잖아. 그거 말고 동생은 말투가 틀려먹었어. 틀려먹었다기보다 말을 걸지 않으면 한마디도 안 하잖아. 흥미 없는 얘기에는 입을 꾹 다물고 가만히 있지. 하지만 조금이라도 흥미 있는 얘깃거리가 나오면 남이 말할 틈도 주지 않고 잽싸게 끼어들잖아. 말을 주고받을 여지가 없어. 요즘 젊은 애들 의사소통 능력이 부족한 줄은 알지만 그런 식의 꽉 막힌 말투라면 면접 통과하기는 힘들걸."

"그런가."

"난 말이지, 그런 태도 진짜 별로야. 말하기 싫으면 그냥 가만히 있으면 되잖아. 말수가 적은 것도 요새는 개성이라고 하니까. 그게 아니라 뭔가 자기가 말할 거리가 생기면 귀신 목이라도 잡은 듯이 떠들어대고 남이야 뭐라고 하는지 신경도 안 쓰잖아. 그러면서 내가 대화에 맞장구치지 않으면 뾰로통해져서는 입을 꾹 다물기나 하고. 말하는 족족 불평불만이잖아. 오타쿠스러운 취미 이야기라면 그나마 낫지만, 부정적으로 불평만 늘어놓으면 거기에 맞장구치기도 뭣하잖아. 있는 대로 오만상이나 쓰고 말이야. 진짜 밥맛없다니까. 밥맛없다고 해서 미안."

어떤 분야의 프로일까?

"괜찮아. 별로 사이좋은 남매도 아니고."

"아니 전에 만났을 때는 그럭저럭 사이가 좋아 보인다고 생각했는데, 미안, 화난 거야?"

"화 안 났어"

"미안해. 미안하지만 나는 그런 느낌을 받았어. 어쨌든 일자리가 생겨서 다행이야. 만일 지금 직장도 해고되면 우리 회사에 일단 등록해도 되지만 사실 좋은 자리를 찾아 줄 자신은 없어."

"지금 자리가 나아. 오히려 적성에 맞는 편 아니야? 업무적으로 말할 필요도 없고 월급은 적지만 풀타임이니깐. 너 지난번에 여동생하고 밥 먹었을 때 속으로 면접이라도 본 거야?"

"직업병이야."

오빠가 갑자기 컴퓨터 전문직으로 일하던 직장을 그만두고, 여자 친구의 소개로 파견직원이 되었다는 사실을 이 대화를 듣고 알았다. 오빠와 여자 친구가 공장 안에 있는 미국 체인의 카페에서 이쪽이 보이지 않는 위치에 마주 앉았던 때였다. 큰까치수염의 키 큰 화분 사이로 여자 친구가 간간이 보였다. 머리카락을 짧게 자른 듯하다. 오빠는 뒷모습만 보이는데 회색 셔츠를 입고 있다. 내가 다림질한 옷이다. 달콤한 크림을 올린 커피를 주문했는데 크림이 대부분 녹아서 막상 마셔보니 금방 보통의 쓴 카페오레 맛이 났다. 기본 메뉴에 무얼 더 추가해야 좋을지 주문 방법을 몰라 갈팡질팡하고 싶지 않았다. 주문한 커피를 받는 장소를 못 찾아서 간담이 서늘했다.

"손님 이쪽에 서서 기다려주세요."

"일에는 금방 익숙해질 테지만 동생을 볼 면목이 없

어. 파견직과 계약직이면 계약직이 좀 더 낫지?"

"위도 아래도 없어. 월급도 높은 편인데다 너는 머리가 좋고 점차 시급도 늘어날 거야. 잘 해봐. 지금까지 상담했던 파견직 사원들이 다들 좋다고 했던 직장으로 소개했으니까."

"고마워. 하지만 여태 해왔던 일 하고는 분야가 전혀 달라서 말이야."

"그러니까 겸손하게 밑바닥부터 차근차근 배우고 지금까지 쌓아온 경험도 잘 살려봐. 완급조절을 잘 해봐"

여자 친구는 따뜻한 음료를 마시고 있고, 오빠는 아이스커피를 마시고 있겠지. 보이지는 않지만 뻔하다. 오빠는 어디를 가든 메뉴에 아이스커피가 있으면 아이스커피를 마신다. 여자 친구의 음료는 제대로 된 컵에 담아주었는데 어째서 나한테는 종이컵에다 줬을까. 오빠의 여자 친구가 컵을 컵받침에 올리자 달그락 소리가 났다. 작은 포크로 치즈 케이크 같은 것을 잘라 먹었다. 케이크 따위는 팔지 않는 줄 알았는데 특별한 암호를 사용해야 주문할 수 있나? 이런 카페는 복잡해서 피하는 편이지만 나도 명색이 젊은 사람인데 이런 카페에 앉아 있다고 나쁠 거야 없겠지. 오빠는 얼음을 아작아작 소리 내며 먹었다.

"솔직히 지금까지 컴퓨터를 써서 일할 때보다 훨씬 힘들어. 계속 집중하기도 힘들고 눈도 나빠질 것 같아."

"정말? 달라진 점이라면 컴퓨터 화면 대신 종이를 보는 것뿐이잖아. 나는 계속 봐야 한다면 컴퓨터 화면보다 인쇄된 종이가 낫다고 생각하는데."

오빠는 도대체 무슨 일을 시작한 것일까? 둘이 공장에 있다는 사실은 공장 안 어딘가에서 일하겠거니 짐작만 할 뿐이다. 컴퓨터를 전혀 사용하지 않는 일인데다가 서른 살까지 컴퓨터를 다루는 일만 한 오빠가 새로운 일을 시작했다고 생각하니 안쓰럽다. 그래도 공장에 취직했다는 말 한마디만 해줘도 좋았을걸. 아마도 선뜻 말하기가 거북했을 테고 창피해서 그랬을지도 모른다. 단둘이 살고 있는 여동생에게 그 정도쯤은 알려주어도 괜찮을 텐데. 그날 밤 오빠는 외박했다. 외박 자체는 별일이 아니지만 나는 기분이 울적해서 좀처럼 잠들지 못했다. 여자 친구가 죽어버리면 좋겠다. 오빠와 헤어지면 좋겠다. 도대체 남자 친구의 여동생을 그런 식으로 말하다니. 입이 걸고, 본래 말투가 품위가 없다. 생각하는 것만 봐도 덜떨어진 게 빨리 죽어주는 편이 세상을 위해서나 다른 사람들을 위해서도 좋을 텐데. 그런 인간이 정규직으로 사회의 일원인 양 태평스럽게 지내는데, 우리 남매처럼 선량하고 마음이 여린 시민은 괴롭힘을 당하고 정규직으로 채용되지 못하는 사실은 불공평하기 짝이 없다. 죽어라, 죽어버려라. 중얼거리면서 간신히 잠이 들었다. 다음날 아침에는 일어나기가 몹시 힘들었다. 무슨 이유

에선가 천재지변이 일어나길 바랐지만 날씨는 따뜻해서
나는 묵묵히 출근을 했다.

업무에 흥미가 있을 때와 없을 때의 결과물이 별반 차
이 나지 않는 단순 작업이지만 다시 한 번 생각해보면,
이 작업을 누군가에게 시키기 위해서 여분으로 임금을
지불하려는 공장의 사고방식은 주정뱅이가 아니고는 못
할 생각이다. 기계라도 개발하는 편이 낫다. 그래도 너무
정신을 놓고 있으면 오히려 괴로워진다. 나와 노동, 나와
공장, 나와 사회가 이어지지 않고, 단지 얇은 종이 한 장
만큼의 틈이 있어서 닿아 있는 정도지만 그 무엇과도 닿
아 있다고 느끼기 힘들다. 계속 먼 곳에 있는데 내가 착
각하고 있는 듯한 기분이 밀려온다. 나는 무엇을 하고 있
는 것일까. 스무 해 넘게 살아왔으면서 말도 조리 있게
못하고 기계보다 일을 잘하지도 못한다. 나는 문서파쇄
기를 조작하는 게 아니라 문서파쇄기를 도와주는 일을
하고 있다. 분명히 일을 하고 있는데 부당하게 돈을 벌어
살아가는 기분이다. 아침부터 시간이 완전히 멈춘 듯했
는데 이미 세 시간이나 지나 있었다.

"우시야마 씨는 입사해서 유급휴가를 한 번도 안 썼군
요. 최근 회사에서 엄격하게 따지니까 규정 일수에 맞게
유급휴가를 써주세요. 풀타임 직원은 입사해서 6개월에
사흘 발생하니까. 남은 일수를 이월할 수는 있지만 원칙
적으로 남기지 않도록 해주세요. 뭣하면 지금부터 반차

를 내고 퇴근해도 됩니다. 그렇게 하면 어때요?"

고토가 와서 고압적으로 말했다. 무엇보다 갑자기 나타나서 놀랐다. 오늘은 정말로 술 냄새가 진동할 듯한 얼굴이다. 나는 수면 부족으로 초조하고 불안해서 기분이 좋지 않았다. 어떻게 하면 유급휴가를 쓸 수 있는지 몰랐다. 지금까지 이쓰미 씨나 리더, 그 누구도 알려주지 않았다. 나를 거칠게 대하는 태도로 봤을 때 고토는 마치 내가 쉬지 않으면 민폐를 끼치는 일이라고 경고하는 듯한 말투였다. 너 따위 있든 없든 상관없으니 꺼지라는 소리로밖에 들리지 않았는데 말투에 상처를 받았지만 그에 거역조차 못하는 스스로가 더 안쓰러웠다. 결국 그렇게 하겠다고 작게 말했다. 다른 날 유급휴가 내는 방법을 배우는 것도 귀찮고 무엇보다 내가 고토의 자리까지 가서 질문하기는 더욱 싫었다.

"그러면 종이에 이름이나 날짜를 써서 사무카와 씨에게 도장을 받은 후에 나한테 주세요. 이 근처에 있을 테니까."

고토가 문서파쇄기 코너에 있는 캐비닛을 손가락으로 가리키면서 그대로 가버렸다. 어깨를 위아래로 들썩이고 목을 빙빙 돌리고 있다. 휴일에도 쉬지 않고 부지런히 영업 골프를 다녔겠지. 그렇게까지 해서 출세하고 싶으면 직장에서도 야무지게 일하는 편이 좋으련만. 술에 떡이 된 얼굴로 다니지 말고. 나는 애처롭게 얼굴을 찌푸린 채로 손가락으로 가리켰던 캐비닛을 열었다. 상자 몇 개를 넣고 캐비닛 속을 뒤졌다. 스테이플러의 침을 빼기 위한 기구, 낡아서 딱딱하게 굳은 골무가 들어 있다. 캐비닛의 제일 아래에 뚜껑이 있는 평평한 종이상자 안에서 '휴가신청서'라고 쓰여있는 A6 사이즈의 종이를 발견했다. 그런 양식들이 들어 있을 거라고는 짐작도 하지 못했다. 이쓰미 씨도 알려주지 않았다. 갑자기 이대로 퇴근해도 된다고 생각하니 조금 이득을 본 기분이 들었다. 그리고 바로 손해를 본 기분으로 바뀌었다. 이럴 줄 알았으면 오늘 하루 종일 쉬었으면 좋았을 텐데. 오늘 아침은 그토록 일어나기 힘들었는데. 그렇지만 퇴근할 수 있다면 가자. 퇴근하자. 모처럼의 기회라 잠깐 공장 안을 걸어봐야지 했다. 오빠 냄새가 나는 집으로 얼른 돌아가서 나 자신의 내면과 마주하고 싶다. 텔레비전을 보다가 그대로 밤을 맞이하고 싶지는 않다. 이럴 때는 확실히 몸을 조금 움직이는 편이 낫다. 근무 시간 내에는 출입증을 차고 다니면 공장 안을 돌아다닌다고 해서 타박받을 일도 없고, 건물 안이 아니라 바깥으로 나가도 별문제가 없으리라. 공장 안에는 예상외로 식물이 심어져 있고, 나무와 언덕도 있어서 한 번쯤은 제대로 보고 싶었다. 언제 또 그만두게 될지 모르고 그만둬버리면 두 번 다시 공장에 발을 디딜 일도 없겠지.

휴가신청서를 작성했다. 오늘은 오후부터 출근이라

방금 출근한 리더에게 도장을 받으러 갔다. 갈색 파일을 보고 있었다. 코앞까지 순은으로 된 돋보기를 쓱 벗고 나를 쳐다보기에 사정을 말하니 허허허 소리 내어 웃으며 말했다.

"오늘 아침은 각 부서 과장급 이상이 참석하는 회의라서 고토 씨도 압박을 좀 받았나 보군. 계약직 사원에게도 유급휴가를 확실히 쓰도록 하는지에 대해서 말이지."

예상대로 그런 이유에서인가.

"오늘은 지금 퇴근해서 어디에 갈 생각인가요?"

공장 안을 걸어보려 한다고 말하니 또 호호, 허허 소리를 내며 생글생글 웃었다.

"나같이 오랫동안 공장에서 일하는 입장에서는 별로 신기한 일도 아니거든요. 우시야마 씨 같은 분이라면 많이 흥미로울지도 모르겠군요. 있잖아요. 우시야마 씨, 강이 있는 것은 알고 있나요? 바다로 흘러나가는 큰 강이요."

바다에 면하고 있고 강이 거기로 흘러간다는 사실은 대강 알고 있다.

"본 적은 없죠? 큰 다리가 있어서 이쪽이 북쪽 지구, 저쪽이 남쪽 지구. 분위기가 많아 달라요. 저쪽은 좀 더 공장다운 공장이 많고, 이쪽은 형이상학적인 건물이 많아요. 다리는 유명한 건축가가 디자인했다고 하는데 아름다워요. 꼭 가보세요. 건너지 않더라도 가 보면 좋아요. 건너기가 상당히 힘드니까요. 다리 중간에도 버스정류장이 있으니까 버스를 타도 좋고요. 버스는 공짜예요. 공장 안을 순회하는 버스죠. 다리에서 강을 내려다보면 새가 많이 보일 겁니다."

새에 대해서는 별로 흥미가 없었지만 목적지를 정하는 편이 걷기 쉽다. 공장에는 청바지를 입은 사람들이 가끔 보였다. 그들은 나보다 훨씬 허름하고 지저분한 모습이었다. 일체형 회색 작업복을 입고 있는 사람들은 온몸이 거뭇거뭇했다. 검은 잉크나 기름 같은 것이 뚝뚝 떨어질 듯한 금속 덩어리를 위태롭게 안고 다니거나, 녹슨 부품을 어깨에 지고 다녔다. 정장을 입은 사람들도 있지만 그런 사람은 대부분 버스나 차를 타고 온다. 걷다가도 버스 정류장에서 버스에 올라탔다. 저마다 손에 장지갑을 든 여직원의 무리가 걸어온다. 재킷을 벗은 남성과 젊은 여성들이 배구를 하면서 목소리를 높이고 있다. 지상의 점심 휴식 시간은 유쾌하다. 모두 목에 출입증을 걸고 있는데 그 줄이 색깔이 가지각색이다. 내 출입증의 목줄은 빨간색이다. 빨간색 줄은 작업복을 입은 사람들이 많이 걸고 있다.

"본사 지구의 정직원은 암청색이고 높으신 양반들은 검은색이야. 가장 대단한 색깔은 은색이지. 실제로는 회색 같지만 그 출입증을 걸고 있으면 기본적으로 아무 데나 들어갈 수 있다지. 말하자면 은색은 경영진과 친족관

계이거나 아니면 무언가가 있는 듯한 높으신 양반들뿐이야. 관련 회사와 자회사의 정직원은 푸른색이고, 내방객들은 연지색이랄까 차분한 붉은 갈색. 비정규직은 붉은색이나 노란색, 혹은 핫핑크 같은 화려한 색. 비정규직 중에서도 색 구별이 있는 모양이야. 아마 사무직인지 육체노동직인지에 따라 다르겠지."

"어째서 비정규직이 화려한 색일까? 이상하게 분류했네."

"비정규직은 육체노동이 많으니깐 그럴 때 암청색이 목에 걸려 있으면 위험하잖아. 생각해봐, 문서파쇄기도 마찬가지잖아. 지금은 걸고 작업 중에는 빼야 하지. 항상 그런 의식을 가지고 있어야 해서가 아닐까? 붉은색이나 노란색은 경고색이기도 하고, 요시코는 무슨 색이야?"

오빠도 지금은 빨간색이나 노란색의 줄을 목에 걸고 있을까.

"다리로 가려면 '남쪽 지구행'이라는 안내 표시를 보고 가. 버스가 지나는 길을 따라가면 만일 걷다가 지쳐도 안심이야. 나는 한때 건강을 위해서 다리를 걸어서 건넜어. 남쪽과 북쪽을 오갈 때 말이야."

남과 북을 오간다는 말은 과장이라고 생각했는데 다리까지 도착해 보니 정말로 남과 북이 나눠져 있다는 인상을 받았다. 다리의 건너편, 건너편의 낭떠러지는 보이지 않고 바다를 향해서 흘러가는 강이 매우 넓어서 다시

금 공장 전체의 거대함을 느꼈다. 다리를 이렇게 스스로 걷고 있다니 기묘한 일이다. 애초에 나는 공장 전체의 거대함에는 범접할 수 없는 말단 일용직 근로자라 공장을 분단하는 다리를 걸어서 건넌다는 것도 거짓말 같은 일이다. 오히려 허용되지 않는 일이 아닐까. 잠시 다리를 보고 발길을 멈추었다. 이 다리가 아름답다는 생각은 들지 않았다. 몇 사람이 옆으로 지나갔다. 저쪽에서 양복을 입은 사람들이 여럿 탄 버스가 달려왔다. 남쪽 지구에서 돌아오는 버스니 그들은 원래 북쪽 지구의 사람들로 업무 차 남쪽에 갔다 왔으리라.

"우리는 원래 남쪽에서 일하는 게 제격이야. 이 일 말이야, 문서파쇄기 작업반이 말이지."

다리에 발을 디디지만 웬일인지 망설여졌다. 도중에 돌아가도 상관없고 끝까지 가서 남쪽 지구의 출구를 지나 공장 밖으로 나가는 방법도 있다. 리더가 말하는 대로 버스를 타도 괜찮다. 지금의 상태로 봐서는 당분간 걷다 지쳐 고통을 느낄 일은 없을 듯하다. 처음에 상상했던 것보다 생각도 못할 만큼 빠르게 다리까지 왔다. 반차를 냈지만 아직 점심시간이다. 이 커다란 강, 그리고 그 사이에 놓인 장대한 다리. 이런 것들을 모두 보유한 광대한 공장에서 나를 필요로 해서 일을 하고 있다. 역시 감사할 만하고 멋진 일이라고 여겨야만 할까. 물론 누구라도 가능한 일이고, 노인이나 지병이 있는 사람도 할 수 있는 일이다. 그런 일을 자신이, 말에 따라서는 앞길이 창창한 젊은이가 하기에는 부당하고 불행한 것인지도 모른다. 그러나 방에 틀어박혀서 아무 생각 없이 지내야 하는 젊은이도 많다. 일하고 싶은 마음이 실현되었다는 사실은 감사한 일이다. 감사하지 않을 이유가 없다. 물론 나는 일하고 싶은 마음이 없다. 솔직한 마음으로는 일하고 싶지 않다. 삶의 보람이나 삶의 의미와 노동은 전혀 연결되지 않는다. 예전에 연결된다고 생각했던 적도 있었는데 연결되지 않는다는 걸 이미 잘 알고 있다. 이런 생각을 이쓰미 씨에게 말하면 또 고기 먹으러 갔을 때처럼 싸워보지도 않고 포기한다는 말을 들을 것 같다. 그런 게 아니다. 일과 노동에 이르기 위한 지금까지의 과정은 싸움이라고도 말하지 못할 정체 모를 기묘한 일이다. 자신의 내면이 아닌 외부 즉, 다른 세계의 일이다. 자신이 능동적으로 일할 만한 종류의 것이 아니다. 나는 다만 최선을 다해서 지금까지 살아왔다고 자부하는데 내가 생각하는 최선을 다한다는 것은 사실은 아무 가치도 없었다. 그 증거가 바로 지금의 내 처지다. 일하고 싶지 않다. 일하고 싶지 않지만 일하지 않고 살아갈 다른 대안도 없다. 걷기란 자신의 사고와 함께 침착해지는 행위였을지도 모른다. 나는 거칠게 다리를 계속 움직였다. 곧장 집으로 돌아가서 재방송 드라마를 보는 편이 훨씬 나을지도 모른다. 어찌 됐든, 어떻든, 어떻게 했든 간에 노동에 대해 소극적인 내가 그럭저럭 월급은 받고 있다. 오히려 다행이다. 그야말로 하느님이 보우하사 가능했던 일이다.

이 상황을 받아들여야만 한다. 얇은 종이 따위가 뭐람. 누구나 얇은 종이에 둘둘 말려서 일을 하고 있는 것이 틀림없다. 노동에 있어서 나만 언제까지 아이처럼 굴지는 못할 것이다. 좋은지 나쁜지 모른다. 멈춰 서니 앞을 보아도, 뒤를 돌아보아도 다리의 끄트머리가 보이지 않았다. 그렇게 많이 걸어왔나? 얼마나 걸었을까. 다리 밑에는 많은 물이 흐르고 있었다. 벌써 바다 가까이 왔나? 강을 가로질러서 다리가 있다고 생각했는데 바로 옆으로 가로지르지 않고 넓은 강폭의 위를 평행으로 건너고 있을까? 그렇지 않고서야 강이 이렇게 계속 이어지지는 않을 텐데? 절벽은 어디에 있는 것일까. 인도는 폭이 충분히 넓은데 차가 지나가면 바람이 불어왔다. 자동차, 버스는 끊임없이 달리고 있었기에 나는 바람을 계속 맞으면서 걸었다. 차는 거의 대부분이 은색의 공장 마크가 들어간 세단이었다. 가끔 검정, 붉은색의 경차나 커다란 외제차 같은 왜건wagon이 지나갔다. 버스도 지나가면서 버스정류장마다 멈췄고 한두 사람이 하차했다. 내가 타는 줄 알고 잠깐 기다린 버스도 있었는데 내가 멈춰 서거나 머리를 가로젓거나 해서 타지 않겠다는 신호를 보내자 버스는 검은 연기를 내면서 출발했다. 버스의 색깔은 다양했는데 본 듯도 하고 아닌 듯도 한 마크가 들어가 있었다. 낡은 버스를 버스회사가 매입해서 쓰고 있는 것일까? 버스정류장에서 내린 사람들은 모두 회색 작업복 차림이었다. 다리에서 위나 아래로 이어진 사다리로 가 열쇠를 꺼내 사다리 입구에 있는 울타리의 잠금장치를 열거나, 이미 거기에 있던 작업복을 입은 사람에게 공구 같은 금속 제품을 건네주거나 했다. 위를 보면 다리 꼭대기에서 작업하고 있는 일체형 회색 작업복을 입은 남자들이 보일지도 모르지만 쳐다보는 것은 무섭다. 무서워서 사다리가 연결되지 않은 곳을 골라서 손잡이에 매달려 아래를 내려다보았다. 물이 어디에서 어디로 흘러가는지 알 수 없었다. 높은 곳에서 아래를 보면 항상 그렇듯이 아래쪽으로 빨려 들어갈 듯해서 떨어지고 싶은 기분이 든다. 멀찍이 물러섰다. 어쩌면 자신이 어디에서 온 줄도 모를 지경이었다. 실제로는 끊임없이 흘러가고 있고, 이쪽 차선의 차와 같은 방향으로 가고 있으니 길을 잘못 들 염려 따위는 없지만. 자동차는 계속 나를 앞질러 갔다. 나는 다음 버스정류장에서 버스를 타야겠다고 생각하면서 다시 걷기 시작했다. 그러고 보니 점심을 걸렀다. 가방 안에는 내가 만든 볼품없는 도시락이 있지만 그다지 먹고 싶지 않다. 새를 보면서 어딘가에 앉아서 먹어도 좋겠지만 지금은 배가 고프지 않다. 내일부터는 오빠 도시락도 싸 주는 편이 좋을까. 도대체 오빠는 언제부터 공장에서 일하고 있었을까

다리에 도착하니 오늘은 여느 때와 달리 사람이 많았다. 사다리에 찰싹 붙어서 올라가는 직원이 몇 명 먼저 보이고 아래를 보니 사다리에서 내려오는 직원도 다수 있었다. 때때로 사다리에서 작업하고 있는 그들을 본 적은 있지만 오늘만큼 사람이 많은 적은 없었다. 회색 작업복을 입고 안전화를 신고, 머리에는 안전모를 쓰고 있다. 수십 미터 위에 덩치 큰 남자 여러 명이 일하고 있다고 생각하면 기분이 좋지 않다. 생명줄은 당연히 달고 있겠지만 여기서는 보이지 않는다. 팔의 힘만으로 저기까지 올라갔을까. 검은 새가 많이 보인 곳은 바다 쪽으로 더 다가간 지점. 여기에서 조금 더 걷기로 한다. 바람이 불어서 기분이 상쾌했다. 다시 생각해도 그 보고서를 읽는 것은 그다지 마음이 내키지 않는다. 무엇보다도 초등학생이 컴퓨터로 원고를 칠 리 없지 않은가. 그 노인이 작성하고 손자를 앞세워서 가져온 것은 아닐까. 도대체 무엇을 위해서? 걸어가니 새 소리가 들려왔다. 새가 어떤 소리로 울었던가. 이렇게 우울한 기분에 울어댔던 걸까. 검은 새가 보였다.

"이봐! A관 뜯었어? A관 말이야! A관!"

"A관 있어요!"

다리 위에서 덩치 큰 남자들의 소리가 들려왔다. 바람도 불고 차도 계속해서 지나가니 소리를 크게 질러야 하

공장

겠지. 지금까지 왔던 방향을 보아도 앞으로 나아갈 방향을 보아도 일정한 간격으로 남자들이 다리 위에서 작업한다. 다리 아래쪽을 내려다보아도 남자들은 있으리라. 작업복을 입은 남자들이 가끔 소리치면서 손짓 발짓을 한다. 하늘은 맑지만 때때로 흘러가는 구름에 가려 전체적으로 어두워졌다. 한 여성이 등을 굽혀서 손으로 다리의 난간을 붙잡고 아래를 보고 있다. 작업복 차림이 아니라서 다리에서 작업을 하고 있는 남자들의 관계자는 아닌 듯하다. 청바지를 입고, 낡고도 세련된 듯한 회색 셔츠를 입고 있었다. 머리를 뒤에서 하나로 묶었다. 다리 위에는 공장의 다양한 연령대의 직원이 자연스럽게 걸어 다니고 있지만 난간에서 아래를 응시하는 사람은 보기 드물다. 지금은 일반 직원들의 근무 시간이라 다리에서 아래를 살펴보는 여성을 보고 있자니 자살이라는 단어가 머리에 떠오른다. 하지만 작업 중인 남자들이 이렇게 많으면 현실적으로는 힘들다. 금방 구조될 테니까. 여성이 내 쪽으로 얼굴을 돌려 눈이 마주쳤다. 여성이 조금 눈을 크게 뜨고 내 얼굴을 다시 본 듯하다. 아는 얼굴은 아니다. 생각보다 젊은 듯한데 입 주위가 불도그처럼 처져 있다. 화장기는 없는 얼굴에 눈썹이 흐려서 약간 무서웠다. 이쪽은 이제 보지 않는다. 새 울음소리가 격해졌고 언제나처럼 서로 부대끼면서 공장을 보고 있는 무리가 보였다. 오늘은 아래의 제방에는 내려가지 않으리라.

작업복을 입은 남자들에게 질타받을지도 모른다. 카메라를 꺼냈다. 카메라 렌즈는 새를 포착했다. 피사체를 확대했지만 한 장 찍어보고 액정으로 확인하니 검은 새는 눈으로 직접 보는 것 보다 훨씬 선명하지 않았다. 빛나고 축축해야 할 날개의 질감이 드러나지 않았다. 원래 거리가 있어서 이 렌즈로 찍기에는 한계가 있다고 짐작했지만 생각보다 결과물이 좋지 않다. 오늘은 일반적인 카메라를 계속 켜놓고 있다가 그대로 들고 와서 특별한 망원렌즈가 아니다. 그러니 새에게 정말 가까이 가야만 했다. 가지고 있는 렌즈 중에서 가장 멀리까지 촬영 가능한 망원렌즈는 부피가 커서 가져오지 않았다. 그러고 보니 카메라를 오랜만에 잡았다. 어떤 렌즈를 사용할지 신경 쓰지 않았다. 표본과 사진을 세트로 수집해 분류한 때가 언제였더라. 이끼관찰회의 자료로 제작한 것이 마지막이었나. 아래로는 내려가지 않겠다고 마음먹었지만 역시 내려가서 촬영할까. 사진이 잘 찍히지 않아도 별로 상관없지만 시간이 없는 것도 아니고 무거운 카메라를 여기까지 가지고 온 보람이 없다. 그 노인과 손자를 위해서 렌즈를 갈아 끼우고 여기에 다시 올 일도 없다. 새가 밀집해 있으므로 잘 찍기가 어렵기도 하다. 무리에서 떨어진 새를 찾으니, 한 마리가 날아가는 것이 보였다. 반사적으로 날아가는 새를 향해 렌즈를 맞추어 여러 장을 연속으로 찍었다. 움직이는 새를 촬영하기에는 카메라 성능이나 실력이 부족한 것이 사실이지만, 손이 먼저 움직였다. 새는 금방 나는 것을 멈추고 물 위에 내려앉았다. 카메라를 잡은 채로 몇 걸음 난간을 향해 걸어가 제방에 혼자 있는 새를 찾았다. 몇 장 찍고 눈에서 카메라를 떼어내니 방금 앞질러 간 여성이 노려보고 있었다. 충분히 간격을 두고 있다고 생각했는데 어느새 가까이에 있었다. 그녀는 불도그 같은 입을 더욱 삐죽거렸고, 눈은 평행사변형으로 좁아졌다. 뒤로 묶은 머리의 잔머리가 붕 떠서 바람에 휘날려 한층 흐트러져 보였다. 젊다고 생각했는데 지금은 노파처럼 보인다. 어쩌면 청바지를 입은 노파일지도 모른다. 카메라 때문이라고 직감했다. 카메라가 그녀 자신을 찍고 있다고 생각했겠지. 스스로도 모르는 사람에게 렌즈를 들이대고 있었다고 생각하면 머쓱해진다. 여자는 째려보기를 그만두고 등을 보이며 반대편으로 걸어가기 시작했다. 엉덩이 까는 숲속 요정 소문도 있고, 정신병자 같은 인상을 주었다면 문제가 있다. 착각했다고 해도 사과해야 한다. 가볍게 뛰어서 따라갔다. 그 낌새에 뒤돌아본 그녀가 또 얼굴을 찌푸렸다. 한층 더 수상쩍은 사람이 되어버렸다. 기필코 한마디 해명은 해야 한다.

"저기, 잠깐만요."

방금까지 화난 표정이었는데 그 표정은 사라졌다. 걱정스러운 얼굴을 하고 나를 돌아보았다. 이렇게 가까이에서 보니 역시 젊다.

"죄송합니다. 카메라로 새를 찍고 있었어요. 그쪽으로 렌즈가 향한 듯해서요."

"네."

그녀는 수상하다는 듯이 말했다.

"괜찮아요."

눈은 내리깐 채로 이쪽을 보고 있는지 분명하지 않았다.

"죄송합니다."

재차 머리를 숙이니 싫은 기색이긴 했지만 상대방도 머리를 조금 숙이고 다시 말했다.

"괜찮습니다. 미안해요."

상대방은 사과할 이유도 없었는데 내가 사과를 받았다. 잠깐 동안 어색하게 침묵이 흘렀다. 내가 말을 걸었으니 내 쪽에서 인사를 해야겠다고 생각했는데 그 여자가 말을 시작했다.

"새를 찍으셨어요?"

생각 외로 상대방이 말을 시작해서 놀랐다. 새라고?

"네, 새를 찍고 있었어요."

"무슨 새이지요?"

목소리를 높였다. 어째서 모두가 새에 대해서 이러쿵저러쿵 신경을 쓸까?

새가 보였다. 아무런 변화도 없는 검은 물새다. 냐-냐-하는 소리와 갸-갸-하는 소리가 둘 다 들렸다. 바다를 향해 넓게 펼쳐진 강물에서 바다 냄새가 났다. 바다고양이인가? 바다고양이는 고양이처럼 냐-냐-하며 울어서 바다고양이라고 부르는 게 틀림없다. 그렇다면 이것들은 바다고양이일지도 모른다. 그러나 바다고양이는 여기보다 더 북쪽에 서식하는 새가 아니었던가. 잠깐 걸으니 새의 개체 수가 훨씬 많이 보였고 대부분 몸을 맞댄 것처럼 수십 마리가 앉아 있다. 동물 프로그램에서 보았는데 펭귄이 겨울을 나는 모습 같다. 추울까? 저 중에 새끼를 밴 새도 있으려나? 멈춰 서서 몸을 쑥 내밀고 바라보니 갑자기 새 냄새가 났다. 해풍과 섞이고 기름진 새의 냄새다. 새의 날개가 젖어서 빛나고 있다. 각각의 날개가 뒤얽혀 있다. 리더가 말한 새인가? 거대하지도 가련하지도 않은 지극히 평범한 보통의 새다. 부리에서 다리까지 온통 시커멓다. 그 수가 많을 뿐이다. 벌써 다리의 남쪽 끝자락까지 온 걸까? 되돌아가거나 버스를 타는 것보다 건너갈 수 있는 거리에 있을까? 한번 발을 멈추니 갑자기 발이 무겁게 느껴진다.

하늘이 흐려지기 시작했다. 차는 계속 달리고 있다. 새는 모두 같은 방향을 보고 있고 때때로 울고 있다. 걸어온 방향에서 중년의 남성이 걸어왔다. 양복을 입지는 않았지만 단정하게 셔츠와 바지를 입었다. 검은색의 입체

293

적인 가방을 사선으로 메고 목에는 회색의 출입증을 걸고 있다. 섬뜩한 느낌이 들었다. 회색? 회색이 아니라면 은색인가. 공장 어디에나 출입할 수 있는 증표가 아닌가. 삼사십 대로 보이는데 그렇게 대단한 사람일까? 아니면 목줄이 회색인 출입증도 있었나? 깡마른 체구에 안경을 썼고 안색도 좋지 않다. 나와 순간적으로 눈이 마주쳤지만 그대로 지나쳐 가버렸다. 버스는 타지 않는 건가? 작업복 차림도 아니고 대체 뭐 하는 사람일까? 아래를 봤다가 위를 봤다가 부산스럽다. 뒷모습이 고양이 등처럼 구부정해서 나이 들어 보였다. 공장에는 별별 사람이 다 있군. 아무리 봐도 회사 임원 같지는 않은데 뭔가 이유가 있겠지. 임원 아들일지도 모르고. 그렇다면 그다지 엮이지 않는 편이 낫다. 나는 새 쪽으로 시선을 되돌렸다. 리더는 예전에 항상 이 다리를 건너다녔다고 한다. 그러나 한창 일하는 시간에 걸어서 건너기엔 버거울 만큼 긴 다리다. 어쩌면 조금 농땡이 치고 싶었는지도 모르겠다. 지금 몇 시나 됐을까? 일개 기업에서 만든 시설이 이런 풍경을 만들어 내다니, 새삼스레 믿기지 않았다. 슬슬 다시 가 볼까 하고 앞을 본 순간 그 자리에 얼어붙었다. 방금 나를 앞질러 갔던 그 남자가 내 쪽을 향해 카메라를 들이대고 촬영을 하고 있었던 것이다. 뭘 하는 거지? 대체 뭘 찍는 거야? 혹시라도 나를 찍고 있다면 순순히 넘어갈 일이 아니다. 어떤 의도인지 모르겠지만 젊은 여자라 해도 허락 없이 중년 남자에게 사진을 찍힐 이유는 없다. 중역이든 부모의 후광으로 사는 2세든 문제는 문제다. 그런데 꼭 나를 촬영했다고 보기도 어려운 상황이다. 그저 나를 배경으로 찍거나 아니면 전경前景으로 해서 다른 사물을 촬영하고 있었는지도 모른다. 그보다 오히려 굳이 나를 찍을 이유가 없다는 생각이 강하게 들었다. 아름답지도 않고 귀여울 리도 없는 나를 무엇 하러 촬영했겠는가. 아무리 시들시들한 중년 남자라고 해도 딱히 득될 일도 없을 텐데. 그렇다 하더라도 현대사회에서는 무슨 일이 생길지 예측 불가능하니까. 나처럼 시시한 여자를 좋아하는 별난 남자가 있을지도 모른다. 그도 아니라면 내가 뭔가 공장에 해가 되는 짓을 하고 있다고 생각해서 증거 사진을 수집하려고 촬영했을지도. 예를 들면 농땡이 치고 있다거나 내가 뭔가 들여다보면 안 되는 것을 들여다보고 있다고 여겼다든가. 이 다리를 굳이 걸어서 건너는 사람도 드문 데다가 그 목적도 명확하지 않아서 수상하게 여겼을 수도 있다. 그렇다 해도 임원이 그런 촬영까지 할까? 역시 과도한 억측이다. 그저 다리에서 공장 풍경 따위를 촬영하고 있었을 뿐이다. 신경 쓰지 말고 가던 길이나 가야겠다고 생각했다. 내 갈 길을 가는 방법 이외에 달리 선택지도 없으니 말이다. 설령 남자가 나를 촬영하고 있다 한들 어떻게 따져 물어야 할지 떠오르지 않았다. 더 이상 가까워지지 않기 위해서는 되돌아가야만 한다. 내가 발을 내딛자 중년 남자와 눈이 마주쳤다. 남자가 내 쪽을 향해 발을 막 내딛으려는 찰나였다. 방금 나를 앞질러 갔는데 어째서 되돌아오는 걸까? 발걸음이 분명히 나를 향하고 있다. 남자가 이쪽으로 달려왔다. 도망칠까 잠깐 주춤했으나 상대가 쫓아오면 어차피 달아나지도 못할 테니 소용없는 짓이다. 무엇보다 주위에는 다리에서 작업하는 남자들도 있고 버스나 자동차가 쉴 새 없이 다니고 있다. 직접 위해를 가할 상황이 못 된다. 중년 남자는 꼼짝없이 서 있던 내 앞까지 왔다. 꽤 짧은 거리를 달렸는데도 약간 숨을 헐떡이면서 머리를 숙였다.

"저, 죄송합니다. 카메라로 새를 찍고 있었는데 그쪽으로 렌즈가 향한 것 같아서요. 당신이 찍히지는 않았을 테지만, 저, 혹시 신경 쓰실까 싶어서요."

나는 고개를 끄덕였다. 그랬겠지. 나를 촬영했을 리가 없어. 내 뒤를 촬영하고 있었던 거야. 안심이 되면서도 이상한 기분이 들었다. 새를 촬영한다고?

"죄송합니다."

나는 고개를 숙이고 있는 상대에게 새에 대해 묻고 싶어졌다. 무슨 새지? 왜 이 새를 특별히 촬영하고 있는 거지?

"새를 촬영하고 계셨어요?"

내가 내쳐 묻자 중년 남자가 흠칫 놀라는 얼굴로 대답

했다.

"네. 새를 찍었습니다."

얼빠진 듯한 목소리로 남자는 세차게 고개를 끄덕이고 "새를"이라고 말하면서 다리 너머를 가리켰다.

"새 이름이 뭐예요?"

물으니 중년 남자는 놀란 얼굴로 말이 없다. 이름을 모르는 건가?

"왜 새에 대해 물으시는 거죠?"

"네?"

"붉은 생강이 특색 있네요."

후루후에가 말했다. 우리가 소키소바(돼지갈비를 올린 오키나와식 소바. 일본 본토에서 소바는 메밀국수를 가리키지만 오키나와에서는 밀가루로 만든 국수로 라멘에 가깝다. ─옮긴이 주)를 먹고 있는데 갑자기 아까 우리에게 소바를 갖다 준 가게 주인이 쪽물을 들인 수건을 머리에 두른 채 큰 소리로 말했다.

"손님이 열 분이 모이셨으니 고대하시는 사타안다기(설탕을 넣은 반죽을 튀겨 만든 오키나와식 간식. 오키나와 사람들이 많이 이주한 하와이에서도 안다기andagi라는 이름으로 유명하다. ─옮긴이 주) 쟁탈 가위바위보 대회를 하겠습니다."

"손으로 직접 만든 겁니다."

다른 손님 세 팀은 알고 있었다는 듯이 즐겁게 떠들었다.

"자, 여러분! 손을 들어주세요. 가위바위보를 하겠습니다."

주변 손님들은 오른손을 위로 들었다. 우리들은 얼굴을 마주 보았다. 주인이 "자, 다 함께 부탁드려요. 맛있는 수제품 사타안다기입니다." 라고 말하면서 이쪽을 보았다. 다른 손님들도 보았다. 내심 내키지 않았지만 마지못해 손을 말아 쥐었다. 후루후에도 주먹을 쥐었다.

"자 그럼, 가-위, 바-위, 시사."

시사(한국의 해태와 비슷하게 생긴 오키나와의 수호 동물. 시는 사자를, 사는 ~씨를 의미하며 오키나와의 건물장식에서 자주 볼 수 있다. -옮긴이 주)라고? 나는 손을 거두어들였다. 성공적으로 첫 번째로 졌다. 후루후에는 보를 내서 이겼다. 딱하다. 다른 손님은 모두 남았다.

"모두 운이 좋으시네요. 그럼 한 번 더 갑니다. 가-위, 바-위, 시사."

최종 결과 가운데 가르마를 탄 검은 머리의 젊은 여성이 사타안다기를 얻고는 작고 귀엽게 브이 표시를 지었다. 비닐봉지에 든 세 개의 사타안다기 중 하나를 함께 온 머리를 전부 하나로 묶은 젊은 여자에게 준다고 약속하는 소리가 들렸다. 다행스럽게도 가위바위보에서 진 후루후에는 소키소바로 몸을 돌리고 "다 식어버렸네요."

하면서 돼지갈비의 뼈를 오도독오도독 씹었다.

"이 새의 이름이 공장가마우지라고 들은 적이 있습니다. 하지만 진짜인지 아닌지는 모릅니다."

남자는 어두운 표정으로 그렇게 말하고 "공장에 사는 가마우지라는 뜻인데 정식 명칭은 아닐 테고요."라고 덧붙였다.

"어디에서 조사해보신 적은 없으세요? 공장가마우지라는 이름에 대해서."라고 묻자 "불과 얼마 안 돼서요. 공장가마우지라는 이름을 오늘 아침에 처음 들었거든요." 쿵 소리가 나더니 갑자기 세찬 바람이 불었다. 다리 위와 아래에서 작업을 하던 남자들이 웅성거려서 나는 주변을 둘러보았다. 어디선가 공구나 나사라도 날아오지 않을까 염려했지만 바람은 한 차례 강하게 불었다가 곧 가라앉았다.

"가마우지 종류인가 싶어 조금 조사해보기는 했는데 다른 가마우지와는 다소 차이가 있습니다. 온몸이 새까만 색인데 일본에 있는 강가마우지나 바다가마우지는 눈 주위나 부리가 까맣진 않거든요. 직접 확인해보고 싶어요. 그래서 오늘은 사진을 찍어보기로 마음먹은 겁니다."

"공장가마우지라는 이름은 누구한테 들으셨어요?"

"아는 노인과 그분 손자가 말해줬습니다. 오늘 아침에

집으로 와서요."

"누구세요? 그 노인과 손자는?"

"제가 주최한 이끼관찰회의 참가자입니다."

'이끼관찰회'라고? 노인과 손자? 이 남자 정상일까? 대체 무슨 말이지?

"제 사정은 그렇습니다. 당신은 왜 새를 보러 오셨습니까? 지금은 점심 휴식 시간인가요?"

남자가 말했다. 역시 어슬렁어슬렁 다리 위를 걸으면 안 되는 거였다. 얼른 버스를 타고 돌아갔더라면 좋았을 것을.

"오늘은 반차 휴가를 써서 오전에 퇴근했어요. 공장 안이 넓으니 산책이나 해볼까 했어요. 관리직으로 계신 정규직 한 분이 멀리 돌아서 다리를 건너보면 좋다고, 예쁘고 새도 볼 수 있으니 다녀와 보라고 하셨거든요. 그래서 왔어요."

다른 사람에게 이렇게 말로 표현하니 이상한 상황이다. 애초에 예정에도 없던 조퇴는 왜 했으며 정말 유급휴가로 깔끔하게 처리되기는 하는 걸까? 조금 전 건물에서 나올 때 출퇴근 카드를 찍었는데 에러가 나지는 않았을까? 어째서 리더가 한 말만 듣고 순순히 이 재미 없는 다리나 검은 새를 일부러 보러 온 걸까? 공장부지 전체의 모습을 몰라서 단언하지는 못하지만 꽤 멀리까지 오지 않았을까?

"아, 그러시군요."

남자는 말하며 고개를 끄덕였다.

"그냥 잠깐 보러 오신 거군요. 특별히 새에 관련된 뭔가가 있을 리 없겠지요. 실례 많았습니다. 사진은 찍히지 않았으니 안심하세요."

남자는 인사를 하고 왔던 길의 반대쪽을 향해서 서둘러 갔다. 나도 반사적으로 고개를 숙이긴 했지만 인사할 틈이 없었다. 가는 걸 보고서 잠깐 서 있다 돌아가기로 했다. 공복이었지만 어제 지은 밥과 냉동튀김이 담긴 궁상스럽기 그지없는 도시락을 먹고 싶지 않았다. 작업을 하고 있는 남자들이 없다면 다리 위에서 내던져 버리고 싶을 정도다. 가던 길이나 가자고 마음먹고 발을 떼려하니 방금 가버린 남자를 뒤쫓는 셈이어서 잠깐 기다렸다 갈까도 싶었지만 그렇다고 오래 서 있기도 싫었다. 조금 춥기도 하고 새에 대해서는 더 이상 아무 흥미도 없었다. 잠시 동안 다리에 기대어 새와 작업하는 남자들을 쳐다보며 시간을 때우고, 남자의 뒷모습이 충분히 멀어지는 것을 확인하고 발걸음을 뗐다. 버스정류장이 나오면 버스를 타자. 예상과 달리 버스정류장 없이 다리는 끝났다. 걸어 다닌 시간을 고려해보면 이렇게 빨리 도착할 리가 없다고 생각했지만 실제로 결과가 이러니 어쩌겠는가. 뒤돌아보니 역시 다리는 길다. 어찌 이리 짧은 시간 안에 건넜을까? 다리를 거의 다 건너와 새를 보면서 문답하는 꼴이다. 조금 맥이 빠졌다. 그리고 눈앞에 아까 그 남자가 서 있어서 놀랐다. 평소에도 아래를 보고 걸어 다닌다는 건 스스로도 알고 있었지만 이렇게 가까워질 때까지 알아차리지 못할 만큼 멍청하다니. 남자는 붉은 천에 "오키나와 요리 가차시(템포가 빠른 오키나와 민요 연주에 맞추어서 양손을 머리 위에 올리고 손목을 돌리면서 좌우로 흔들며 추는 춤이다. -옮긴이 주)"라고 쓰인 가게 앞에 내내 서 있었다. 내가 온 걸 눈치채지 못한 모양이었다. 서먹하기도 해서 그냥 지나치러 했지만 나도 모르게 "어머."하는 소리가 입 밖으로 튀어나왔다. 남자가 뒤돌아보고는 눈썹을 치켜뜨며 놀란 얼굴을 했다.

"뭡니까?"

'뭡니까'라고 하는 말투에 타박하는 느낌이 있어서 불쾌했다.

"다리를 건너 집에 가는 길이었어요."

"그렇습니까? 그럼 더더욱 실례했습니다."

남자는 가볍게 또 머리를 숙였다. 나는 얼른 가려고 했지만 어쩐 일인지 멈춰 서고 말았다. 남자는 나를 보고 가게 간판을 보았다. 그리고 잠시 있다가 "저, 실례지만, 여기에 이런 가게가 있다는 걸 아셨습니까?" 하고 물었다. 잡담인가?

"아뇨, 저, 다리를 건너서 이쪽 지구에 온 건 처음이에요."

좀 전에 이미 그런 얘긴 했다고 생각하는데 벌써 잊어버렸나? 아까의 강풍 때문인지 남자의 머리는 한쪽으로 흐트러져 있다.

"그러셨군요. 죄송합니다. 처음 보는 가게인데도 낯설지가 않아서 깜짝 놀랐습니다. 공장 안은 여기저기 돌아다녀 보아서 얼추 알고 있습니다만."

별소리를 다 하네. 좀 수상쩍었다. 관심도 없으면서 실례를 범하기까지 한 상대를 앞에 두고 이렇게 잡담을 하다니. 나는 내가 젊은 여자이고 상대가 중년 남자라는 사실이 떠오르자 소름이 끼쳤다. 나한테 관심이 있는지도 모른다. 오히려 점심 식사를 핑계로 유혹한다고 느껴질 만한 그런 수다가 아닌가? 보통 어떤 음식점 앞에서 그 음식점이 화제에 오르고 마침 점심 때라면 그곳으로 같이 들어가자는 말이나 마찬가지 아니던가? 그런 게 아닐까? 나는 순간 겨드랑이 사이로 땀이 흐르는 느낌이 들었다. 실제로 흘렀을 것이다. 땀내가 나는 듯했다.

"그런가요? 저는 전혀 몰라서."

"이런 말 하면 조금 섬뜩하지요. 노화일지도 모릅니다."

정말로 갑자기 말을 걸어본 적이 없을까, 이 남자는. 다리 위에서 이야기 할 때는 오히려 말수가 좀 적은 편이라고 생각했는데 지금은 예사롭게 말하고 있다. 치마만 두르면 다 좋으니 젊은 여자와 밥 먹으며 이야기할 심산인가? 그렇다면 그 나름 경계해야 할지도 모른다. 침묵으로 일관하기도 뭣해서 나는 "점심은 벌써 드셨어요?" 하고 물었다.

"아, 저는 아직입니다."

"저도 아직이에요."

곧 두 사람은 입을 다물었다. '자, 자' 하는 소리가 희미하게 들렸다. 이것은 공장 쪽에서 나는 소리인가? 새가 우는 소리인지도 모른다. 아니면 중국 요리 냄비에서 나는 소리일까? 잠시 후에 "그러면 함께하실까요?"라고 남자가 말했다.

"괜찮으시다면."

결과적으로 기다렸다는 듯이 바로 대답한 꼴이 되어 불안했지만 남자는 고개를 끄덕이며 가게로 들어갔다. 공장 안의 직원식당도 그렇고 이 레스토랑도 처음인데 계약직이어도 들어가는 데 문제없을까? 계산할 때 지장이 생기지는 않을까? 정규직 사원증을 제시하라고 요구한다든가, 전액 부담으로 액면보다 더 많이 지불해야 한다든가. 그렇더라도 상식적으로 생각해서 상대가 내 몫을 지불하리라 생각했다.

"어서오세요." 큰 소리로 말하며 가게 주인으로 보이는, 검은 수염을 기른 중년 남자가 나왔다.

"편한 자리에 앉으세요."

가게에는 세 팀의 손님 여덟 명이 있고 카운터와 테이

블 석이 한 자리씩만 비어 있었다. 젊은 여자 그룹과 남녀 손님이 웃으며 왁자하게 떠들고 있었다. 어찌 되었든 오키나와 음식은 처음이다. 그리고 나이 많은 남자이기는 하나 오빠 이외의 남성과 둘이서 하는 식사도 처음이다. 테이블 석에 앉으니 탁자 위에 놓인 손으로 직접 쓴 메뉴판이 눈에 들었다. 나는 조금 즐거웠다.

"아직 점심 메뉴도 됩니다."

주인이 두껍고 높이가 낮은 유리컵에 물을 따르고는 메뉴를 보고 있는 우리에게 말했다. 메뉴에는 "특별 할인 점심·소키소바 세트·소바 세트·고야(여주의 오키나와 방언. -옮긴이 주), 참푸르(야채와 두부를 볶은 요리로 보통 고야, 두부, 계란, 숙주, 돼지고기 특히 스팸 등을 재료로 쓴다. 오키나와 요리 가운데 가장 널리 알려져 있다. -옮긴이 주) 여주를 넣은 두부야채볶음 세트·튀김 세트(오징어와 계절 생선)·매일 바뀌는 오늘의 요리"라고 되어 있고 각각의 주 요리에 밥과 반찬 작은 것, 된장국과 소량의 면이 같이 나오는 방식이었다.

"매일 바뀌는 오늘의 요리는 밀기울 이리치(데친 돼지고기에 다른 재료를 넣고 간을 하여 볶은 요리로 참푸르와 비슷하다. -옮긴이 주)와 라후테(중국의 동파육에서 유래한 삼겹살을 달짝지근하게 졸인 음식. -옮긴이 주) 작은 것이 추가입니다."

"나는 단품 소키소바로 해볼까."

남자가 말했다. 나는 오늘의 요리를 먹을까 하다가 마음을 바꿨다. 상대 남자가 면류 한 그릇이니 여성인 내가 반찬에 밥을 같이 먹는다면 식사를 마치는 타이밍이 내 쪽에서 늦어질 가능성이 높다.

"저도 소키소바로 주세요."

주인은 고개를 끄덕이고 안쪽으로 걸어갔다. 단품 소바를 주문하면 세트보다 백오십 엔 싸다. 밥과 된장국이 없더라도 나물 종류가 추가 반찬으로 나온다면 단품을 주문하는 편이 오히려 이득이지 않은가. 확실하진 않지만 메뉴에 적힌 대로라면 면류에도 밥과 된장국이 같이 나오는지도 모른다. 내가 앉은 자리에서는 다른 사람들이 먹는 음식이 보이지 않아서 궁금했다.

"후루후에라고 합니다."

후루후에? 갑자기 상대가 말했다. 나는 하릴없이 보고 있던 메뉴에서 고개를 들었다. 저녁 메뉴에는 제대로 된 요리가 여러 종류 있는지 그중에 산양 요리도 있다.

"저는 우시야마라고 합니다."

"우시야마 씨는 어디에서 무슨 일을 하십니까?"

"자, 주문하신 소키소바 두 그릇 나왔습니다."

"문서절단기로 서류를 분쇄하고 있습니다."

"네에. 식기 전에 드실까요?"

"아, 네."

그릇 가운데 노란색 굵은 면이 들어 있고 거의 무색투

명한 국물 위에 갈색 뼈가 붙은 돼지고기가 들어 있었다. 푸른 파와 붉은 생강이 고명으로 올라가 있다.

"맛있네요."

"네. 아니 정말, 문서 절단 같은 창의적인 일을 하게 되다니 참 감사한 일이죠."

나의 농담에 후루후에는 웃지 않고 눈썹을 찌푸리는 듯했다. 나는 소바를 먹는 데 집중했다.

"그럼 옥상녹화란 작업에 대해서 좀 여쭤볼게요. 후루후에 씨의 작업은 도대체 어떤 식으로 진전되고 있나요? 구체적인 행동이 십 년, 십오 년 이상 계속되는 건가요, 그 일만 공장에서 하고 계신데 무엇을 하신 건가요? 실제로는 이끼관찰회만 하러 오시는 건 아닌가요? 공장이 업자를 선정한다든지, 공장 내에서 자회사를 이용해서 옥상과 벽면 녹화를 진행한 건 사실이라고 생각합니다. 작업 자체는 외주를 주는 방식 같은데 조사해보지 않으면 단정 짓기 어렵습니다. 그 일이 후루후에 씨가 입사하셨을 때의 이야기와 다르다는 것도 사실일지 모릅니다. 그 부분에 대해서 저는 모르겠습니다만. 혼자서 방대한 공장 건물들을 녹화하는 작업은 힘든 일이겠지요. 말씀하신 대로 어디서부터 어떻게 손을 대야 할지 난감한 점도 있었으리라 생각합니다. 하지만 십오 년 동안 후루후에 씨가 해오신 걸 생각하면 죄송한 말씀이지만 진지하게 업무적으로 옥상 벽면 녹화에 힘쓰셨다는 생각은 거의 들지 않네요. 어떻습니까? 뭔가 좀 더 일을 진행시킬 방법은 없었을까요?"

스스로 스물여섯이라고 밝힌 우시야마라는 젊은 여자에게 자신의 일에 대해 말하다 보니 묘한 이야기로 전개된다는 것을 새삼 실감했다.

"이끼와 공장이 무슨 관계가 있나요? 어떤 구인 란에 그런 일이 있는 거죠?"

교수의 추천으로 등 떠밀려 취직하게 되었다고 하자 우시야마 씨는 미간을 잔뜩 찌푸린 채 윗입술을 오른쪽 위로 비죽이며 앞니를 드러냈다. 그 상황을 비난하는 듯한 얼굴이었다.

"급여는 월급제인가요?"

그녀는 말하고서 곧 얼굴을 풀며 "죄송합니다. 속된 얘기를."이라고 말했다. 급여가 얼마인지야 가르쳐주지 않을 테지만 월급제인지 아닌지 정도는 말해도 별로 상관없겠지. 보통 매월 25일에 받고 있다. 그렇게 대답하자 그녀는 고개를 끄덕이며 "그렇군요."라고 말했다. 하지만 분명히 금액을 들으면 또 아까처럼 비난하는 표정을 짓겠지. 가끔 뉴스에서 들려오는 이 시대 샐러리맨의 급여는 반문하게 될 정도로 적다. 텔레비전에서는 극단적인 사례를 보도하겠지만 그렇다고 해도 자신이 남들보다 조금 더 많은 금액을 받는다는 사실쯤은 알고 있다.

가끔 만나는 아오야마 씨가 말 끝에 그런 식으로 야유를 한 적도 있었고 고토도 나를 담당하는 업무에서 제외될 때 대놓고 그 점에 대해 말하기도 했다.

"매년 착착 임금이 오르는 시대가 아니니까요. 공장 직원이라도 예외가 아닙니다. 시대가 시대이니. 아니, 저만의 생각인지도 모르겠네요. 저를 제외한 직원은 착착 급여가 오르고 있을지도. 제가 무능한 점은 어쩔 도리 없지만요. 후루후후 씨는 정말이지 몇 년이나 대학에 계셨으니 우수한 인재지요. 아니, 저는 금액 쪽은 모릅니다."

주거 제공에 월세는 급여에서 겨우 구천 엔만 공제되는 터라 일반적인 월세 방과는 비교할 수 없을 정도로 싸다. 차는 없고 달리 생활하는 데에 돈이 들어가는 부분도 거의 없다. 식비는 공장 안에서 해결하고 밥을 해 먹는 것보다는 비싸더라도 미미한 정도의 차이다. 여기에 어머니가 이것저것 생활용품을 보내줄 뿐만 아니라 취미다운 취미도 없으니 결국 돈은 쌓여만 갔다. 급여는 이렇게 많이 필요 없고 해마다 인상되지 않아도 괜찮다. 여름과 겨울의 상여금 등은 더욱 필요 없지만 그렇다고 그 점을 공장에 호소하는 것도 우스운 일이다. 일을 하지 않고 급여만 받는 것에 반감이 들기는 한다. 하지만 "필요 없어요!"라고 말하는 것도 성가시고 그렇게 말해봐야 별 이득도 없다. 매일매일 하루를 평안하게 마치고 가끔 이끼학회 이야기를 메일로 듣고 작은 정원에서 푸른 차조

309

기나 방울토마토 등을 기르고 눈 딱 감고 작은 개라도 한 마리 키울까 하는 생각을 하면서 그런 생활에 돈을 쓰고 있는 것이다. 이 얼마나 근사한 일인가. 스스로 나서서 급여를 사양한다 해도 그 돈이 실업자나 일해도 변변히 먹고살기 어려운 사람들에게 돌아갈 리도 만무하고, 쓸데없는 알력은 불러오지 않아도 좋으니 말이다.

"그래서 매년 이끼를 모으고 조사한 게 몇 년째인가요?"

십오 년, 십육 년째다. 거의 매일, 그래, 일하지 않는다고 해도 거의 매일 어쨌든 이끼와 관련된 일을 해왔다. 하루 종일 집에서 먹고 자듯이 하는 일 없는 것은 아니다. 공장에서 요구하는 업무는 당연히 한다. 적어도 공장이 이쪽에 옥상녹화는 한 사람이 해야 한다는 이상야릇한 요구를 하고 게다가 그 진척 상황은 아무래도 상관없다고 하니 불평을 말하지는 못할 게다.

"원래는 옥상녹화사업에 필요한 구인을 해서 교수님 추천으로 취직하긴 했지만 실제로는 좀처럼 진전이 없어요."

"아, 옥상녹화요! 그게 이끼군요. 저는 잔디 같은 것이라고 생각했는데."

뭐?

"공장이 회색 일색이어도 곳곳이 녹색이잖아요. 그건 옥상이나 벽면이 이끼로 녹화된 거였네요."

뭐라고?

"그런 건물이 제법 있지요. 그게 후루후에 씨가 하신 옥상녹화였네요."

나는 모른다.

"그건 업자가 한 거겠지요. 솔직히 공장 안의 식물 관리 같은 작업이었으면 관할은 홍보기획이 아니라 총무 영역이고 이끼 같은 환경을 생각하는 것이라면 사회 공헌CSR(기업의 사회적 책임을 말한다. —옮긴이 주) 추진 이나 그런 부서가 있으니까요. 홍보기획으로서 후루후에 씨한테 부탁한 일은 어디까지나 부모와 아이가 함께 하는 이끼관찰회예요."

수화기 너머 들리는 아오야마 씨의 목소리는 이혼 이후에 조금 굳어진 미소를 연상시켰다.

"고토 씨가 어떻게 말씀하셨는지 모르지만 저는 어디까지나 부모와 아이가 함께 하는 이끼관찰회 건을 후루후에 씨가 담당하도록 해드렸습니다."

원래 고토한테 말을 편하게 하는 사이여서 가족을 대하듯이 경어를 쓰지 않았지만 아오야마는 이제 고토가 외부 사람이란 사실을 숨기지 않는 모양이다.

"확인하시겠습니까?"

"무엇을요?"

"그러니까 사회 공헌 관계나 총무 관계로 옥상이나 벽면 녹화를 담당하는 사람한테 조사해보면 곧 알 수 있습니다. 뭣하면 업자라도."

어떤 업자가 했는지는 별로 궁금하지 않다. 그렇지 않다. 그렇다면 왜 자신은 여기에서 이렇게 생활을 하고 있을까? 어느 틈에 내 일이 바뀐 건가?

"저, 그럼 고토 씨한테 연락해보시겠어요?"

아오야마 씨의 목소리가 확실히 무척 귀찮아진 듯했다. 아니, 그런 감정을 친하지 않은 사람에게 뻔히 드러낼 사람이 아니니까 그것은 내가 그렇게 이해했을 뿐일 게다. 고토와 직접 이야기를 해보는 편이 그나마 제일 나을 것 같았으나 그것도 싫다는 생각이 들었다. 공장에서 무슨 일이 있었는지는 모르지만 원래 고토에게 아무런 친근감도 없었을 뿐만 아니라 이제 고토가 자신에게 얼마만큼 악감정을 가지고 있는지 알 길이 없다. 도대체 지금 고토는 어디에 있지?

"공장 안이에요. 본사 지구입니다. 그냥 부서만 달라요. 공장에서는 부서 간 이동은 빈번하니까. 고토 씨뿐만 아니라 어느 누구라도 똑같습니다."

아오야마 씨는 조금 틈을 두고 "또 이끼관찰회 시기가 되면 연락드리겠습니다. 참, 예를 들어 연 1회를 연 2회로 변경 가능합니까? 평판이 좋아서요. 그런 부분도 고려해보고 싶네요."

"예, 아니, 저기, 저는 옥상녹화를 하기 위해 이끼를 기르자고 시도해봤습니다만. 거기에 대해선 전문적으로 말씀드려야겠지만 뜬구름 잡는 꿈속 이야기 같아서 애초에 해내기 어려운 일이 아니었나 생각합니다. 제가 할 수 있는 만큼은 했습니다만 아무리 해도 더는 진전이 없었습니다."

"후루후에 씨는 공장에서 일하신지 얼마나 되셨죠?"

"십오 년입니다."

"십오 년인데 뭔가 눈에 보일 만한 성과가 전혀 없었습니까?"

전화를 끊자 머리와 어깨가 딱딱하게 굳는 기분이 들어서 어깨를 빙빙 돌렸다. 그리고 노인과 손자가 두고 간 바인더를 손에 들고 읽기 시작했다. 입가가 굼실거려서 만져보니 수염이 조금 자라 있었다. 손이 따끔거렸다. 뭔지 모르지만 뭔가가 몇 센티 정도 나와 있다. 아주 잠깐 흠칫했지만 곧 아무렇지도 않았다. 손이고 어디고 몸에 털이 자라서다.

또 눈을 떴다. 땀을 흘리고 있다. 도대체 이 파일은 뭘까? 오식誤植다운 오식도 없고 표현을 손보기에는 더욱, 뭔가 지침이 없으면 손을 댈 수가 없다. 그보다 애초에 이 문장은 뭘까? 교열을 요구하는 공식적인 문서는 아닌 듯하다. 중학생 정도가 쓴 자유 연구 같다. 자유 연구, 아니면 창작일까? 내용도 현실적이지 않다. 공장에 큰 강이 있는 건 분명하고 세탁을 하는 건물도 있겠지. 있기야 하겠지만 거기에서 그런 도마뱀이나 가마우지가 번식할 리 없다. 세탁 찌꺼기를 먹는 도마뱀 따위는 없을 것이다. 보통 도마뱀은 벌레 따위를 먹는다. 동물을 먹는 큰 도마뱀도 더운 지역에는 있겠지만 섬유 찌꺼기나 세제는 먹지 않는다. 더구나 공장에만 있는 가마우지라면 말이다. 직원이 가마우지를 잡아서 어쩌려는 거지? 말도 안 되는 엉터리겠지만 이렇게 손에 들어온 이상 그럭저럭 교정을 보든지 제출하든지 뭐라도 해야 한다. 잠깐 생각하고 나는 파일을 봉투에 다시 넣어 원래 있던 캐비닛에 넣었다. 순번도 없으니 누군가 다른 사람이 하겠지. 마지막까지 읽지 않았더라면 좋았을지도 모른다. 졸기만 했다. 졸음이 몰려오는 것만 읽게 하다니.

  다리 위에서 은색 끈으로 된 출입증을(확인해보니 역시 은색이었다. 이끼든 뭐든 연구자는 대단한 사람이다.) 건 후루후에와 점심을 먹은 다음날 촉촉이 내리는 빗속을 지나 인쇄과 분실로 출근하다가 고토와 출입구에서 만났다.
  "안녕하십니까?"
  "안녕."
  어제 준 휴가에 대한 인사를 할까 했지만 고토는 담배를 손에 쥔 채 나한테는 눈길도 주지 않고 서둘러 가버렸다. 아침에 한 대 피우러 흡연실로 가는 거겠지. 일부러 자리를 떠서 계단을 올라 지상에 있는 흡연실까지 하루에 몇 번이나 가다니 대단하다. 한자케 씨가 아침에 항상 하는 잘못된 허리 굽히기 같은 체조를 하고 있었다. 오늘 아침은 데카오도 벌써 와서 근육맨지우개로 놀고 있다.

"안녕."

"안녕."

"안녕하세요."

"비가 오네."

"비가 와요."

앞치마를 입고 의자에 앉아 문고본을 폈다. 문이 열리고 사람이 들어올 때마다 비 냄새가 났다. 리더가 와서 한자케 씨와 나에게 인사를 했다. 쓰고 있던 모자를 손으로 잡아 거꾸리 운동기구에 걸고는 오다가 샀음직한 캔 커피를 마시기 시작했다.

"우시야마 씨, 어제는 어땠어요? 다리를 건넜어요?"

"다리요?"

리더의 목소리에 한자케 씨가 반응하며 머리카락이 거의 남아 있지 않은 머리를 내밀며 리더 쪽으로 번갈아 돌렸다.

"어제 우시야마 씨가 오후에 휴가였어요. 반차를 쓴다기에 공장을 산책하라고 했어요."

리더가 말하며 나를 보고 웃었다.

"어제는 날씨가 좋았으니까요."

"다리도 보고 새도 봤습니다."

특별할 것도 없는 새였지만 보고는 해야지 생각하며 말했다.

"검은 새가 많았어요."

"별로 재미는 없었겠어요. 흔한 새니까. 우시야마 씨가 퇴근하고 나서 그 점을 말해주지 않아도 괜찮을까 조금 걱정을 했네요."

"다리를 건넌 게 처음이어서 재미있었습니다. 도중에 버스를 탈까 했는데 결국 걸어서 다 건넜거든요. 다리를 다 건너고 나서 버스를 타고 남측 출구까지 갔지만요. 공장이 넓더라고요."

"다리를 전부 건넜다고?"

한자케 씨가 놀란 듯이 참견하였다.

"나라면 도저히 걸어서는 못 건너지."

"그럼요. 꽤 머니까요. 몇 킬로나 되려나, 우시야마 씨 걸음으로 얼마나 걸렸어요?"

"시간은 그다지. 한 시간 정도? 한 시간 반까지는 안 걸렸어요."

다 건넌 다음에 들른 오키나와 요리집에서 시간이 지나기는 했어도 점심 메뉴가 주문 가능했으니 기껏해야 두시 전후였다. 더 오래 걸은 듯한 기분이었다. 전체 모습을 한눈에 담지 못할 정도로 거대한 강에 놓인 장대한 다리였을 텐데 무난히 건넜다.

"새가 생각보다 많았어요. 굉장하던데요."

"그렇죠. 도처에 깔려 있죠. 얼마든지."

분명히 얼마든지 있었다. 그들이 먹을 만큼의 먹이는 충분히 있을까?

"그래도 한 시간이나 걸었는데 발 아프지 않어?"

"괜찮습니다."

"아니, 산책했어?"

이쓰미 씨는 평소처럼 바짝 다가와서 말했다.

"제대로 된 신발을 신어야 해요. 걸어도 무릎이나 발목에 부담을 주니까."라고 말하면서 긴 머리를 둘둘 말고 고무줄로 고정시켜 경단처럼 만들었다. 차임벨이 울리고 인쇄과 분실의 조례에서 고토의 목소리가 들려왔다. 오키나와 요릿집을 나와 곧 후루후에와는 헤어졌다. 다행히 후루후에는 계산을 해주었고 감사 인사를 전하자 하하하 웃으며 눈앞에서 손을 흔들었다. 후루후에는 잠시 공장 안을 다시 돌아다녀 보고 집으로 간다고 해서 나는 버스를 타겠다고 말했다. 오키나와 요리집 바로 근처에 버스정류장이 있고 삼 분도 지나지 않아 버스가 왔다. 버스를 타고 남쪽 지구를 달리자 전체적으로 건물들의 높이가 낮고 확연히 낡고 더러웠다. 심어진 나무도 북쪽 지구라면 일 년 내내 산들산들 모양 좋게 무성하지만 남쪽 지구에서는 누런색으로 말라 있거나 벌거숭이였는데 그럼에도 엄청난 거목이기는 했다. 화단에 빨간색이 빠진 금잔화나 샐비어가 많이 심어져 있었다. 걷거나 버스에 탄 사람들도 양복 차림은 별로 없고 작업복 차림이 많다는 생각이 들었지만 커다란 피어싱 귀걸이를 늘어뜨리고 높은 힐을 신은 젊은 여자가 걷고 있기도 했다. 버스에 그녀가 타서 그런지 달콤한 향기가 났다. 공장 안을 순환하는 버스의 종점이 남쪽 출구여서 남쪽 지구 입구인 다리부터 남쪽 지구 안의 버스정류장을 빙빙 돈 셈이다. 귀걸이를 한 여자는 처리장 서쪽 정류장에서 운전기사에게 "감사합니다."라고 말하면서 힐을 신은 발을 신중하게 움직여 버스에서 내렸다. 처리장에는 서쪽, 중앙, 동쪽이라는 정류장이 있고 그밖에는 시험장이라든가 제○창고라든가 하는 정류장이 있었다. 타고 내리는 사람들이 많아지고 버스는 가고 서기를 반복했다. 반바지를 입은 아이들이나 분명히 노동자로 보이지 않는 노인도 있었고 앞치마를 둘러서 주부처럼 보이는 여자도 있었다. 책가방을 등에 멘 아이들 여럿이 버스에 올라타고 올 때는 버스 안에 그들의 침 튀기는 수다가 퍼졌다.

"오늘 반공일인가?"

작업복을 입은 장년의 남자가 중얼거렸다. 아무도 대답하지 않았고 초등학생들도 알아듣지 못했다. 다행히 초등학생은 곧 내려서 갔지만 그들의 높고 날카로운 목소리의 공명이 귀에 남았다. 버스가 종점인 남쪽 출구에

도착하자 나도 운전기사에게 "고맙습니다."라고 말하면서 버스에서 내렸다. 순간, 어느 쪽이 밖으로 나가는 출구인지 몰라서 같이 내린 몇 사람이 부리나케 한쪽으로 나가기에 나도 따라갔다. 울타리가 있고 경비초소 같은 유리를 끼운 방이 있었다. 거기에 경비 한 사람이 누군가와 이야기에 빠져 있었다. 들어갈 때는 출입증이 있었지만 나올 때는 따로 필요하지 않다. 항상 통근하는 데 쓰는 북쪽 출구와 마찬가지로 출입문을 지키고 있는 경비 아저씨가 가볍게 목례를 하고 나도 가볍게 인사하며 밖으로 나갔다. 소키소바는 생각보다 양에 안 차서 나는 집에 가면 뭔가 먹어야지 생각했다.

일이 시작되고 빗발은 더욱 거세졌다. 'UNYU'가 운반해 오는 종이도 손에 들면 오래된 종이의 가루 같은 냄새와 함께 비 냄새가 피어올랐다. 손을 씻으러 가려고 계단을 올라가니 청소 중이었다. 특별히 급한 일도 없으니 계단을 내려가 지하로 돌아가려 하는데 인쇄과 분실에서 항상 큰소리로 말하는 중년 여자가 스쳐 지나갔다. 그녀는 그 굵은 팔로 어제 강에 엄청나게 모여들었던 검은 새 한 마리를 꼼짝 못하게 꽉 잡고 있었다. 날개가 펼쳐진 새는 저항하지 못하고 아직 숨이 붙어 있는지 머리를 좌우로 가볍게 움직이고 있었다. 놀라서 멈춰 섰지만 중년 여자는 신경도 쓰지 않고 그대로 계단을 올라갔다. 완전히 지나가고 나서 뒤를 돌아보았더니 그녀의 어깨 좌우로 새의 검은 날개가 불거져 나온 것이 보였다. 뭘 하고 있는 거지? 나는 잠시 움직이지 않고 1층 입구를 누군가가 드나들 때마다 들려오는 빗소리를 듣고 있었다. 왜 새를 안고 있을까? 지하에서 올라간다는 건, 새가 지금까지 지하 1층 인쇄과 분실에 있었다는 건가? 방 어디에 있었지? 점심 무렵이라고 하기엔 계단이 어두침침했다. 이쓰미 씨한테 물어봐야겠다고 생각한 나는 천천히 겨우겨우 계단을 내려갔다. 이쓰미 씨는 문서파쇄실이 아니라 인쇄실 쪽으로 가서 다른 중년 여자와 수다를 떨며 웃고 있었다. 문서파쇄실 구석에 리더가 앉아 신문을 보고 있는 듯한, 문서절단기를 향하고 있는 듯한 그림자가 보였지만 분명하지 않았다. 한자케 씨 같기도 했다. 데카오는 거꾸리 운동기구처럼 서 있었는데 그것은 진짜로 거꾸리 운동기구였을지도 모른다. 사냥 모자를 쓰고 있었다. 나는 어쩔 수 없이 내가 맡은 상자에서 종이를 집어 문서파쇄기에 집어넣었다. 한동안 아무것도 생각하지 않고 문서파쇄기에 종이를 집어넣었다. 그리고 내 발밑에 놓아둔 상자 안에서 마지막 한 묶음을 문서파쇄기에 집어넣었다. 그 순간 나는 검은 새가 되어 있었다. 사람의 발이 보이고 팔이 보였다. 회색 덩어리가 보이고 녹색도 보였다. 바닷물 내음이 났다.

叔母を訪ねる

이모를 찾아가다

초인종을 누르자, 이름을 댈 틈도 없이 문이 열리고 "이카리!" 부르며 단발머리의 중년 여성이 나왔다.

"이카리가 없어졌어!"

"이카리?"

"우리 집 개예요."

그녀가 가리킨 곳에 귀가 처진 작은 강아지가 꼬리를 흔들고 있었다.

"그럼, 그 개는……."

"이 아이는 이카리가 아니라고요!"

그 중년 여성은 내뱉듯이 대답을 하고는 안으로 들어가려 했다.

나는 허둥대며 말했다.

"저기, 저 전화로 말씀드린."

"아, 그렇군요. 들어와요. 여기 편히 앉아요."

소파, 식탁 의자, 러그 위에 놓인 방석, 내가 자리 잡은 의자의 팔걸이에는 먼지가 얇게 쌓여 있었다. 나는 처음 만나는 어머니의 여동생인 이모의 얼굴을 찬찬히 살펴보았다. 스웨터 위로 치켜 깎은 짧은 머리 모양 탓에 목이 드러나 보였다. 목덜미가 가늘어서 어머니와는 전혀 닮지 않았다. "이카리는 사냥개야. 근육질이고 털이 매끄러운 구릿빛이고……." 부엌 구석에 앉아 있는 개는 복슬복슬하고 곱슬곱슬한 금색 털이었다.

"여기 이 개와는 아주 다른가 보군요."

"맞아요. 전혀 달라요. 이건 내 개가 아니니까."

주전자에 물을 따르는 소리, 가스레인지를 켜는 소리, 그리고 찻주전자 뚜껑을 여닫는 달그락 소리가 났다.

어머니가 전화를 걸어와, 젊을 때 집을 나간 후로 소식이 없는 당신의 여동생이 내 집 가까이에 사는 모양이니 만나러 가달라고 부탁했다. 아무리 찾아도 행방이 묘연했는데 우연히 만난 오래된 지인이 아무렇지도 않게 "아! 그녀는 ○○에 사는데……"라고 말하더라는 것이다.

"연하장까지 주고받는다더라. 믿어지니?"

"그럼, 어머니가 가면 되잖아요."

어머니는 코웃음을 쳤다.

"할아버지 할머니를 두고 어떻게 가니. 치매기도 있으

신데."

"예에? 언제부터요?"

"두 분 다 갈수록 점점 더 심해지고 있어."

"그렇긴 하지만……."

애당초 나는 어머니에게 여동생이 있다는 사실조차 몰랐다.

"하긴 내가 결혼하기 전이었으니까. 넌 아직 세상에 태어나지 않았으니 형체도 그림자도 없었지…… 자, 지금부터 전화번호랑 주소 알려줄게."

"전화번호요?"

나는 엉겁결에 크게 소리쳤다.

"어머니가 직접 전화하면 되잖아요!"

"전화만으로는 알 수 없잖니."

어머니는 갑자기 콜록거렸다. 잠시 기침을 하고 사레들린 소리로 계속 말했다.

"전화로는 파악하기 어렵잖아. 정말로 본인인지."

"그렇다면 내가 만나도 딱히."

"아니야, 직접 만나 보면 알 수 있어. 적어도 지금 행복한지 아닌지 정도는 만나만 봐도 알 수 있어."

"이카리는 미용실에 맡겨놓은 사이에 사라져버렸어." 기운 없는 목소리와 끓인 물을 따르는 쭈르륵쭈르륵 하는 소리가 겹쳤다. "내가 사흘 정도 회사에서 빌려 주는 리조트에 다녀왔거든." 개는 곱슬거리는 털로 부풀어 있는 앞다리를 나란히 앞으로 내밀고 앉아 나를 힐끔힐끔 바라보았다. "일 년에 한 번 무료로 이용할 수 있는 리조트야. 여름에는 금방 예약이 차버려서 나는 항상 겨울에 가거든. 해변이라 춥기는 해도 사람이 없어서 좋아. 그런데 애완동물은 출입 금지라. 그래서 항상 미용실에 맡기는 거야. 샴푸도 해주고 털 손질이랑 발톱 정리까지 다 해주거든. 개 호텔도 겸하고 있어 숙박도 할 수 있고. 자주 가다 보니 나도 그렇고 이카리도 마음에 들어 했어. 그랬는데 사흘 후에 데리러 갔더니 이카리는 없고 이 개를 데리고 가라고 하잖아."

"어째서 이 개가 아니라는 말을 안 하셨어요?"

"당연히 했지. 그런데 그쪽에서 '이 개가 당신 개예요. 저희들이 맡은 건 이 아이라고요. 정신 차리세요. 이 아이가 당신이 맡긴 이카리입니다. 자, 이카리라고 한 번 불러보세요. 보세요. 제대로 대답을 하잖아요'라고 계속 몇 번이나……"

"이카리!" 나는 개를 향해 이름을 불러보았다. 개는 총명해 보이는 검은 눈으로 나를 보며 주르륵 침을 흘렸다. 이모가 하얀 컵을 내밀며 "좀 들어요." 하고 권했다. 입에 대보니 끓인 지 얼마 안 됐는데도 미지근했다. 홍차 같기도 하고 곡물 같기도 하고 풀 같기도 한, 뭔가 애매하고 야릇한 냄새가 났다. 맑은 적갈색이었다.

"이카리는 이런 색인가요?"

"아니, 훨씬 더…… 당신 아무것도 모르는구나. 그런데 당신은 누구였더라?"

"저는 아주머니 언니의 아들이에요. 즉 조카죠."

이모는 눈이 휘둥그레졌다가 눈을 가늘게 떴다.

"나한테는 언니가 없는데."

"네? 그런데 전화로……."

"전화는 날마다 몇 번씩 누구한테라도 걸려오지…… 당신 누구야?"

실처럼 가늘게 뜬 눈이 번뜩였다.

"……이카리?"

나는 아래가 섬뜩해져서 내려다보았다가 놀라서 의자를 잡아당겼다. 으르렁 으르렁, 개가 내 양말 냄새를 맡고는 작은 소리로 으르렁거렸다. 이모가 갑자기 일어서서 방에서 나가더니 화장실 같은 작은 문으로 들어가 철컥하고 문을 잠가버렸다. 한참을 기다려보았지만 아무 소리도 들리지 않았다. 의자 등받이에 걸쳐놓은 내 상의에는 금색 털이 달라붙어 있었다. 나는 하는 수 없이 그 옷을 입고 현관으로 나가 신발을 신었다. 개가 날카롭게 짖었다. 멍멍! "그럼 저는 이만 가 보겠습니다." 문 쪽을 향해 꼬리를 세차게 흔드는 개에게 중얼거리고 현관문의 손잡이를 돌렸다. 그러자 젊은 남자가 서 있고, 그는 막 초인종을 누르려던 참이었다. 나를 보고 놀란 표정을 짓더니, 바로 방긋 웃으며 "저어, 너무 일찍 온 건가요?

저는 며칠 전에 전화드린 조카입니다만……."

"아니, 저는 상관없는 사람……." 등 뒤로 기척이 느껴졌다. 나가면서 가만히 뒤를 돌아보니 아까 만난 중년 여성과는 전혀 다른 여성이 화장실 문을 열고 나오는 모습이 언뜻 보였다. 나는 곤혹스러워하는 듯한 젊은 남성에게 눈인사를 하고 그 옆을 빠져나왔다. 차갑고 건조한 바람이 뺨을 스쳤다. 나는 문득 방금 전에 얼핏 보였던 그 여성이 어머니와 꼭 닮았다는 사실을 깨달았다.

韓成禮

옮긴이의 말

환상과 현실이 절묘하게 교차하는 신기한 소설

한성례(시인, 번역가)

이 소설집에는 환상과 현실이 절묘하게 교차하는 이야기로 가득하다.

환상 속 세계라고 여기는 순간, 바로 적나라한 현실이 모습을 드러낸다. 일상 속에 잉태되어 있을 법한 이상한 세계. 일상과 환상이 교차되며 삶과 인생이 겹쳐진다. 추리나 판타지 소설이 아닌 순문학소설이라는 점이 이 소설의 진가다. 힘든 현실을 말하면서도 담담한 필치에 중간중간 유머를 섞어 넣어 재미있게 이야기가 이어진다.

한국도 일본도 젊은이들의 비정규직 문제는 어제 오늘 일이 아니다. 소설 속 젊은이들은 끔찍한 현실을 살아가지만 나름대로 희망을 잃지 않으려 애쓴다. 거대 조직에서 소모품처럼 살아가면서도 항상 유머와 위트를 잃지 않는다. 작가는 현실에 대한 깊은 이해를 바탕으로 또 하나의 세계를 창조해냈다.

오야마다 히로코는 1983년 생으로 2010년에 데뷔한 젊은 작가이다. 2006년 대학 졸업 후 편집 프로덕션, 자동차 자회사의 공장 등 여러 직장을 전전하다가 2010년 일본 문단에 혜성처럼 등장하여, 발표하는 작품마다 여러 상을 한꺼번에 수상하며 화제를 모았다. 2010년에는 단편소설 「공장工場」으로 제42회 '신초新潮신인상'을, 2013년에는 단행본 『공장』으로 제26회 '미시마 유키오三島由紀夫상' 후보에 올랐으며, 제30회 '오다 사쿠노스케織田作之助 상'과 제4회 '히로시마 혼広島 本 대상(소설 부문)'을 동시에 수상했다. 2014년에는 단편소설 「구멍」으로 제150회 '아쿠타가와 류노스케芥川龍之介 상'을 수상했고, 같은 해 제30회 '히로시마현민県民 문화장려상(제30회 기념 특별상)'을 수상했다.

이 작가가 처음 소설을 쓰게 된 동기는, 6개월에서 일 년을 넘기지 못하고 직장을 전전하면서 접하고 느꼈던 것들, 그리고 주변에서 이상하다고 여겨지는 것들을 꼼꼼하게 메모하는 것에서 비롯되었는데, 단편적인 장면을 무조건 세심하게 써놓았다가 그것을 모아 하나의 작품으로 완성했다고 한다. 이 소설집에 소개한 3편의 소설에도 그러한 면이 잘 드러나 있다. 그리고 환상을 가미하여 극사실주의가 아닌 전혀 다른 방향으로 이끌어간다.

『구멍』은 지방 도시에 살고 있는 젊은 여성이 남편의 전근을 따라 일을 그만두고 시부모와 시할아버지가 살고 있는 남편의 본가가 소유한 시골집으로 이사하면서부터 일어나는 이야기다. 시어른들도 뭔가 다른 세상 사람 같다. 그리고 비정규직의 불안정한 노동환경에서 해방되긴 했지만 왠지 공허감을 느낀다. 무더운 어느 여름

날, 시어머니의 심부름을 나온 '나'는 강가의 길에서 기묘한 짐승을 만나고, 그 짐승을 뒤쫓아 갔다가 정체 모를 구멍에 떨어지고 만다. 기이한 토속적 매력이 감도는 이 소설은 가족과 공동체에 대해서도 되돌아보게 한다.

『공장』은 거대조직에서 살아가는 3인의 젊은이들에 대한 이야기다. 이 공장 부지에는 수수께끼의 동물들이 살고 있다. 아쿠타가와 상을 수상한 『구멍』보다 더 좋은 작품이라고 평가받았을 만큼 우수한 작품이다.이 소설은 작가가 히로시마의 파견회사에서 파견된 비정규직으로 근무한 경험에서 썼다고 한다. 음식점, 세탁소, 오락시설까지 빠짐없이 갖춰진 왕국과 같은 대기업의 거대한 공장, 공장에서 무엇을 만드는지는 확실치 않지만 세 사람의 노동 내용은 구체적이다. '나'는 비정규직의 문서분쇄기 작업원, 또 한 사람은 정사원이지만 혼자서 이끼 연구를 하고 있다. 또 한 사람은 비정규직 교정원이다. 공장이 무엇을 만들고 있든 관계없는 부서뿐이다. 그러나 3인 모두 자신이 하는 노동이 어디에 도움이 되는지 의미를 알 수 없다. 월급은 많든 적든 잘 받고 있지만, 하고 있는 일이 헛수고가 아닐까 생각한다. 이 소설 전체를 지배하고 있는 것은 이 노동이 헛수고라는 느낌, 노동의 무의미함, 노동의 소외감, 노동에 대한 회의감이다. 거기에 초등학생이 썼다는 공장에 사는 동물들에 대한 리포트가 겹쳐진다. 이 글은 이끼 연구 담당이 받아, 교정 담당이 교정을 한다. 그런 다음 문서분쇄기 담당히 건네받아 원고지는 분쇄된다. 공장 안에는 수수께끼가 가득하다. 이 책을 읽다 보면 독자는 이상한 세계 속으로 빨려 들어갈 것이다. 그리고 등장인물들이 바로 자신의 모습과 오버랩 될 것이다.

또 한 편의 짧은 단편소설 「이모를 찾아가다」에서도 현실 같기도 하고 환상 같기도 한 몽롱한 세계가 존재한다. 그러면서도 우리들 인간들의 궁극적인 모습이 그려져 있다.

오야마다 히로코는 젊은 작가임에도 현재 유럽을 비롯하여 해외에서도 활동하고 있으며, 논픽션, 에세이, 사진평론 등 장르를 초월한 집필을 하고 있다. 또한 방송 출연과 토론회, 낭송 이벤트 등 다양하게 활동하고 있다.

히로시마에서 태어나 지금도 그곳에서 살고 있는 히로시마 출신 작가로서, 히로시마의 원폭 문제에도 깊은 관심을 갖고 있는 깨어 있는 작가이다.

독자들도 오야마다 히로코의 환상적인 소설 세계에 동행하여 재미에 깊이를 더한 세계에 빠져보시기를 권한다.

구멍

2017년 9월 20일 1판 1쇄 찍음
2017년 9월 25일 1판 1쇄 펴냄

지은이 _ 오야마다 히로코
옮긴이 _ 한성례
펴낸이 _ 김성규
책임편집 _ 박찬세
디자인 _ 조혜주
마케팅 _ 이정문

펴낸곳 _ 걷는사람

주소 _ 서울특별시 서대문구 거북골로154, 104동 1512호
전화 _ 031-901-2602 **팩스** _ 031-901-2604
이메일 _ walker2017@naver.com
SNS _ www.facebook.com/walker1121
등록 _ 2016년 11월 18일 제25100-2016-000083호

ISBN 979-11-960081-5-4 04800

* 이 책 내용의 전부 또는 일부를 재사용하려면 반드시 지은이와 출판사의 동의를
  얻어야 합니다.
* 이 책의 국립중앙도서관 출판시도서목록(CIP)은 서지정보유통지원시스템 홈페
  이지(http://www.seoji.nl.go.kr)와 국가자료공동목록시스템(http://www.
  nl.go.kr/kolisnet)에서 이용할 수 있습니다.(CIP제어번호 : 2017024003)